永以为好

薛晓燕　著

中国画报出版社·北京

图书在版编目 (CIP) 数据

永以为好 / 薛晓燕著 . -- 北京 : 中国画报出版社 , 2024.8

ISBN 978-7-5146-2405-2

Ⅰ . ①永… Ⅱ . ①薛… Ⅲ . ①散文集－中国－当代 Ⅳ . ① I267

中国国家版本馆 CIP 数据核字（2024）第 068591 号

永以为好

薛晓燕　著

出 版 人：方允仲
责任编辑：石曼琳
责任印制：焦　洋

出版发行：中国画报出版社
地　　址：中国北京市海淀区车公庄西路 33 号　邮编：100048
发 行 部：010-88417418　010-68414683（传真）
总编室兼传真：010-88417359　版权部：010-88417359

开　　本：16 开（710mm × 1000mm）
印　　张：20
字　　数：258 千字
版　　次：2024 年 8 月第 1 版　2024 年 8 月第 1 次印刷
印　　刷：三河市中晟雅豪印务有限公司
书　　号：ISBN 978-7-5146-2405-2
定　　价：89.80 元

序

马金莲

那是“五一”假满返回鲁迅文学院（简称“鲁院”）之后，家在天津的班长李子胜第二次组织同学去他家乡玩儿。我们开了几辆小轿车去的。和我同车的是河南的马万里、陕西的薛晓燕。我和马万里在后面，薛晓燕在副驾座上。

大家一路走，一路天南地北东拉西扯地闲聊。言谈中我稍稍了解了一些薛晓燕的情况，她是陕西神木人，煤炭系统推荐的作家，如今在榆林上班，儿子读高中。

在汉沽海边坐了船，渐渐地离岸远了，风在吹，海浪白花花的，我傻呵呵看着海面，看着那些水花就在心里晃呀晃，晃得我直恶心，原来晕船了。只能回去坐在舱里。大家都挤在船头看风景，我老老实实独坐。无聊中身边有一个人也坐着，她善谈，不断地说笑，我也跟着说笑，渐渐地竟然都高兴起来。艳红的救生马甲套在身上，映得她一张脸红扑扑的，一对大眼珠子忽闪忽闪，说话快人快语，给人豪爽的感觉，这就是薛晓燕。

往回走的路上依旧是我们坐一车。离津入京，渐渐地上了五环路。

我们像去时一样倚窗欣赏着“帝都”的风景。忽然班长说好像迷路了，将前面那辆车跟丢了。我们这才惊醒，是啊，同行那辆车真的不见了。我猜度班长回天津的路熟悉，到了北京这迷宫般的绕城路上，他就不那么认路了。果然，越走越能感觉到班长的紧张。他一边握着方向盘走，一边说怎么办，现在只能一直往前走，走到哪里算哪里吧！这时候薛晓燕不再和他絮絮地说话，她扒着玻璃瞅窗外，一会儿说对着哩，就这样走！过一会儿，又迟疑了，忽然又下了决心似的说，往前走，错不了。一会儿又说这路看着像啊……我在后面打量着这个女人，心里不知道该怎么办，一面惊讶于她的识记能力，大家都是第一次走，我们根本都没有留意，她怎么就用了心呢？一面又有些遗憾她的摇摆不定，心里盼望她能给出个很肯定的方向让我们往前走。

我们如盲人摸象，摇摇摆摆犹犹豫豫地走着。看着远处已经在沉落的夕阳，忽然觉得这么一直走下去，走到天黑了还回不去怎么办？我这个从西海固山里出来的人，狭隘的视野和观念真是根深蒂固。从我们的小地方到这大得辽阔的“帝都”，看哪里都是人看哪里都是车，车水马龙早就把我的视线绕花了，在这盘旋环绕的路上只能一直向前再向前，一点不像我们乡里，可以随时把车停下，摇下玻璃喊着向路人问路，这里显然行不通啊。

忽然薛晓燕指着一条路很坚决地说对了，就是这里，沿着往前走，不会错。我疑惑地打量路边的建筑物，这些钢筋水泥堆砌起来的物体大同小异，从外形上真难作为地理位置的判断标杆。但是这一回薛晓燕铁了心说她记起来了，到了这里不用担心会迷路了。车又绕了好几个圈子，我才依稀辨出早晨离开的时候好像确曾从这里经过。等平安回到鲁院，我对这个薛晓燕佩服得五体投地。据我有限的见识，她这一点本事超过了一般男同志。

快结业了，我们去四川开展社会实践，薛晓燕没去。当我们在巴山蜀水之间放浪的时候，看到她在微信上晒自己的行程——一个人逛北京：和珅府、博物馆、铁狮子胡同……忽然一天，她通过微信分享游记：“很顺利混进去之后就无人管我了。在外面无法知道我要找的是不是这个院子，只好硬着头皮混进去，进来看到楼，就知道走对了。挨个逛了一遍这楼房的角角落落，出大门，急匆匆去到有文字记录的匾额前。果然，确凿无疑，我走对了，这里就是响当当的铁狮子胡同一号。这个地方说起来可真有说头。起先是清朝皇帝的儿子居所。后来又是清朝海军和陆军办公地。再后来成了段祺瑞执政府邸。也成了北师大女生刘和珍遇难之地。再后来，这院子里出了很多响当当的人物。比如‘我是流氓我怕谁’的王朔。比如曹禺家大姑娘正告院子里一帮不省事的小后生，‘以后别追我妹’。总之这院子里故事可真多啊。”文字配着图片，原来她是去铁狮子胡同一号游逛了。北京的名胜本来就经得起推敲，再被她配上妙趣横生的文字，这一来更吸引人了。我们在四川走得辛苦，她却一个人施施然，将北京的名胜风景玩儿转得无比轻松，看得我羡慕不已，好想身分两人，伴着她一起在北京城里走走逛逛。

快结业时，才和她交往多起来。总是见她短短的头发，精干，对谁都是一脸无害地笑，那笑容显得浓烈而真实，不做作，不扭捏，有西北黄土高原的底色，但是很会照顾人，那种体贴和无微不至，又让人能切实感觉到一个女人的温柔和细致。最后那几日，她一身大红的连衣裙，忙着和同学们拍照，相送的时候，也把大大的眼睛哭得红红的。结业后，在微信朋友圈能看到她的喜怒哀乐，在为减肥苦恼，自嘲：八戒的饮食，却想要猴哥的身材；在为儿子高考操心；在做美食；在忙碌业委会的事儿，原来她的工作就是物业管理。闲坐中我翻阅了她以前的微信，渐渐地惊呆了，从进入鲁院起，她就成了鲁院同学的义务宣传员，不管哪一位同学在写作上有了好消息或者点滴的进步，她都郑重其事地推荐和宣传，语言调皮机敏，态度真诚恳切。

想对她有更多的了解，我开始关注她的创作，得知她一直坚持散文创作，著有散文集《万千灯火》《寻常》。也郑重其事加入了几个协会，如中国作家协会、中国散文学会、中国煤矿作家协会、陕西省作家协会。也获过奖励，如散文《万千灯火》获2011年第六届全国煤矿文学乌金奖、2011年全国散文作家论坛征文大赛一等奖。作品入选《中国散文大系》《2011年我最喜爱的散文》。几十篇散文在《文艺报》《中国散文报》《散文选刊》《北京文学》《延河》《草原》《阳光》《陕西日报》发表。

这么一个宜家宜室、上得厅堂下得厨房，估计黑夜独行也能打得了蟊贼震得住小流氓的女子，将动静结合得很好，生活里火辣辣、赤诚，却不缺乏睿智和聪慧，那一抹热情的笑容里掩映着生活积淀后的成熟和稳重；文字里，机敏聪慧，有小聪明，也有大智慧。

随着阅读的深入，我的感慨禁不住多起来。众所周知，散文不好写，不像诗歌，是激情与赤诚胸怀的抒发；小说，靠细节和故事支撑；散文，既需要小情绪也需要大才情，也许刚起步写作的人能凭着生活的积累和体验，懵里懵懂写一些散文，甚至不乏好散文，但是写着写着，考验就严峻苛刻起来。这种文体因了它的直白浅显，很容易入门，但是要提高，我感觉很难，而薛晓燕在其中坚持了多年。这一场马拉松竟然被她这么懒散的人坚持跑着，目前还没有力竭退赛的意思，倒是越来越兴致勃勃顺风顺水了，这就是她的厉害之处，包括她的博学多才，她的感情细腻，她的厚积薄发。她能够在最寻常的生活中，为一事一景、一草一木、一花一叶所触动，文采如清泉般汩汩流淌，胸襟气度渐渐地呈现出开阔气象。

小散文，见大情趣、真性情，读《有仙则灵》，好像有双无形的大手替我揭开了一道已逝时光的帷幕，我窥见那个在神木县（现为神木市，后文不再注明）北关小学读书的小女孩："我每天被我妈妈打扮得'人模狗样'，在大仙庙铃声的清响之中，穿过北关一带的沿街店铺去上学。走过徐家大院时望一眼葡萄架，咽一下口水，就会看到老李家的铁匠铺。烧得通红的火炉子后面，准会冒出李叔一张滚圆、赤红、油光、结实的脸庞，他总是光着强有力的膀子，瞅见我走过，会带着戏谑的表情望向我，有时会故意高喊：‘儿媳妇，念书去呀！’真是讨厌，懒得理他。那时我们北关的小女孩，大概都被他叫过儿媳妇。转角处是老孙家的干酪铺子，勤劳的孙老头卖力地打着永远打不完的干酪。再走就是武姓人家的豆腐坊，越过豆腐坊就是我们学校的大门。打铁打干酪卖豆腐卖香蕉水商家的子孙都是我们同学，世界就这么小。”“我幼时体弱，脑子大概也不很灵光，反正是运动能力极差，缺乏玩耍的神经。在跳皮筋、跑城、打沙包、抓骨头子等游戏时备受歧视。”哈哈，读着这样的文字，我真是忍俊不禁，这是真的吗？要不是读了文字，我真不敢相信我所认识的晓燕曾经有过这样的童年形象。

和之前的散文集《万千灯火》《寻常》的文字相比，发表于《北京文学》2015 年第 9 期的散文新作《寻梦红碱淖》，让我从中看到了一种趋于成熟的沉思和质感。还是从自我角度出发，写的是自己的所见所想，却不再那么随意那么狭小那么自我，视界和境界都呈现出扩展的气象，叙述缓缓道来，时空交错汇合，一种生命成熟后的感悟和体味很自然地渗透其中。生命成熟了，境界和心态跟着成熟，凝结在文字里，便有了字字珠玑的效果。《策马飞奔》中我看到了一个初学骑马的乡村女子流淌在内心的一份奇特体验，《诚愿得行》里蕴藏了一个女子心底最真实最豪放的梦和千古喟叹。文字是梦想和情怀的寄托，感叹之余，我仿佛看到在红碱淖的星空下她独自痴痴仰望，站着做了一个悠长缱绻迷离又温暖的梦。我把这篇散文读了一遍，又读了一遍，讶然之余，感觉对她的了解又深了几分。

小散文《尘封的故事》让我会心而笑。写此文的初衷是她在媒体上看到了一则新闻，“史前规模最大城石峁遗址首次发现祭坛”，这样的新闻，我们经常看到，司空见惯到了麻木的地步，她却一伸手抓住了，洋洋洒洒衍生出一篇散文来。这样的散文其实本没什么特别之处，但是散文的作者是薛晓燕，薛晓燕将一件寻常之事硬生生写出了不寻常的味道和趣味，她究竟干什么了？她像个顽皮的孩子，趁大人不注意，满含深情地对着4300年前的一堆女人头骨说了一堆痴迷而深情的怜惜之语。她说：“作为一位神木女作家，我有一些悄悄话，要对这些头骨的女性主人诉说。从现在开始，我会以亲爱的为称呼，完成我们的对话。亲爱的，既然你们的头骨历经4300年深藏还可重见天日，迎接世人探寻、猜测、惊叹的目光，请允许我这样一个活到四十岁，依然一事无成的傻瓜，深信你们的魂魄从未远离这片土地。这样，我的叙述便不是自言自语，我坚信，你们在倾听。亲爱的……”读着读着我笑了，笑着笑着我收敛了笑纹，肃然起敬浮上心头，她像世间最痴情的男子面对自己最钟爱的女子，娓娓地，徐徐地，深情地，述说着心底的话，温和，柔婉，赤诚，疼痛，贴切。在这样的文字里，我仿佛看到那一堆白骨变得有血有肉栩栩如生，俨然幻化成一群古色古香的丽人，穿越了千年时空御风而来，眉眼活色生香地看着我们。“亲爱的，触目你们残缺头颅骨的那一刻，我的心有撕裂般的疼痛，我看到世界上最鲜活美妙的生命被集体戕害，这情景惨烈地在我脑海里形成明晰真切的画面……”她在轻叹，在低语，那么珍惜，那么爱怜，在这叹息般的叙说中，完成了对人类史上璀璨和糟粕并举的古文明的足够深刻的思索和批判。岁月僵硬，历史冰冷，作为一个内心柔软善良的写作者，我们唯一能做的就是用想象去触摸那些曾经曼妙多姿、温热柔软、纯洁明净的躯体和生命。

《渐渐地试着原谅酒》，是发表在2014年《北京文学》上的散文，它让我陷入了沉思。薛晓燕，这个看似大大咧咧永远欢喜无忧的女子，其实内心深处也蕴含着深沉的忧伤和感慨，对生活保持着一个作家的敏锐感知和深刻反思。中国人崇尚酒，尤其汉族，甚至到了饭桌上无酒不成席的程度，作者的幼年就陷入父亲常常醉酒的苦恼里，她是带着对酒的恨意一天一天长大的，那种面对醉鬼大闹、母亲哭泣的日子里，一颗小小的心灵在经受着只有自己知道的磨砺和熬煎，苦痛与磨难像石子，磨砺着少年敏感多思的心，一天天，一年年，甚至为以后的人生路上埋下难以跨越过去的暗坑。可贵之处在于她对自己进行着持之以恒的自我教育。她学会了爱这世界上的一切事物。她坚信有了爱就有了一切。有了爱，生活给予心灵的所有卑微和辛酸，都可以获得救赎。时至今日，她已经跨过了那些童年记忆里的血色与暗影，人格和性格都充满着阳光，而用文字写出曾经滞留心底的悲伤，是一个作家对过往岁月的打量和反思，以及毫不留情的批判。咀嚼着这样的文字，我禁不住心疼她，那永远乐呵呵欢笑的人，她把悲伤压在心底，带给别人的是绵绵的欢声和笑颜。

阅读晓燕，感叹之余，还是有遗憾，问题不在于她缺乏才气，而是她的懒散。她喜爱女红、美食、穿衣打扮、编织，一度还跟风买了《秘密花园》填补那些机械的色彩并乐此不疲，在大家争相在朋友圈晾晒书单以显示自己阅读水平和品位的时候，她猛不丁晒一堆化妆品、一件衣服、一双鞋子、儿子、屋子、小区的蓝天绿树，像一个有点小资却又不那么惹人侧目的女子，淡然地，一边慢悠悠走着，一边急吼吼操心着家里的事儿。很多看着矛盾的东西，就这样活生生被她和谐统一起来了。可以想见，她的文字，她的内心，包括写作的初衷，不是要获得什么，不是要诉说什么，不是抱怨与倾诉，而是在流淌，不刻意，不用力，随意地，率性地，天然地，将生活之余情趣之余的一些东西，顺手甩出来，落在纸上，就是文字了，就是华章了。相比之下，我辈之于写作的心态就有了或多或少的刻意与用力。

自鲁院别后，我在宁夏她在陕西，陕宁其实相距很近，我们却沉浸在各自的生活工作里，鲜有来往。有时候会想起她，尤其回望鲁院时光的时候，遥遥地想到那个抱着一池清水的院子，池畔白石上一个身影远远清笑着，依旧是那个“女汉子”，一脸浓烈的无害的笑，浅浅地向你走来，那姿态仿佛要对着你的肩膀冷不丁擂一拳，但是走近了，拳头绝不会落下，而是给你一个结结实实的拥抱。

作者简介：

马金莲，女，回族，1982年生，宁夏西吉人，2000年开始写作，先后在《六盘山》《黄河文学》《朔方》《民族文学》《北京文学》《清明》《十月》《花城》《大家》等刊物发表作品300余万字，部分作品被《小说选刊》《小说月报》《作品与争鸣》《新华文摘》《北京文学·中篇小说月报》《中华文学选刊》《长江文艺·好小说》《散文选刊》《散文海外版》等选载。部分作品入选各种年度选本，有作品译成英文、法文介绍至国外。出版有小说集《父亲的雪》《碎媳妇》《长河》《1987年的浆水和酸菜》《绣鸳鸯》《难肠》，长篇小说《马兰花开》《数星星的孩子》。现为中国作协会员、宁夏作协副主席、固原市作协主席、鲁迅文学院高研班学员。先后获《民族文学》年度奖、《小说选刊》年度奖、中国作家出版集团“作家突出贡献奖”、首届《朔方》文学奖、《飞天》十年文学奖、首届西北文学奖、首届《六盘山》文学奖、郁达夫奖、中宣部“五个一工程”奖、首届茅盾文学新人奖、第十一届全国少数民族文学骏马奖和第七届鲁迅文学奖。

目　录

外公的山梁

九月的一天，我从榆林回神木，出了高速路，要进城时，看到有施工人员在滴水崖村的山梁上，对老旧的土烽火台进行施工，用方正的青砖把历经沧桑的黄土台围起来，是对长城的一种统一保护。

童年时再熟悉不过的，在这块土地上逶迤排列，一直向南延伸的好多个用泥土夯筑的烽火台，有的依旧四四方方有棱有角，有的却已倾颓坍塌失去风骨。

我小时候看到的烽火台，和我妈妈、我外公童年记忆中的形象基本相同。乡民们与这些烽火台祖祖辈辈共同生活在同一片土地上，并不知晓这些烽火台从何年何月开始，就带着难以抗拒的神秘和霸气，矗立在这山梁之上。他们没时间追问这些，他们的时间和精力都用到了土地上，他们在土地里种下让一家人能够生存下来的粮食和蔬菜，夜以继日侍弄庄稼是他们的永恒使命。

打小就熟悉的泥土夯筑而成的烽火台，裹上了一身崭新而坚硬的衣裳，看着这忙碌的施工场景，清晰感知到记忆中的许多画面，就要永远消失了，一些说不明白的，目睹熟悉的事物正在发生巨大变迁，而引发的旧日时光流逝太快的莫名忧伤，在心中缓慢升起。

一次次走过新修的连接县城和高速路的大马路，总会想起这条宽阔的马路所占用的地方，曾是外公踏下无数脚印、洒下无数汗水的山梁。高高的山梁上，长满了绿色的三叶苜蓿；举着星星一样的白色花和紫色花的地椒草；绽放粉色花的不知名野草，这种草的茎部长着小气泡，用脚踩上去，会发出叭叭的脆响。山梁上最雄壮的，是土筑烽火台，不需要任何装饰，就可以堂而皇之雄踞高处，接受清风明月的抚触照耀，它们的亲人散落在绵长的群山，它们的心里憋着许多烽火连天的秘密。

外公活着时，并不知道，山梁上散落分布的墩峁，是明长城遗址，是明代延绥镇所筑的东路长城的一部分，先后经历五次修缮，历时184年而成。蹲踞在这“荒莽的山巅，冷眼看人间恩怨”的土筑烽火台，是明长城的配套防御设施。

神木麻家塔乡滴水崖村的这片山梁上，我的外公是一位真正的大地之子，他不识字，却熟悉着脚下的每一寸土地上生长的事物。哪一株野草野菜可以治疗什么疾病；什么样的草牲口能吃；什么地方可以捡到龙骨；哪里的沙蒿或是柠条长粗壮了，可以砍下来编成筐子拿到城里去卖钱；喂牲口的草料，用铡刀铡出多长的格节节，牲口吃着最合适……土地上所有的事情，都是外公说了算。

在这片山梁上，外公常常背着双手走在幼年的我前面，他的上衣纽扣是敞开的，春天的山风吹来，衣襟鼓胀如翼，在外公的身上飘飞，使他的背影看起来颇有仙风道骨之感。他径自朝前走，并不回头，边走边对我说：“苜蓿叶嫩，牲口爱吃，人也能吃，走路看着，踏坏了可惜。”

七月十五，一行人行走在狭窄的山路上，外公说：“白花地椒比紫花地椒好，可以治病。”话音未落，他的手里已经多了几株根部带着新鲜泥土气息的地椒草。

路过长久地盘踞在山梁上的方头方脑的烽火台，外公说：“那是墩峁，可不敢进去，里面住着狐仙。”

听说有狐仙，我的心立即被兴奋和恐惧助长的好奇充满，在夕阳的照射下，外公的脸庞像正在燃烧，有光芒从内部射出的通透感，他望着我，表情一改平时的强悍冷肃，眼睛里竟然充满温柔的意味。

写到这里，我才意识到，在这个村庄土生土长的不识字的外公，遵从流传久远的神话故事指引，身体力行恪守着礼敬天地神灵的准则，一代一代人就这样在自己并不曾有明晰意识的情况下，完成了对长城遗址的守护，使这些古老的长城遗址，经受大自然的沧桑风雨，却不曾遭到人为破坏，从而得以在这片山梁上一直留存至今。

有一天，我读博尔赫斯的《探讨别集》，读到“世界是一个无穷原因的无穷结果，神灵就在我们近旁”，眼睛盯着书上的这句话，内心强烈地想念我的外公。思念汹涌弥漫的时刻，我的外公已在他付出真挚热爱的山梁上，睡了很多年了，我只在梦中才可以听见他的声音。

寻梦红碱淖

寻梦和寻爱一样，是每个人认识自己的开始。在现实世界受到阻滞和囚禁，感到孤独和隔膜，会促使人寻找一种别于柴米油盐琐细微末的东西，来填充生命内核的虚无。

浩大无涯的沙漠，被氤氲水汽遮蔽。这场景似乎多少有点不真实，像梦。是的，像梦，却真实。如果你来到红碱淖，你就会走入这样的梦。

神木县城往西北走七十千米，有全国最大的沙漠淡水湖红碱淖。

红碱淖周围的沙丘连绵不断，中间镶嵌着明镜般无垠的湖泊。碧水、蓝天、黄沙、绿草、赤马、白云，伴着牧羊人动听的歌声，构成独特优美的大漠湖海风光。

在黄土高原和内蒙古高原之间，在沙漠和草原之间，在陕西最缺水的区域，水面面积达十万亩的蓝色湖泊，让大自然的美，瑰丽如梦。

每年夏天，全球约90%甚至更多的遗鸥会光临红碱淖。遗鸥对栖息地非常挑剔，由于红碱淖周边环境的持续改善和当地人的爱护，渐渐吸引了全球各地的遗鸥来这里繁殖。黄昏时刻，外出觅食的遗鸥纷纷归来，在岛屿及附近水面上嬉戏欢娱，十分壮观。

心，是一切的缘起和终点。寻梦红碱淖，你必须有一颗细腻、深沉、热烈、敏感的心。红碱淖的美，不是粗枝大叶、走马观花就可领略。

策马飞奔

湖畔有供游客骑马环湖观光项目，我直奔而去。牧马的老师傅领着我在湖边沙地上奔腾了一会儿，待我最初上马时那种夸张的呼喊消停了，便直接赶着马儿奔入湖水中。

马蹄扬起的水花飞溅到腿上，霎时觉得自己是策马山河的秋瑾。无比美好的是，从始至终，老师傅一直用本地称呼小姑娘的方言叫我：女女。

女女，你放心。

女女，你坐稳。

女女，我的马可乖了。

女女，我的马一个叫枣骝马，一个叫大红马。

仔细感受他的语言，竟然具有天赋神秘的文学的精美。你放心，不要怕。这可是宝玉送给黛玉最坚定的情话。我的马一个叫枣骝马，一个叫大红马。这样的句式堪比鲁迅的我家门前有两棵树，一棵是枣树，另一棵也是枣树。而且从他的语气听来，牧民对自己的马比鲁迅对自己的枣树深情许多。老牧民如对待子孙一样，亲昵地给他的马儿取了名字，并时时以马儿的名字温柔地呼唤着自己的马。这些日日夜夜被红碱淖的水浸润着的村民，自带这块土地赋予他们的聪颖。世界有多宽广，语言就有多宽广，这个村民的语言，和他所处的这个湖边世界一样，纯净、原始、神秘、温暖、热烈。而我，多么幸运，被他浓烈温存的语言眷顾。

女女，女女……这么美好的称呼，隔了几十年的时光，被一位牧马师傅毫不保留地送给我。

坐在马背上，恍然觉得自己真的就是他说的女女。在我即将四十岁之时，骑着马儿奔跑在红碱淖碧蓝清凉的湖水中，青春离我那么近。

人在马上，双脚离地快速奔驰，似乎插上了日夜梦想的带我逃离现实桎梏的翅膀。小小的幸福呀，就这么湮没了我，在那几分钟骑马的时光。

此刻，隔着近一千个日夜回想，短暂如梦的时间里，红碱淖的湖水中，我安静地骑着马儿。太阳照射下，水面波光粼粼，马儿踏着水浪，腾起巨大的水花儿，贴着我光洁的小腿，闪耀着珠玉般璀璨的光芒朵朵落下。惬意闲适的心本就无比温柔，又被赤脸、精瘦、温存、热烈的牧马人一声一声唤着，女女，女女。

红碱淖啊，你给予我年轻的、温存的、清凉的、轻盈的梦，我会妥帖收藏。直到老得哪儿也去不了，我会坐在阳台上，在某个阳光明媚的宁静午后，睁开睡眼惺忪的眼睛，抬头远望。

远处，水汽迷蒙的圣洁清澈的湖水中，年轻的女女，赤着脚踝，迎着太阳，策马飞奔，温存的脸庞上，绽放着肃穆的静美。

诚愿得行

2011 年 5 月，神木县政府在红碱淖的湖畔矗立起高大的昭君雕像，纪念昭君出塞途经红碱淖，滴泪成湖这段千古佳话。

四大美人中，我只喜欢王昭君。小时候，挂历中的昭君一席红袍横空出世，画中的昭君闪现出一种神秘的光芒，与贫穷闭塞的陕北小县城现实生活中人人灰扑扑的装束，完全不可相提并论，那神秘、遥远、华贵的光芒，让我的幼小心灵受到不小的震颤。想要认识昭君，我们必须穿越 2000 多年的历史年轮。

公元前 48 年—前 33 年，汉元帝刘奭在位，这是西汉第八个皇帝。这个时期，大汉天子的威武光华在缓缓消失，国势逐渐衰弱。就像任何朝代一样，中国力量小的时候，四夷外族就不服气，蠢蠢欲动。

公元前33年，是汉元帝的竟宁元年。匈奴王呼韩邪单于自请入朝，这次他要求做汉朝的女婿。元帝决定找一个后宫女子嫁过去。汉元帝派人到后宫传话，宫女们在皇宫犹如鸟儿在樊笼，都争着想出去，但一听是去遥远的匈奴，一个个起劲的小心思顿时化为乌有。不甘心做白头宫女的王昭君，在皇帝宴请呼韩邪单于的宴会上，毅然请命，自愿去匈奴。

蔡邕在《琴操》中写，于是昭君喟然越席而前曰："妾幸得备在后宫，粗丑卑陋，不合陛下之心，诚愿得行。"。

《后汉书》中的记载绘声绘色："呼韩邪临辞大会，帝召五女以示之，昭君丰容靓饰，光明汉宫，顾景斐回，竦动左右。帝见大惊，意欲留之，然难于失信，遂与匈奴。"

这些历史记载告诉我们，她是自愿前往的，她是主动要求的。她的主动在中国几千年的历史中，非常珍贵。女人在历史中扮演的角色，通常是生来就该顺从接受命运的摆布。让人无比欣喜的是，2000多年前，有一个女人叫王昭君，她有一颗不屈服命运安排，向往自由的、高贵的心。

我以为"丰容靓饰，光明汉宫，顾景斐回，竦动左右"这十六个字根本比不上"诚愿得行"这四个字所绽放出的美丽。这四个字里倾注了一个女子全部的勇敢，展现了一个女子扼紧命运咽喉，改变命运的胆识。历史会永久记住，昭君有一颗不愿被忽视，不可被囚禁，向往自由的心。

传说中，昭君在秋天开始了走向匈奴的艰难行程。历尽许多辛劳，来到了现在红碱淖这块地方。这里是大汉与匈奴的边界之地，再往前，就是匈奴所辖之地。此时天气愈凉，塞北沙漠腹地秋景唯风声呜咽，沙石悲鸣，萧瑟悲戚之气笼罩四野，南归的大雁鸣叫着悲凉的声音响彻天穹。生长于湖北秭归，又过早走进皇宫的昭君，哪里见过这样刻骨的苍凉。此情此景，强烈触发了她对父母亲人，对汉家天下所有人、事、物的万般不舍之情。她心里深知，此一去虽是自愿前行，也不过是不甘命运摆布、坚决与命运抗争的无奈选择。

望着漫天黄沙，群雁南飞，不觉幽思自叹，无限感伤，昭君弹起琵琶，一首《怨词》寄托了浓厚的乡愁，声声催人泪下。“翩翩之燕，远集西羌，高山峨峨，河水泱泱，父兮母兮，进阻且长，呜呼哀哉，忧心恻伤。”南飞大雁望着这绝世惊艳的美貌女子，听着凄婉的琴声而忘记扇动翅翼，纷纷扑落于沙漠之上，遂成“平沙落雁”的千古绝响。昭君一曲弹罢，愁肠百结化为泪水，源源不断涌出。直哭得天地变色，风云突至，一时暴雨倾盆，汇聚而成今日红碱淖这沙漠上罕见的清澈凛冽湖水。

2000 年后，历史的风烟裹挟着我的脚步，追梦一般来到红碱淖。真切地站在这里，湖水无言，沙漠无言，美人早已远去。昭君的雕像巍然耸立。天空蔚蓝，白云悠然。

温柔相望

当神秘的东西使得你心惊肉跳的时候，你不敢不听他的命令。这是《小王子》里的一段话。站在红碱淖的星空下，我晓得，所谓的不敢不听他的命令，其实是你此刻的心里满满的全是温柔。

狐狸对小王子说：星星美丽，因为里面有一朵看不见的花。

我原以为，一直热爱文字的我，有能力用语言流利表达出我所看见的世界。可是当我抬头，当星星在距离头顶很近的地方，绽放出盛大夺目的璀璨光芒之时；当夜的黑暗，被星星们的光亮逼迫得在天空没有立足之地时；当真切地发现每一颗星星里面真的存在着一朵花儿时；当星星以比平时见到的颗粒大很多的模样，在离眼睛很近的地方只为你闪亮时；当夜空像汇聚飘浮了许多雪花却被凝固时；当发现星星们的光芒尽管闪烁如寒冰，却一点都没有凛冽的凌厉时；当整个眼睛、整个心灵、整个生命里别的东西都消失，只有眼前这片星空时，我发现自己流泪了。流泪是我唯一的语言。

眼泪的王国果然神秘，并不是俗世里该流泪的时刻，可是它就是不管不顾冲到脸庞，记录心灵苏醒的时刻。我的语言世界，在星星的闪烁中，轰然坍塌。

黑沉沉的大地上只有我一个人，可是我一点都不孤独，亮闪闪的天空上，缀满着千千万万颗星星，这所有璀璨的钻石，此时此刻，都是我的。天恩浩大般的宠爱，上天赐给每一个人，可是这世界上太多的人，他们的眼睛和心灵无缘同时消受这幸福。

遇见红碱淖的星空，我连孤独都不再害怕。遇见红碱淖的星空，我觉得自己是这个世界上少有的承蒙老天眷顾的人。我生性浅薄粗糙，对于“温柔”这样高端的人类情怀，心存虔敬，却常常远离。红碱淖的星空犹如为我开了天眼，我一刹那明白了，温柔就是在自处和与人相处时，让自己和他人的身心保持内在的和谐与喜悦。

我这才知道，那些不由自主流淌而出的，并非真正的哭泣，我只是在与星空温柔相望时，流下了温柔的眼泪。

红碱淖的星空，就如一个梦，时时点缀着我的生命。偶尔在现实面前败下阵来，心情潦草凌乱时，满天星星就会再次亮起来，给我一片温柔。

择一夏夜，去红碱淖看星星，你会拥有一个温柔且诗意的梦境。

尘封的故事

2014年2月20日，腾讯大秦网公布：史前规模最大城石峁遗址首次发现祭坛，一共三层。新闻说，石峁城址的考古成果曾于2012年公布。这处石砌城址总面积超过400万平方米，由皇城台、内城、外城三部分构成，始建于4300年前，使用时间超过300年，是目前发现的中国史前最大城址。此次考古的新成果是，发现了祭台、池苑遗址，这是后世“皇城”级的配备，这说明石峁城址是一个高等级的中心聚落。同时，这次又在上次发现头骨的附近发现了六个头骨，和上次发现大致相同。头骨以年轻女性居多，部分头骨有明显的砍斫痕迹，个别枕骨和下颌部位有灼烧迹象。专家告诉记者，这些头骨可能与城墙修建时的奠基活动或祭祀活动有关。

这一则新闻，引发我内心剧烈的风暴，当人们都将目光投向这个4300年前的、有着皇城规模的城池时，作为一位神木女作家，我有一些悄悄话，要对这些头骨的女性主人诉说。从现在开始，我会以亲爱的为称呼，完成我们的对话。

亲爱的，既然你们的头骨历经4300年深藏还可重见天日，迎接世人探寻、猜测、惊叹的目光，请允许我这样一个活到四十岁，依然一事无成的傻瓜，深信你们的魂魄从未远离这片土地。这样，我的叙述便不是自言自语，我坚信，你们在倾听。

亲爱的，考古学家告诉世人，你们活着的年代大概是公元前2000年左右。我从新闻里获得的知识是：神木石峁山遗址属于新石器时代晚期至中国夏代早期的主要遗存之一。作为中国规模最大的史前城址，在“首届世界考古·上海论坛”上被票选为2011至2012年度十项世界重大田野考古发现之一，为人们了解史前中国的文明格局提供了重要参照。它不仅是目前中国史前规模最大的城址，而且是面积超过400万平方米的石砌城址。遗址曾以“中国文明的前夜”入选2012年中国十大考古新发现。

亲爱的，首先让我试着回到你们的时代。以我对历史浅薄的了解，那个时候，是中国传说中的三皇时代。我们学习历史的时候，这个时期被最多提及的是大禹治水的故事。可以想象，那时的中国是一片泽国，水祸肆虐。人们为治水绞尽脑汁，鲧因治水无功被杀，他的儿子禹继承父业，领导治水。苦干十三年，三过家门而不入，凭恃坚忍的意志，取得治水事业的成功 。

在这个前提下，我就能理解，石峁遗址存在的合理性以及石峁遗址选址的优越性。因为水患持久的困扰，4300年前的人类不可能像后世的人们那样，选择水草丰美之地逐水而居。他们对生活聚居地的选择，必须是择一山而终老。石峁山海拔1300米，相当安全。尧世之民或者干脆是尧帝本人聪明地选择了在此地筑城而居、而聚。

亲爱的，我与你们相识，是从你们已经死去4300年的头骨开始。这真是最残忍的见面方式。目前发现的头骨在八十颗以上，你们的年纪大都在十二岁左右，没有超过三十五岁的。

亲爱的，触目你们残缺头颅骨的那一刻，我的心有撕裂般的疼痛，我看到世界上最鲜活美妙的生命被集体戕害，这情景惨烈地在我脑海里形成明晰真切的画面。

古人对世界的认识首先从天开始。自然灾害的不断发生让他们形成对天的无比膜拜和无边恐惧。他们相信，上天会定时降下祸福。灾祸频发促使他们殚思竭虑努力顺应天意。他们和天将心比心，认为自己喜欢的必是上天喜欢的。于是，他们把自己钟爱的东西，毫不犹豫送出去，讨好上天，他们坚信诚心诚意的大手笔祭祀，可以达到风调雨顺的目的。祭祀的起源是灾祸频频被逼无奈，随着时间推移，演变成一种神圣不可侵犯的神秘仪式，让统治者的统治变得合乎天道，也顺便安抚天下民心。我以为，中国的祭祀文化是贿赂的开端，向高于自己、掌控自己命运的人或者神，献出珍贵的东西，达到换取自己所需的目的。

亲爱的，你悲剧命运的开端，你被献上祭坛，只是因为你从来都是这世界最美好的。人群中多看你一眼，你的美便无处可藏，这让你成为最盛大的礼品，用以祭奠。当时的人们认为，让美丽纯洁的少女奉献生命，最能显出祭祀者的诚心。我相信，那些把你推向祭坛的人们，其实深深欢喜着你，他们无比诚实地揣测老天的心思，坚决认为老天应该和他们一样对你充满热爱。于是，曼妙多姿、温热柔软、光洁明净的你们的躯体，便成为最能表达诚意和决心的祭品。他们认为这样可以换取老天最大限度的慈悲和恩赐，从而一劳永逸，天下太平，五谷丰登。

“部分头骨有明显的砍斫痕迹，个别枕骨和下颌部位有灼烧迹象。”就是这简短的、一句带过的文字里传达出的信息，让我彻夜难眠。你们有过怎样的挣扎和不屈？你们有过怎样的号叫和求饶？你们有过怎样的不甘和无奈？暗夜里一个人辗转细思，我噙着眼泪，手里紧攥着的温润的玉忽然变得沁凉，无可阻挡的凉意，一直沿着手臂的血管渗透到我整个血脉里，心魂中。

亲爱的，你们如牲口一样被杀戮的时候，一定有过无比剧烈的抗议吧，你们的争斗实在把他们逼急了吧，实在令他们出其不意了吧。自以为无所不能的男人们，从不了解你们柔弱的身躯里其实蕴含着相当巨大的生命力量。面对你们爆发的求生力量，他们只能给予更大的暴力还击来遏制。行刑者的眼里没有怜惜，刀砍斧斫火烧炭灼……世界上最惨烈沉重的酷刑，配合着当时最锋利的工具，加上行刑者最坚硬的心肠，切割了你们的头颅。年轻而美好的灵魂和身体骤然分离，人们如愿以偿完成了伟大而神圣的祭祀。

亲爱的，一定是你们喉管里喷出的鲜血，温润了那些一起作为祭品，埋藏在土地深处的美玉。大石头挤压，暗黑的土里掩埋了 4300 年，玉石的光芒依旧温润如初，一如你们明媚多情、盈盈如水的眼眸。

亲爱的，你可曾知道，我曾漫山遍野寻你，却毫无所获。带着生命最深处的伤痛和疑问，我曾步履仓皇奔向你。凌厉的大风吹不动满山苍凉的石头，却搅动得空气里满满都是黄沙混合着野草的萧索凄凉气息。在那荒凉满布、方向迷失的山头，心绪无比低迷的我，忽然无比清晰地觉察到，手腕上的脉管里，红色液体微弱却高贵跃动。那一刻，我前所未有地领悟到，支撑生命内核的搏动，美好、不竭、有力。下山之后，我的心很神奇地逐渐宁静安详。几个月后，在陕西省历史博物馆，看到石峁山出土的大量玉石。恍若有着前世记忆一般，面对这人间至美的光华，我内心涌起强烈的爱恋。我笨拙地为玻璃盒子里与我默默相对的玉石写诗："谁为你驻足流连 / 谁和你相视一笑 / 微小的裂痕间 / 谁看见泛黄的思念。"泛着绝美光华的玉石不理我情绪的激烈，三生三世的呢喃，只剩无言的沉默。

亲爱的，人们都说，石峁山皇城遗址的发现，将改写中华文明史。人们还说，美洲有玛雅古城、欧洲有雅典古城、亚洲有石峁古城，每一个民族都有值得自己自豪的精神家园。

而我觉得，你们残缺的头颅，整齐划一地以固定形状在地下安静排列了4300年，却在今天这个时代终于得见光明，一定还有别的深意。我希望这个时代可以有天赋才能的写作者，不断地挖掘出和你们的头骨一起深埋的故事，以文字的形式告诉后来人，有一群年轻而美好的姑娘，轻盈而真切地爱过这荒凉的世界。

塞上驼城

我生活的城市名叫榆林，多好听的名字呀，光听这名，绿意森然，扑面而来。

然而，真相是，在我们榆林，曾经最多的，不是沙，就是土。一到春天，飞沙走石，遮天蔽日，简直就是八戒在高老庄作怪闹出来的阵势。大风暴刮来大沙土，江南春天的乱花渐欲迷人眼，在这里就是乱风直接迷人眼，反正风一来，保证你得眯起眼窝自我防护，不然眼睛立马变成沙窟窿。

我好朋友的父亲，写了一首歌，《榆林城我的老家》，其中一句歌词是："榆林城啊我的老家，当年就怕你的大风沙。"可见，说榆林城，总也绕不过大风沙。即使是地名，老榆林人都直接把城东叫东沙，城西叫西沙，简单粗暴，形象逼真。

大风沙和榆林的地理位置有关，榆林位于陕西省的最北部，处在黄土高原和毛乌素沙漠的交界处，是黄土高原与内蒙古高原的过渡区。

好在，有一代一代的治沙人，向沙宣战，与黄沙窝、碱滩地，不屈抗争，费尽千辛万苦在沙漠上种草种树，多少人几十年如一日，不懈努力，只为制服沙魔。榆林涌现出的治沙英雄，耳熟能详妇孺皆知的有石光银、牛玉琴，还有一个青年女子组成的补浪河女子民兵治沙连，更是鼎鼎有名，功勋卓著。

榆林人用六十年的努力，创造出了榆林治沙中国第一的成绩。如今，榆林境内的毛乌素沙漠基本被消灭。

虽然现在春天依旧是大风天不断，但是绝无当年那种在风地里走一圈就满嘴沙子的现象。我现在还清晰记得上初中的时候，因为刮风，大白天的教室内一片漆黑，小小的沙子真的做到了遮天蔽日。

历史上的榆林不仅风沙多，也盛产边塞诗歌。在榆林境内蜿蜒而过的无定河，是榆林最大的一条河流。自古以来，从秦汉到宋明，无定河流域一直是中原汉族与北方游牧民族反复争夺的地方，匈奴、鲜卑、羌族、氐族等都曾在这里掀起烽烟滚滚。无定河水默默流淌着，见证着一场接一场的战役，看着一个又一个身躯倒下，无定河不语，诗人们却绝不会沉默。

唐代的边塞诗中，有许多与无定河有关的诗，其中最出名的当数晚唐诗人陈陶的《陇西行》："誓扫匈奴不顾身，五千貂锦丧胡尘。可怜无定河边骨，犹是深闺梦里人。"用景凯旋老师的话说，陈陶这首诗，给唐代边塞诗画上了一个句号。

无名氏写的《杂诗》："无定河边暮角声，赫连台畔旅人情。函关归路千余里，一夕秋风白发生。"一夕秋风白发生，把思乡厌战的情绪，写到了极致。

边塞诗，将无定河在中国历史和文化中定位为一个凄美、悲壮、苍凉的意象。

如今的榆林，却早已不再是苍凉悲壮，反而成为一方经济增长迅速，冒着腾腾热气的土地。煤炭、石油、天然气、岩盐，要啥有啥。西气东输，用的是榆林的天然气，是迄今我国陆上探明的最大整装气田。除了西气东输，还有西电东送，我们国能锦界公司生产的电力，就是通过几百公里的输电线路，直接供到河北南网。

在陕西省，日照时间最长，独特的地理位置，让榆林拥有得天独厚的风资源和光资源，“3060”双碳目标，更让榆林成为炙手可热的可再生能源发展之地。

让人惊叹的是，榆林更是国家历史文化名城。榆林有长城最大的烽火台镇北台雄踞城北，南门外有巨型的骆驼雕塑，诉说着驼城的过往，更有直插云霄的凌霄塔，巍峨耸立。榆林老街更是榆林人心心念念的一道风景线，底蕴厚重，雅致精美，店铺林立，树荫浓碧，在青石板路上迤逦而行，边走边默默念着一个个寓意独特的巷子名字，别有一番滋味在心头。

榆林老街，形成于明成化年间。全长两公里的老街上，文昌阁、万佛楼、星明楼、钟楼、凯歌楼、鼓楼，由南至北纵列排开，因此，榆林老街享有“六楼骑街天下名”的美誉。

榆林的市树是榆树。榆树，身形高大挺拔，材质坚硬耐用，象征坚毅顽强、忠勇豪气、艰苦奋斗的榆林精神，榆钱儿更是青黄不接之时的口中美食，帮助榆林人度过了许多艰苦岁月。

榆林的市花是桃花。桃树在榆林广为栽植，这个季节，恰是3月，道路两旁的桃树正举着满树灼灼的光芒，等着你驻足观望。在榆林，以桃树为村名或地名的有二十八处之多，由此可见，榆林人对桃花的喜爱。

榆林人喝的水，叫桃花水。桃花水的源头叫普惠泉，用普惠泉的水点成的豆腐名扬天下。在榆林，老辈人口口相传着这样一个故事：清康熙皇帝御驾亲征噶尔丹，途经榆林，厨师献上一道菠菜烩豆腐，顿觉味美色佳，随口吟出:“清香白玉板（豆腐片），红嘴绿鹦哥（菠菜根与叶）”的名句。

榆林豆腐是用普惠泉的桃花水和陕北高原上土生土长的优质黑豆磨制，经过炕晒、脱皮、浸泡、磨浆、过滤、煮浆、点浆、压制八道工序制作而成，独到之处是用酸浆（即制作豆腐后沥出富含乳酸菌的汁水）“点”豆腐，而不用卤水和石膏，这就使得黑豆天然的香气和桃花水的甜美气息完好保存，榆林豆腐颜色白亮、口感软嫩、咬之细韧，特别好吃。榆林的豆腐食谱可谓种类繁多，目不暇接，可荤可素，不改其味。著名的豆腐菜品有家常豆腐、肥肠熘豆腐、炝拌豆腐、小白菜烩豆腐、罗汉菜、豆腐稀饭等。

普惠泉水经过厚厚的沙层渗透过滤，冒出地面已是清澈晶亮、甘甜可口，属于优质矿泉水。一方水土养一方人，榆林女子久饮此水，虽世代居于塞上，风沙粗粝，黄土高原日光强烈，然而大多数榆林女子肤白胜雪，细腻柔软，堪称奇事一件。

榆林对我来说是一块福地、宝地。我第一次离开父母，走出神木，独自踏上的远方就是榆林。作为一名小学生，我来榆林是代表神木县的小学生参加智力竞赛，这让五年级的我，把名字印在了《榆林日报》上。十几岁的时候，我再来榆林，求学三年，几百个夜以继日废寝忘食野蛮读小说的时光，奠定了对文学一生的热爱，更结识了以后漫长人生永远有话题，从不曾有嫌隙的好朋友、好闺密。再后来，我的工作在榆林，家在榆林，我与榆林的缘分越来越深。

榆林东沙的沙滩上，曾留下我数不清的青春脚印，更留下我许多稚拙的诗行，记录那永不再回的青春时光。十四岁的我，在榆林写出了人生的第一首诗歌，如今四十八岁的我，依然在榆林，依然热爱着诗歌。

怀念爷爷

2011年3月15日11时55分，早春乍暖还寒的阳光照进屋里，我们围在他的床前大声哭喊。我的爷爷没有理会这一切，经过一阵剧烈呼吸之后，他艰难地闭上了双眼，离开了这个世界。

爷爷的眼角带着一滴泪，走完了七十九年曲折、精彩的一生。

我的爷爷薛立刚，1932年2月14日（农历正月初九）出生于陕西省神木县解家堡乡柳树沟村，十六岁开始参加革命工作。

当时，身在农村的爷爷响应号召参加革命，要跟着征收革命青年的工作人员离开沟壑纵横的农村老家，进城学习。这种石破天惊的革命行为，在我的曾祖父眼里，简直可谓肆意妄为，大逆不道。世代务农，土地练就的脾气是很强势的，脾气奇大的曾祖父听到消息后，挥舞柳鞭，一路狂追，坚决要拦住自己爱上革命的儿子，阻止他离开养育了祖祖辈辈多少代人的土地。

一个农民父亲，怎么可能抵挡革命的洪流在年轻的胸膛里掀起的昂扬激情呢。最终的结果是，曾祖父只好眼睁睁看着不听话的儿子，大步流星地离开，剩下他自己站在农村的土地上仰天长叹。

我十六七岁时，有一次在我爷爷家的客厅，和曾祖父一人占据一个沙发，悠闲地坐着，阳光和暖照耀着，老人满是皱纹的面庞洋溢着满足的情绪，微微地笑着。于是，好奇心特别重的我，眼睛直直地瞅住我的曾祖父，用有点戏谑的口气说：“你看你，还好意思拦人家，我爷爷要是叫你拦住了，这一家人就有可能还在农村种地了。你这会儿哪能进城坐在沙发上享福，真被你给拦住了，我看你咋办呀。”

奶奶多次描述的脾气暴烈的曾祖父，并没向我展示他著名的脾气，只是微微一笑，默然不语。他大概心里很得意地想，再能行，还不是我养的。因此，我的曾祖父压根儿不跟我这样不知天高地厚的黄毛丫头说高论低。

就这样，我的爷爷在十六岁时，自己做主，改变命运，勇敢地开始了自己奋斗的一生。

1948 年 10 月至 1949 年 9 月在神木地方干部学校师范班学习；1949 年 9 月至 1949 年 12 月在延安陕北青年培训班学习；1950 年 1 月至 1955 年 5 月在神木县人民法院任统计员；1953 年 10 月加入中国共产党；1955 年 6 月至 1966 年 3 月在榆林地区中级人民法院任秘书、党支部委员；1966 年 4 月至 1974 年 12 月在神木县人民法院任院长、党支部书记；1975 年 1 月至 1977 年 1 月在神木县太和寨乡任党委书记；1977 年 1 月至 1980 年 1 月在神木县乡镇企业局任局长、县政府总支委员；1980 年 1 月至 1988 年 3 月在神木县公安局任局长、党委书记；1988 年 3 月至 1989 年 9 月在神木县人大常委会任副主任、党组副书记；1989 年 10 月至 1993 年 12 月在神华神东煤炭公司，原华能精煤神府公司大柳塔职工医院任党支部书记；1993 年 12 月光荣离休。

爷爷一生的履历，浓缩再浓缩，还有这长长的一串。在岗奋斗了整整四十五年，最终离开工作岗位时，他的待遇是离休，不是退休。

关于离休，网上给出的答案是：离休是指 1949 年 10 月 1 日前参加革命工作（包括供给制）的干部，到达退休年龄时，可以享受规定的离休待遇。

我们现在的人，谁还能整整工作四十五年呢。历史，只让他们那一代人担负了这样的使命。

有一件小事，我从未向任何人提起，却永远难忘。

大概是在我十六岁左右，我在爷爷家住着。那天吃面条，擀面的责任落在我的手上。当时面和得很硬，我把和好的足够四五个人吃的面团分成两块，准备擀完一块，再擀另外一块。

正当我用擀杖专注地对付着硬邦邦的面团时，身后传来一声暴喝，巨大的声响充斥着厨房："你这是做什么了，擀这么一疙瘩面，还分两回，吃的饭都到哪儿去了，一点劲也舍不得出，还咋活人了。"

爷爷身躯伟岸，声音粗犷，面貌凶悍，不出言已经很吓人，发起脾气简直令人闻风丧胆。很多人说，他们每次要见我爷爷前，都要给自己打气无数遍后才敢来，全面做好准备也会一直哆嗦，出得门来常常会出一身冷汗。

这么凶悍的声音，猛然在我身后炸开，我的头皮立即发麻，手抖得握不住擀杖。赶紧麻利地把两块面揉在一起，用我当时还很孱弱的胳膊上的所有的力气，死命地对付。他凶完之后，转身就出去了，我却委屈得眼泪直打转，还不敢掉出来。要是叫他看见，居然还敢委屈，简直不敢想象还有什么阵势。

我噙着眼泪想，人家书上写的都是慈祥的爷爷，含饴弄孙、其乐融融之类的。我咋就摊上这么个凶神爷爷。

多年后，回望自己一路走到现在，时间一天天流过，我身上也渐渐地显示出，我一直希望自己能拥有的强悍气质。那些我特别讨厌却总是紧紧相随的懦弱、胆怯的脾性慢慢地不再那么明显。这可能是岁月奉送给我的礼物，也与那一顿怒斥有一些关系。

"一点劲也舍不得出，还咋活人了。"这句话常常提醒我，要豁出全身力气，好好活人。

《舌尖上的中国》有句解说词：擀面是中原女孩最基本的生活技巧。看电视时听到这句，我立即想起了爷爷在我擀面时所发的怒火。在他去世一年多之后的夜晚，经由一句电视解说词，我才终于明白，他大概是担忧我连最基本的生活技巧都掌握不了，才大光其火，粗暴相向。关掉电视，关掉灯，夜很安静，我无奈地又一次发现了自己的笨，曾经无数次面对爷爷的暴烈脾气，悄悄在心中涌起的敌对情绪，逐渐远离我，暖暖的温情缓慢升起。可这份柔软的心绪，只能在我心里左右徘徊，他不给我时间，让我向他散发。

爷爷离休前，奶奶总是笑眯眯地说，看你离休了做甚呀，我看也就是跟上老汉汉们到体育场打疙蛋蛋。

奶奶说的疙蛋蛋是门球，当时体育场有一些离休干部经常打门球，休闲时尚不说，最主要是可以锻炼身体，真是不错的选择。

谁能料到，这个一辈子闲不住的人，精力旺盛得居然在离休之后，又做出了很具备革命气质的行动。

人家要去远离神木县城的泥河乡办铁厂。又一次石破天惊激起千重浪。人人都说，又不是钱不够花，为什么非要这么操劳自己？

不管旁人说什么，我的爷爷大衣一披，腿一迈，跨上一辆破旧的28型加重自行车，在寒风中潇洒骑行，穿过小城凛冽的空气，义无反顾奔赴他的铁厂。

铁厂的创业无比辛苦，这个习惯指挥别人的男人，在自己选择的事业上吃了不少苦头。可他乐此不疲，开弓没有回头箭，一路走了下去。

厂子好大呀，设备也齐全了，轰隆隆响起来了，工人们忙碌地关注着生产，铁疙瘩生产出来了，销量不错。

创业从来不是顺利的，正赶上当时经济大气候不行，卖出去的铁，收不回来钱，买矿石的钱，就没指望。

有段时间，奶奶家院子里堆满了人家顶账顶回来的各种奇怪的东西。铁锅子给我印象最深，堆满了院子，摞得高高的。谁家一辈子做饭能用完这么多锅子呀？！奶奶皱着眉头一个劲说，你们谁用了，谁用尽管拿上用。

明晃晃的不锈钢炊具走进千家万户的时代，谁还看得上那么笨重的铁锅呀，反正我是一个都没拿。可这些都是别人当作钱，还给爷爷的。奶奶看着这些数量巨大的无用东西，眉头皱得深深的。爷爷好像视若无睹，出来进去依旧腰板直挺，风风火火。

三角债彻底摧毁了爷爷的铁厂。没法再坚持下去了，他只好选择关门大吉，把厂子顶出去。

事后回看，要是再坚持几年，光那片用作厂房的土地卖出去，都够积累一笔巨大财富的。可惜这个强人，发挥夕阳红余热，大手笔创业的举动，终以失败告终。

有次跟我丈夫闲聊，我说："你看我爷爷也是，人家有名望的离休干部，最佳选择是到某个民营企业当个挂名董事长或总经理，多轻松。他偏偏要自己办铁厂，那么辛苦了一场，什么都没捞着。"老杨听我说完，神色一正，很认真地说："那有甚意思了，是男人就该像你爷爷一样，自己打江山。靠一张老脸跑出去赚钱，太不光彩了。我觉得你爷爷这才是真男人。"

老杨这么一说，我豁然开朗，爷爷的创业大计，也算是虽败犹荣。

不久前，在好友毛毛家吃包子，我惊诧她居然还用着古老、笨重、丑陋的没有把手的铁锅，端起来的时候，还必须衬上苫布捏住，简直跟雪白的一体橱柜、亮晃晃的抽油烟机和燃气灶太不匹配。我当机立断进行嘲笑：天呀，你真的还用这种锅子？她不以为耻还无比得意地说：我外婆给的，可好用了吧，还超级补铁。忽然，奶奶家院子里堆的那一摞又一摞铁锅子，无比清晰地在我眼前浮现。我和毛毛谈笑着，继续包包子，吃包子。心里却暗暗地涌出非常自责的情绪，当时为什么不要一个铁锅回来，每天做饭的时候用自己的手去触摸感知那份温度，每天吃着爷爷赚来的铁锅做出来的饭，多么珍贵的念想呀。这一颗珍惜的心，我是在爷爷奶奶去世这么久之后，才忽然顿悟，我是多么笨，这种遗憾，无法弥补。

爷爷去世后，置办丧事期间，我有机会听到一个特别的故事，讲述者是爷爷的老同事。

他声音低沉地对我说：你爷爷最震撼人的一件事，是你的二爸去世的第二天，县上召开公审公判大会。就是在这样万分悲痛的情况下，他毅然走进会场，组织审判大会如期进行。谁都无法想象，他到底是如何忍受住痛苦，依旧指挥若定，使工作照常进行的。

我听了后被这超乎想象的故事震惊得默默无语。到底是咋样强大的钢铁意志，让我的爷爷控制住软弱的血肉之躯和精神的巨大悲痛，促使自己投入工作中。我很想知道，那个时候他是怎么说服自己要坚强的，我更想知道，内心里翻江倒海的剧痛，他是怎么解释给自己的大脑和肉体，让它们配合自己，让一切如常进行的。他是怎么做到的？这真是一个难以破解的谜题。我强烈地想知道答案，可惜这世上唯一知道答案的人，已经永远离去了。

无论答案是什么，爷爷用自己的行动，向人们昭示了，一个真正的厉害人是什么样的。

然而时间从来不会放过任何人，哪怕你再厉害，在时间面前，总归会展现出无法抵抗的软弱。

我总是想起爷爷在世的最后时日，他坐在轮椅上，安详，沉默。没有任何表情，只是淡然地面对着大路上来往的人群。阳光洒下来，他的脸上一派平和。

看着这样的他，我就会恍惚，会觉得梦境一样，有特别虚幻的感觉充斥脑海。

看着这样的他，我就会悲哀，会觉得时光无情，原来最终他也要变成这样的。

看着这样的他，我就会恐惧，会觉得时间公平得可怕，老去这件事情上，谁都不能幸免。

这样一个普普通通的老头，不会引起大路上往来人流的注意，人们熙熙攘攘，纷纷来去，漠然地路过，被路过。

这个小城，属于他叱咤风云的时代，已经过去了。

公安局家属房的街坊邻居们依旧是热情的，时不时总会有人与他打招呼，总会有人笑眯眯地问："局长，出来晒太阳啦。"家属房周围熟悉他的钉鞋的、卖碗托的、修自行车的小生意人，看他的目光还是仰慕的。

这就是爷爷最后的岁月留给我的形象。轮椅上的他安静，平和。可是每次看到我，他就哭，看到别的亲人也是。谁跟他说话，他眼角就会渗出泪珠。一定有一种我所不知道的、不由自主的力量，逼迫着他，让他的眼泪不受控制地缓缓流出。

他怎么可以这么轻易地哭呢，怎么可以呢。这个声震四方，果决强势的小城大人物，怎么可以如此轻易地逮着人就掉眼泪呢。岁月呀，你究竟用了什么样的力量，竟然忍心把如此有力的人，磋磨得这样软弱无助。

爷爷去世的那天，我一个人开着车，从榆林匆匆赶往神木，心情沉重地直奔爷爷家中。到家时大家都已吃过饭，碗筷也收拾了。我急急忙忙走到床前望了望爷爷，他双眼紧闭，面色泛黄，安静地躺在床上。

大姑帮我热了饭，是神木传统吃食猪肉豆腐烩饼。看到爷爷安然地睡着，我一下感到很饿了，抓起碗就吃。一大碗很快下肚，洗了碗，都收拾完，我们聚集在爷爷床边，默默地注视着沉睡的他。忽然，床上安睡的爷爷开始了艰难的挣扎，我们一起扑向床边，我的爸爸、三爸、大姑、小姑撕心裂肺地叫着："爸爸，爸爸。"我强忍眼泪大喊："爷爷，爷爷。"

亲人们悲痛的声音，并不能挽留生命的离去。在我们痛哭失声的喊叫中，爷爷的眼角无力地滑落一滴泪，他就这样离开了人世，去该去的地方，与奶奶相会。

悲哀袭来，我们一家人痛哭流涕，眼泪不可遏制地涌出，淹没了每个人的脸庞。我的三妈边哭边对我说："你看你爷爷疼你不，知道你远路风尘回来没吃饭，非等你吃完了，都收拾停当了，才走。"

听了这话，我的心一下子被什么攫住了一样的疼痛，浑身痉挛得不能自已。这个钢骨了一生的强势人，竟然在最后的时刻，给了我令人沉痛的巨大温情。

到街上办事的哥哥和弟弟陆续赶到，一进门就悲恸大哭。哥哥对我说："我们守了这么多天，最后一刻竟然不在跟前，你一回来，就赶上了送一程。"

逝者已矣，殡葬礼仪要办好。一切事宜在三爸的决断下有序进行。大家讨论灵棚上写什么字来总结爷爷的一生，我略作思索，坚定地说："立德好善、刚直守正。"

作为孙辈中唯一守在跟前送走爷爷的人，我想，是天意让我亲眼见证了爷爷生命陨落的最后一刻，我的许多情感在那一刻纷纷涌出，上天的安排是有深意的，爷爷在尘世中留下的痕迹，将经由我的文字，更长久地留在尘世间。

爷爷却坚持认为文字立不起人生。

记得，那时候我还小，县里有个人出书了，谦恭地拿来送他，认真地写上请他斧正的话。他不置可否，一脸淡然。

人家走后，他把放在桌子上的薄薄的一本书捏在手上掂了掂，翻都没翻一下，轻描淡写扔回桌子上，鄙夷地说："没事干，尽浪费时间做这么些营生。”

在他看来，好男儿就应该到社会上脚踏实地努力打拼、成就事业、经世济国，把心思花在写书这种事上，实在不靠谱。

不晓得为什么，爷爷把一本薄而小的书，轻轻地扔到桌子上的画面，我一直记忆深刻，时常在脑海里闪现。

忽然有一天，我自己鬼使神差，竟然选择了热爱文字，选择了写下去，作为生命最快乐的坚持。

当我的第二本书出版以后，我一直在想，爷爷看到他的后人走这样的道路，会作何感想。他是否也会把我写的书，拿到手里掂量一下，轻描淡写翻都不翻一下，原样扔回桌子上置之不理。

好友小卡的父亲，拿着我刚出版的散文集《万千灯火》，对他女儿说：“这是老薛家的女子写的书？简直是李逵生了个李清照嘛。”

世人眼里，我们这个家庭，大概出些武人、军人、豪侠类的人物是应该的，居然还生养出热爱诗文的后人，真是太大的意外。

有一个吃铁咬钢的爷爷，我竟然选择了咬文嚼字的道路。这应该是一种叛逆。举凡叛逆者，必是勇敢者，从这个角度出发，我想爷爷应该会感到欣慰的。就像曾祖父对儿子的叛逆淡然一笑一样，我相信我的爷爷也会如此。

写到这里，篇幅足够冗长，可我抓住的只是爷爷一生中几个短短的片段。至此，我也承认，文字轻盈，托不起生命沉甸甸的重量。

爷爷，请您放心吧，道路迥异，风骨不变，即使是咬文嚼字，脉管里涌动着和你一样血液的我，也会将自己的一生过得铿锵有力。

我的婆婆我的妈

我的婆婆是一名老牌大学生，是一个特别简单直接的人，简单到不愿意拐弯。毫不遮掩的直接，让她成为一个难以通融的人。她活着时，我没有努力亲近她，书写她，这是无法弥补的遗憾。对于活着的人和已经逝去的人，人们的感情有很多不同，当我懂得珍惜之时，一切都已枉然。

婆婆对起居饮食的健康非常重视，简直将之放到高于一切的地位。这导致了她对待生活细节无法做到自由随便，她固执地坚持着不可变更的一套准则，不遗余力将自认为正确的方法和规矩，灌输给所有在她眼前生活的人，并且任谁都没有商量余地，只有执行的份儿。

在她的眼皮子底下干活，我一直小心翼翼，唯恐出错。尽管如此，做儿媳妇近二十年，还是有诸多毛病被她果断指出。我能做的，唯有默默改正，哪怕是佯装改正。她用坚定的方式，向我灌输了居家生活中很多细节处的执行标准。

活着的她，出力不讨好，经常让人不怎么舒服。我甚至觉得，她似乎压根儿不愿意把舒服这种感受赐予别人。

洗碗时水龙头的开度、餐具洗涤是否用洗洁精、用过洗洁精的餐具怎样冲洗干净，都要听从她的指挥。她有明确步骤规定怎么洗，怎么冲，第一遍洗碗水如何处理。仅洗碗这件小得不能再小的事，就有很多严苛的秩序，都是不可打乱的规则。

洗菜更需谨慎对待，一整套浑然天成的程序。我常在心里嘀咕，用掉的水钱，肯定比菜钱还贵，一片片菜叶一遍遍清洗。在我们家，洗芹菜甚至要动用牙刷这种工具。

好不容易洗完，切菜也不能随便。她会把切过的菜挨个翻一遍，找出切的不合适的那几片，嘱咐我切成她要的样子。

调整天然气灶的火候，当然也是由她全面控制。炒菜冒出的油烟数量，也须在许可范围内。油还没滚烫的时候，就得将菜下进锅里。总之做一餐饭，硬性规定多得数不清。烹饪过程中，锅盖、调料瓶、炒菜勺子的摆放，都有具体要求。

最让我忐忑的是捏饺子，只要稍微出现闪失，让她认为有煮破的可能，她会毫不迟疑地提示你重新捏严实。

婆婆常常站在一旁默记我们一家人刷牙的时间，然后一遍一遍告诉我们，刷牙至少要三分钟以上。她还会监督我们洗手的程序，冲水的时间、上肥皂之后搓手的时间过于短促，都瞒不过她的火眼金睛。

所有的这一切，绝对不是头脑发热心血来潮一时兴起。而是多少年如一日的坚持。若说到家规，这些生活细节里的丝毫不将就，就是婆婆在我们家无声执行的家规。这些准则年复一年在婆婆的管辖下，坚定不移地执行。她不会考虑我们高兴与否，即使不高兴，她也会不容置疑地按照她的规矩来办事。她认为自己的要求正确得跟科学一样。

我要是个什么都不会做的儿媳妇，婆婆的一切唠叨，也就认了。可我十岁不到，就踩着小板凳，在厨房跟着母亲在灶台上学做饭，到读初中时，做饭于我而言驾轻就熟。嫁入婆家，简单得不能再简单的营生，皆需听从婆婆的号令，显得我什么都做不了，时时处处总需有人从旁指点，真是难以忍受。作为一名生肖虎的女子，我也是个主意很硬的倔脾气，时时被干涉，总要无条件服从，这让我心头的无名火窝了一肚子。日积月累，婆婆对我挑剔和指责的记忆越来越多，压在我心上，让我无法释怀、心存芥蒂。

死亡隐藏在谁也不知道的地方，2014 年 4 月 24 日的早晨倏忽袭来，以脑出血的方式迅速带走了我的婆婆。突然的变故令我们一家人手足无措，伤心欲绝。确知她真的已经离开人世，我很难接受这个事实。无情命运的沉重打击，让我深切感知来自内心的茫然和痛楚，似乎仅仅只是一个短暂的瞬间，我才终于明确知晓了这个和我共同生活过近二十年的人，在我的生命中，多么重要。

我婆婆是一位慢条斯理做事的女人，在病痛突然袭来的最后时刻，却走得无比果决。这个唠叨多年的人，这个有许多规矩需要我们遵从的人，没留下任何告别的话语，就走向了人类永恒的归宿。

妈，你走得放心吗？

隔着生与死的鸿沟，很多想法变得和之前完全不同。现在想起来，婆婆对我所有的挑剔和要求，其实都无大碍。她干涉的只是厨房之内，洗手池跟前的一小片地方而已。至于人生观、世界观或者待人接物等所谓大方向的问题，她压根儿懒得管理，给了我们很大的自由空间。

婆婆去世后，很多过往的事情，会毫无征兆在我脑海里出现，我常常陷入与她相关的时光留下的印痕中。

二十世纪九十年代中期，我刚刚结婚。有一次帮婆婆做饭时没有认真对待，把她的一个炒菜锅子给烧裂了。婆婆为此大发雷霆，并且连续多天反复唠叨，她这个锅子用了几十年都好好的。羞耻让我不知所措，责备更让我满心委屈。当时的我，只是一个二十一岁的新嫁娘，尽管父母失和，可在娘家时，从来没有人会这样喋喋不休怪罪我。我实在忍受不了唠叨，在商场里花了四十八元买了一个不锈钢锅子，带着恼怒的心情，悄悄把这个锅子放到了婆婆的厨房。这件事我一直耿耿于怀，因此我有时会默默地在心底里不肯认同婆婆是个善良的人。我认为善良的人，一定会原谅别人的无心之失。

2007年，由于壮儿的学习每况愈下，我不得不痛下决心让他转到西安上学。我在那里租了房子，自己请了假，带着孩子开始了艰辛的异地求学生活。可我毕竟不能长期请假，婆婆和公公两位老人毫无怨言来到西安。由于时间紧迫，租来的房子条件极差，一切都是凑合的状态。煤气灶的旋钮会随时掉到手上，水龙头也是这脾气，马桶的冲水按钮也是。西晒的房子，夏天热得人晕头转向，冬天的暖气游丝般微弱。床板会嘎吱嘎吱发出巨响，衣柜的壁板因为潮湿生出了霉斑。婆婆和公公在家里是多么讲究的人啊，为了孙子，他们只好委屈自己。

婆婆在厨房做饭时滑倒，造成了腰椎骨折。听到这个消息，我当即傻眼了，迅速联想到锅子烧坏的事件。只是因为我弄坏一个锅子，她就那样絮叨。现在，这个异常注意身体健康的人，咳嗽一声都会万千担忧的人，因为帮我的忙，出了这样的大事。我想，此后的日子，我将要活在她的埋怨之中不得翻身。出人意料的是，直到婆婆去世，七年之间，我没有听到过她关于此事的任何不满和怨言，片言只语都没有，哪怕是表情或情绪上的流露都没有。虽然手术很成功，可她这么大年纪难免有后遗症。有时候她身体不舒服，我会小心翼翼地问，是不是和上次摔跤做手术有关。她总是毫不迟疑地回答说，不是不是。婆婆虽然唠叨多言，却生来不打诳语。我相信，她嘴上说一，心里绝对没想二。她说不是，就是心里千真万确没想过是。

这就是我的婆婆，我的妈。她对你的埋怨和责怪只局限于厨房角落里的鸡毛蒜皮。真正大是大非，真正伤筋动骨，她毫不迟疑地选择自己承担全部。

她活着时，心眼里全是我们，就是因为太重视，才有那么多繁复而琐屑的话语。她怕我们吃不好穿不暖，她怕我们生活习惯不卫生，她怕我们饮食不科学。她所有的怕，都是源于深深的爱，而她表达爱的方式，就是不断絮絮叨叨。

她多少年如一日地给我们准备洗脸水、洗脚水、刷牙水，她监督我们认真执行一道道琐细无边的生活程序。她明知道我们厌烦她事无巨细的照顾和监督，却从不懈怠。她就是这样，宁肯让自己的形象不可亲，也要让我们的行为符合规矩。

我真的是一个特别笨拙的人，显而易见的道理，却要在生死的鸿沟前才能想通。婆婆去世后，我才明白了她善良生命的重要和可贵，她的一言一行，相比那些纵容孩子随意生活的母亲，高贵太多。总是有规矩让孩子们遵守，才是真正的好母亲。

婆婆刚刚去世后的某天，我又像往常洗脸时那样高呼："毛巾在哪里。"喊完，我才后知后觉醒悟，那个总是默默将我们用过的洗脸毛巾洗净、晒干、装在塑料袋里妥善保管的人，永远地走了。在我的叫声中，公公突然涌起悲伤，他哽咽着说："以后这些事，我给你们做。"

端午节我回到家里，正洗脸时，公公挪着迟缓的步伐，神情认真地递来的毛巾，松软干爽，散发出太阳晒过的浓烈气息。他缓缓地说："都晒过了。"我顿了一下，没敢说话。缓慢而珍重地用这柔软干燥的毛巾擦脸，尽管努力控制，却突然间溅起了泪花，打湿了双眼。手里这块洁白柔软的毛巾，散发出太阳和暖的味道，是公公递过来的，却满满的都是婆婆的气息。似乎婆婆遗像中烂漫纯洁的笑脸，正悬挂于此刻我手心里的毛巾之上。大概就是因为愚蠢的人类总是学不会宽容，上帝才用死亡这样残酷的方式教导我们。如果我们早早学会，像对待死去的亲人一样，对待自己身边活着的人，世界的面貌，一定非常美好。

若不是死亡，我可能无法看清婆婆生命背后的真相。我的婆婆我的妈，死亡让你如此重要，却让我如此难过，很多很多的话，再也没法向你诉说了。我的婆婆我的妈，你定下的那些规矩，有很多已在不知不觉间成为我们的生活习惯。妈，你放心吧。

在那遥远的地方

谨以此文献给我的表姐薛润芳女士

表姐是我姨姨的女儿。我妈只有一个姐姐，我也只有这么一个姨表姐。

她比我大六岁，六岁的年龄代沟横亘在我们之间，却并没有成为阻隔我们亲密接触的鸿沟。有一个叫芦则湾的地方，每年都会连接起许多时光，让我们能够打成一片疯天疯地玩耍。

小时候，每逢寒暑假，我们从城里各自的家出发，跨过窟野河，来到位于窟野河西畔的芦则湾，这里是我们共同的外婆家，这样就有机会和一大群孩子凑在一起自在逍遥地疯玩疯闹。我这绝不是夸张的说法，真的是一大群孩子。外婆和外公一生养育了七个儿女，这七个儿女又养育了二十二个孩子。每到寒暑假的时候，外婆家的大院子，就很壮观地欢闹奔跑着一大群孙子、孙女、外孙子、外孙女，甚至还有曾孙。

我们自顾自疯玩疯闹，完全不晓得大人们有多头疼我们这些撩狗逗猫拔公鸡毛的家伙。来到芦则湾之后，我们不需要任何酝酿，直接放飞自我，纵情驰骋在沙梁上下、小河两边、窑顶脑畔（窑洞外部的顶上）。夏天的时候，我经常赤着双脚，从早到晚，玩得披头散发，一身泥浆，不管不顾。以至于一个暑假过完，回到城里生活的我，对穿鞋这件事情都感到特别勉强和憋屈。

在我年幼的印象中，表姐一直是个漂亮姑娘。她有一双狭长的丹凤眼，微微眯起来的时候，会让人觉得有特别灵动飘逸的气息在那双眼睛里流转。年轻时候的她，有着中国古典文学中描述的典型美人脸，瘦小俏丽，精致典雅。她竟然连牙齿都是细碎洁白的。而我的牙，参差不齐，每每被人目之为：丑就丑在这口牙上。

由于我姨姨是一位巧手的裁缝，表姐打小就穿着款式时尚且很漂亮的衣服，她又爱干净，这让她在一大群泥糊摆带的孩子中，显得清新靓丽，有一种鹤立鸡群的即视感。三岁看老的说法绝非虚言，活到近五十岁依旧对打扮自己这件事儿不上心的我，在小时候更是对穿漂亮衣服这件事儿压根儿没有丝毫兴趣。我沉浸在玩闹之中，忘情地在沙梁上、河滩里把自己搞得像一只泥猴子一样而浑然不觉。表姐却不是这样的，她总是很注重自己的形象，从来都是以干净整洁的样貌示人，和我一比，这绝不是大六岁的懂事，而是骨子里的讲究和对美的天然亲近。后来的事实证明，心灵手巧的她，确实是一位对美有着极其敏锐感知力的人。

等我稍微大一点，表姐大概对我不注意自己的形象这件事儿，实在过意不去，抑或她只是需要找人沟通自己琢磨出来的心得体会。她常常一有机会，就告诉我衣服颜色的搭配法则，黄色毛衣翻一个白色领子好看，蓝色和灰色相配会显得雅致，红配黄酸过梁，绿配蓝狗还嫌，紫色最难穿出效果等。反正她说她的，我听也听进去了，记也记下来了，却从来不会认真动手在自己身上去实践。我只会觉得，为个穿衣裳，这么费尽心力，太麻烦了。

小时候我有很多漂亮衣服，我自己对此浑然不觉，毫无感知和珍惜之心。表姐却总会细致观察我的衣服，她会很欣喜地告诉我，这件衣服哪里好看，裁剪、颜色、式样、刺绣的花色，哪个地方做得好，哪个地方没有配好，总之她对这些繁复的事情总是喜滋滋地钻研，看见一件衣服，能迅速给出一个胸有成竹的鉴定。后来，我十一二岁，个子蹿得很快，她的身高已基本不再拔高，我们俩就常常互换衣服穿。我穿她的，她穿我的。记得有一年，我有一件红色的纯羊毛毛线编织的手工开衫毛衣，编织的花样很复杂，据说是一种叫作麻花针的针法编织的，还有一个漂亮的披肩领。表姐看了惊叹连连，于是我们俩就换着穿。我穿她的一件紫红色的西装领双排扣夹克，她穿我的红毛衣。当时还在我家位于神木北关的老房子拍照留念，背景是我家的耳阁子，阳光从窗外洒下来，我们年轻秀丽的脸庞被光芒点亮，那一瞬间的美好，因为那张照片而永存于我的记忆之中。

表姐薛润芳对我色彩搭配的艺术启蒙，我虽然并没有放在心上，但是遥远童年的很多事情，我受她的影响繁多而深远。

先是在她的指点下开始攒一些漂亮的玩意儿。最开始主要是烟盒、火柴盒、糖纸。我虽然是个没有恒心的人，但是对于新鲜事物有着天然的热爱，是那种一头扎进去就很沉醉其中的人。记得那时，我闷头积攒了很多很多漂亮的糖纸、火柴盒。烟盒也有很多，但是烟盒攒起来又折成三角，然后跟男孩子们甩着玩儿，尽皆输掉了。糖纸和火柴盒的数量巨大，赢得了小伙伴们热烈的羡慕和赞叹，我当然没有告诉她们，这些都是我表姐告诉我让我攒的，其中有很多漂亮的糖纸，甚至直接是表姐送给我的。

再后来，攒糖纸什么的在小朋友间就很普及了。当我的热情消耗殆尽的时候，表姐又告诉我，她们现在都攒邮票，谁还攒糖纸纸了。她送了一些邮票给我，邮票里的很多知识她也给我做了讲解。于是，少年的我，一门心思奔赴在集邮的路上。举凡手里捏着零花钱，就跑到南大街的邮电局柜台，换成邮票拿回家，小心翼翼地夹在邮集里。邮票也成为我获取零碎知识的重要源泉，各地的民居，唐宋八大家，四大名著，中国和日本的国花等知识，都来源于邮票。记得第一次在邮票上见到我们祖祖辈辈居住的窑洞，竟然是中国的一种特色民居，很是兴奋，到处喊人来看邮票上的窑洞。

等我读书读到小学快毕业，表姐送我了一本封皮都没有的、看起来很是破烂的《假如给我三天光明》。这是我此生读的第一本外国人写的书。我当时读着书，知道这本书是一个聋哑且眼盲的外国女孩子写的书，很是震撼，有点不相信这是真的，又有点羡慕外国小孩好神奇，人家怎么聋哑又眼盲还能写书。我有两个只是聋哑眼睛还好端端的爷爷，他们可是大字都不识一个，只会跟着我的老姑父打铜器，卷铁皮桶。他们和人交流全靠双手比画。人家外国聋哑人，眼睛看不见，还能写书呢，实在是太不可思议了。

我上小学的时候就知道，表姐很珍爱她的一个专门粘贴剪报的大本子，里面分门别类地归纳整理起她在报纸上看到的漂亮图案和美丽花纹，她将这些美好的琐细图案精心剪裁下来，再认真粘贴在一个十六开的大本子上，妥善收藏，时常拿出来看看。当她看这个本子的时候，脸上洋溢着一种专注而欣喜的美丽表情，让我也能感同身受那种美好。

絮叨了这么多，其实我想说的就是，表姐薛润芳是我早期审美的启蒙人和文学阅读的领路人。可惜，我迟钝地直至此刻才领悟到这一切。而这领悟来得太迟太迟了，我永远失去了向她表达这份领悟的机会。

2022 年 5 月 9 日，我的第四个本命年生日的第二天，我的表姐薛润芳永远离开了这个色彩缤纷的世界。她曾那么自信满满地热衷于精心搭配这世界上的各种美丽颜色，却在仅仅活到五十四岁时，选择了远离这浮华尘嚣。

两天的苦苦寻觅，山上沟里，艰难跋涉，最终得来的却是一个不得不面对的噩耗。5 月 13 日，她出殡的前一天。我在朋友圈里发了一张照片，是在我十七八岁，她二十三四岁时，我们俩和我妈妈的合影。我写下：遥想当年，芙蓉如面，眉梢眼底，俱是温暖。

很多人夸赞当年的小女孩模样俊俏。他们不知道，这是我对青春飞扬、美丽非凡的表姐的祭奠和怀念。

表姐去世后，她的儿子发给我两篇她在今年写的散文作品，我看了之后，大为惊诧。写得实在是太好了，表姐只读过初中，文章写得这么好，只能说天赋极好。女儿送她一束花，她写了一篇题为《鲜花》的文章，其中写道："耐着性子将紧紧缠着花枝的塑料胶带一圈一圈撕开，虽谨小慎微，可难免抖落少许花瓣。瞧着落红满地，怀着恭敬心将花瓣逐瓣收起。"

这段话自然而然地表现出一种对美的由衷热爱和天然怜惜，进一步说明了表姐对美和艺术的敏锐感知力，体现在她面对日常生活的点点滴滴之中。

前两天，表姐的儿子给我发来两张图片，是表姐在笔记本上认认真真地写下来的两页纸，是她观看电视上播放的主持人采访我的访谈记录。她在笔记本上这样写着：

观融媒体采访薛晓燕谈创作经验

大前提是多读书，每天坚持写三百字，听到的，看到的，闻到的，吃到的……

主持人提问：该写的都写了，该说的都说了，实在没有写的了，该怎么办？

晓燕回答：看看你桌上的这盆花，能写吧？站起来瞅瞅窗外风刮树梢的样子，也能写。实在不行，人每天都会做梦，写写梦境也是可以的。还有你原来写过的一些题材，可以重新翻出来，重新打扮，让其更加精细优美，最终锦上添花焕发新的光彩，呈现在人们的面前。

晓燕谈了创作三要素：

第一：热爱。

第二：坚持（自己给自己定量）。多读、多写、多观察。热爱是第一生产力。（每天必须写，强迫自己写。）

第三：始终抱有好奇心。

写作带来的改变：

1. 带来生命中非常重要的朋友。

2. 得到尊重和认可。

3. 坚持努力与更好的自己相遇。

2022 年元月 8 日　辛丑年腊月初六

这期节目，很多人看了，如此细致认真做笔记的，唯此一人。当我读到她在笔记本上工工整整写下的这些字，却是她已不在人间的时候。世间的事，总是这样残酷无情，任你号啕大哭、撕心裂肺，也无法改变半分。

表姐没有正式工作，婚后夫妻二人开办了一个装潢门市度日。表姐之所以选择自己开装潢门市，从事广告行业创业，以及后来她走上剪纸创作的道路，与她早年在工艺美术厂的工作经历分不开。工艺美术厂是她最早的艺术启蒙和训练之地，她十九岁进入位于神木镇南门口牌楼东侧的工艺美术厂，那是一个很大的院子，院子里有两个厂子，东侧一排平房是工艺美术厂，坐北朝南的一排平房是刺绣厂。工艺美术厂的工人日常绘制各类工艺品，主要就是在平板玻璃上绘制各种漂亮的图案，绘制完成之后，装上框子，就是一件很漂亮的装饰品，悬挂在屋子里，活泼又吉祥。我妈妈在刺绣厂上班，我小时候常去那个院子玩。我记得表姐她们绘制的图案，多是拖着长长尾巴的锦鸡，花团锦簇，各种开花的植物，南京长江大桥，小猫滚线团。水银镜子上的图案相对单一，在镜子的一角或者中间刻上一朵花、一只鸟。工艺美术厂招工时比较严格，只要手巧的，有灵气的，能迅速学会画画的。表姐凭着自己的巧手进入工艺美术厂之后，学习很辛苦，但她一直很认真地学。上班期间，只是低头干活，从不多言。几十年后，当年一起干活的师傅们说起表姐，对她的评价就是：不多言语，光是头低下做营生。

后来随着时代的发展，这种手工制作的工艺品没有多少销路，工艺美术厂和刺绣厂双双倒闭，表姐也就失去了一份虽然辛苦自己却很热爱的工作。

表姐婚后开装潢门市的创业初期，是在一间铁皮房里，冬天冷得刺骨，夏天热得冒汗。他们夫妻二人忙得顾不上正常作息，经常是熬得不行，就在门市的地板上和衣而眠，只睡两三个小时。陕北的冬天，室外温度经常在摄氏零下二十多度，冬天是年轻男女结婚密集的季节，她常常凌晨三四点起来，给人家装饰婚车，手指冻得满是冻疮。

如此辛苦，她却能一边夜以继日埋头苦干赚钱，一边没有耽搁孩子的教育，培育一儿一女都上了重点大学。两个成绩优秀的孩子，不仅长相好看、懂事有礼，还都具有艺术禀赋，这应该是表姐一生最大的成绩。

表姐的性格耿直刚烈，眼中揉不得沙子。和人交往历来汤清水利，绝不占人一分一毫便宜。银钱事上，更是宁肯自己闷头吃大亏，也绝不愿意和别人有一点一滴的揪扯不清。她总是宁肯别人亏欠她，绝不允许自己亏欠别人。生命的路上，她是一个孤独前行的完美主义者，她很在意别人的说法，经常会担心别人会说自己什么，这让她活得比较辛苦。经年累月的辛苦劳作，并不能全然消除沉重生活带来的各种压力，她总是默默地守着一间屋子干活，很少和别人沟通交流，这让她的生活空间长期处于狭窄逼仄的状态，个性中的要强和求全，底层人民谨小慎微、忍辱负重的生存状态，以及遇到事情茫然无助和害怕被牵连的处事方式，生活中的种种不如意，加上各种压力的堆积，给她埋下了抑郁症的隐患。

不得不承认，没有人脉、没有背景、没有接受过更高的文化教育，我的表姐就是依靠自己一腔热血，赤手空拳，夜以继日，不眠不休的辛勤劳动，虽未能大富大贵，却依靠自己的双手和大脑的辛苦劳作，建造了遮风挡雨的房屋，养育儿女成人，培育他们进入重点大学深造。基于此，一生默默无闻、甘于奉献的表姐薛润芳，值得我们所有人敬重和珍惜。

天人永隔，说什么都是苍白无力。将她生前留在我记忆中的点点滴滴用文字的方式记录下来，是我唯一还能为她做的事情。这些日子，我的身体和精神处于低迷疲惫、混乱无序的艰难时期，我仍然逼迫自己，振作精神，用文字将表姐的故事记录到纸上。

多年前，我写我的小舅舅的一篇文章的结尾这样写道："这世间的因缘际会呀，常常就是这么巧妙。人道是，文人相交一张纸。他在纸上作画，我在纸上写字。纸上的风流云散，使我们原本深浓的血缘气息更加亲密。只希望，这一种幽远清旷的情怀，永远地留在我们的纸上！"

表姐薛润芳的葬礼上我才得知，纸上的风流云散，也是表姐生命中最为惊艳的一面，更让她平凡普通的生命，绽放出别于俗世生活的美丽光芒。她热爱剪纸，并取得不俗的成绩。当那些她花费了大量时间在漂亮的红釉纸上剪出来的图样，带着一种幸福美满的火热气息映入眼帘时，我的内心充满了震撼和钦佩。这样的巧手，实在是让人不得不心生欢喜和膜拜之情。

葬礼上有一牌匾，介绍了表姐薛润芳在剪纸艺术上取得的成绩：

2015 年 2 月加入神木县剪纸协会；

2016 年 10 月剪纸作品《太极生生不息》入选中国第十一届艺术节"最美神木"书法、国画、油画、剪纸、摄影、诗歌、散文大展；

2018 年 4 月加入中华文化促进会剪纸艺术委员会；

2018 年 9 月在神木市剪纸大赛中荣获第五名；

2018 年 10 月参加榆林市妇联"乡村振兴巾帼行动"手工艺实用技

术培训班；

2019年9月剪纸作品《秋实》入选榆林市中国人寿杯“人口发展，生育文化”剪纸大赛；

2021年6月参加“学党史庆百年榆林市百名剪纸传承人主题创作”培训班；作品《孔雀牡丹》被榆林市文化馆收藏；

2021年9月剪纸作品《乐学》入选榆林市“庆祝中国共产党成立100周年”剪纸艺术精品展；

2021年11月加入陕西省工艺美术学会；并参加陕西省工艺美术继续教育专业培训。

表姐的儿子在微信上发来他妈妈的剪纸作品系列图片，我不由得惊叹：“太好了，真是佩服你妈妈的心灵手巧。”

孩子说：“不管外面的世界怎么样，她自己搭建了这样一方小世界。”我说：“是的，是的，每剪成一幅作品，她当时肯定很幸福。”

二十多年前，表姐送给我一个漂亮的陶瓷盘，盘子的画面是蓝色的天幕之上，悬挂着一轮圆月，两座低矮的小房屋，房屋的小小窗户上，亮着两点暖黄色的灯光，三棵高大的树木在雪原中陪伴着房子。画面的整体基调是梦幻般的深蓝色和洁白无瑕的白色，传达出一种深邃而又悠远的静谧氛围，虽然是幽静的深蓝色，却因为那小小的一点点暖黄色的人间灯火，散发着一种温柔和暖的气息。画面的最上方，月亮之下写着：在那遥远的地方。

我很喜欢这个盘子，二十多年来，数度搬家，几经迁徙，直至今天，这只盘子依然完好无损地在书架上静立一隅，默默传递着表姐曾经给过我的暖暖温情。

在那遥远的地方，有位好姑娘，亲爱的润芳姐，您就是那位好姑娘。愿您安息，愿那遥远的地方再没有忧伤和痛苦，愿您在天国里依旧热爱剪纸，依旧可以随时写出流淌在心底的美丽文字。

玲珑玉碎，满地清光

亲爱的，得知你离开了这个世界，我的第一反应是，如果现在是春天，也许一切就是另外一个模样。冬天的绝望总是更令人沉重，尤其是你那么热爱春天。你竟然真的就像罗大佑的那首歌一样，把春天留给了我们，把冬天留给了自己。

十五年前初识你，读到你那篇《蓝田日暖玉生烟》，我内心的崇拜，像遇到春风的苜蓿一样肆意生长。我在拙作《万千灯火》的后记中郑重其事地写道：没有阿三，就没有我今天积累下的这么多的文字。她帮助我不断地超越自己。

黑暗中，我一遍一遍回想，和你有关的点点滴滴。我清晰地意识到，我的生命征途，因你的出现，明显的不一样了。不认识你的时候，我埋首于岁月的幽暗艰辛中，不知前行的意义何在。认识你之后，似乎从你手中接过了一支奇妙的万花筒，随着你灵巧之手的旋转，世界的斑斓，以各种各样美好而自由的面貌，列队向我走来。

生命中很多第一次，和你息息相关。第一次两人结伴游，是和你去湖南。那真是一次欢乐而丰富的远方之行。我们吃红烧肉、龙脂猪血、零陵血鸭、长沙臭豆腐、麻辣鸭脖，每餐饭都是心满意足、诚心诚意享受，辣出眼泪也不能阻止我们对食物的热爱，撕一张纸，鼻涕眼泪一起擦掉，继续享受我们的美食，刚吃完一餐就会无比期待着下一餐。你总是感慨：啊，肚子又饿了，肚子饿了真好呀，又能吃好吃的了。我们一起逛岳麓书院，欣赏爱晚亭，看电影，逛街，逛博物馆，甚至连街头偶然飞过的蜜蜂都不放过，我们盯着它凝视那么久，然后齐声感慨：它好俊朗!

记忆中的事情就像发生在昨天，在长沙我们一起看的电影是《王者之心》，我记得你说我们吃的这一盘零陵血鸭，像是初恋的受伤滋味，能把人辣出眼泪，却又总让人想挽回。

我们每天都那么高兴，用欢乐的语言攻击彼此，抓住对方的把柄就狠劲嘲笑，甚至每晚都要写好玩的诗相互打趣完毕才上床休息。2007 年的 5 月 11 日到 5 月 17 日，是我们两个人单独相处笑得最多的一周。

第一次出国旅行，也是只有我们两人在一起。那一天，在印度洋的上空随着降落伞的飘荡，发现自己轻盈如羽毛，自在地飞翔在蔚蓝色的大海之上。我第一次很认真地想到了死亡。我当时清晰地在脑袋里想，即使死亡来临，每一个人都应含笑而去。神奇的是，我还领悟到，认真对待一切活着的生命，死亡就远非生命的终点。人与人的爱和怀念绝对不会因为死亡而有所阻隔。

我以为我可以接纳生命的循环往复，我以为活到这把年纪，应该可以做到生也不新鲜，死也不新鲜。然而，昨天得到你离开这个世界的消息，我真的一下子蒙了，手足无措的僵直控制了我的身体，那么多纷乱庞杂又欢喜愉悦的记忆，如潮水从脑海中奔涌而来。

你送给我一条黄水晶手链，笑眯眯告诉我说，这个戴在手腕上，可以转运。

你送给我一个巨大的漂亮玻璃水杯，满脸戏谑地告诉我说，就知道你会选择这种艳丽俗气的颜色。

你送给壮壮一套科学探索书，这套书陪伴了他很多年。初中老师布置的日记，他基本都是靠抄写这套书上的内容来完成的。

你送给我一对彩色的陶瓷大象驮着宝葫芦的摆件，温婉地对我说，这是台湾的交趾陶，寓意是平安吉祥。

你拿出一套精致小巧的玻璃茶壶和茶杯送我，认真对我说："用这套茶具，一个人喝茶很方便的。"

你告诉我哪些书要看，哪些电影好看，哪些歌可听。

你对我说，你那首写外婆小脚的诗歌，有着骇人的诗意。

你实打实教我写作的技巧，你和我一起关在西安盛夏闷热的小屋里，修改书稿到想吐。我们大呼小叫地说，为了出这本书，真够玩命的呀，脖子都要跌断了。喊完，却谁都不肯停下手中的文字修改工作。

每次带孩子们在靠近丈八路的游泳馆游完泳，我们都会去天坛路的那家小竹签烤肉店，美美地吃烤肉，涮牛肚，然后每人来一份砂锅方便面，呼啦啦大口吃，吃得满嘴生香。我带着壮儿，你带着虎虎和新宇。孩子们在一起玩闹，我们在一起说笑。那样的时光，珍贵而温暖。

我从天坛路租住的杏园小区迁居到翰林世家，家门上贴的对联是你郑重其事送来的。我在书里写道：门前的一副阔大的对联，将喜气、温暖和很多的情谊热气腾腾地传达。这副对联是阿三在我搬家的前一天，特意跑到书院门求来的。

我们的散文集出版之后，有一个作品研讨会，会上一位很著名的评论家说："看薛晓燕的散文，写她与自己的闺密阿三和小卡到处吃好吃的，会觉得生活好幸福呀。"

我记得你看完我的书稿时说："这本书里阿三出现得太多了，这个人似乎已经重要到可以分稿费了。"是的，那段时间，你是我最重要的朋友。你像灯塔一样不遗余力散发着温情和明亮，陪我度过只身在西安陪读的焦虑时光。

在巴厘岛的那个夜晚，我俩彻夜不眠，整整说了一晚上的话，说了很多很多平时不会说起来的话题。现在才知道，那一夜，竟然是把我俩今生所有要说的话透支完毕。

今早起床，我站在玻璃窗前，看到还未升起的太阳将幽深的天空涂抹出明丽绚烂的光芒。想起了刚认识你的时候，你在论坛的个性签名栏里写着这句话："当太阳升起的时候，我抱着自己瑟瑟发抖的身体，看见了另一个温暖燃烧的星球对这个孤单蓝色星球的宽恕。它宽恕我们这些生命，给我们以温暖，原谅我们的破坏和任性，原谅我们的罪恶，也原谅了所有的离别和伤害，我看见日光的一刻，那么卑微。"

这一整天，我经过每一棵树，都会想起你。

想起你曾告诉我，树叶是最好的窗帘。想起你给我俩布置的关于树木的命题作文。想起那句：玫瑰盛开与紫杉蓊郁的片刻，同样短长。

想着过往的一切，我只想对你说，亲爱的阿三，我是多么爱你！你在书里说，能够这么说话的人，多么幸福。是的，我很幸福，我们的相遇相知，的确是一种特别幸福的缘分。

"峣峣者易折，皎皎者易污。那么折就折吧，污就污吧，就像这玉，碎了也是满地的清光。"如今再读你写在书里的这句话，一瞬间，就把我死命憋着的眼泪读出来了。

"来生，你就做一棵树，矗立在山花烂漫的原野中，让阳光每天照着你。"这是我们的好友风吟说给你的话。

我要说的话，早已郑重写在了书中，如今想说的，依然是这句：你的存在带给我无限温暖。

海菜席

“人生在世，有好食便是最好。”善哉斯言。我长这么大，最难忘的好饭食，就是小时候被大人领着去坐桌子，吃海菜席。

马尔克斯一本正经告诫世人：“过去都是假的，回忆是一条没有归途的路。以往的一切春天都无法复原。”然而，人们还是难免时常陷入回忆，尤其童年时期吃好东西的记忆，更是瞬间使人口水欲滴。

二十世纪八十年代初期的神木，尚没有冰箱这个物件。重要的婚宴庆典，因为食物储藏的原因，自然而然就安排到冬天。况且冬天是人们一年中最得闲的季节，适合聚众欢庆。每年冬天我期待的就只有两件事，一是在大雪天扫开雪地，撒上小米扣麻雀；二是被大人领着去吃海菜席。比起坐席，扣麻雀实在是不能算愿望。

请客的邀约提前很多天就会收到，整个家庭早早就进入隆重出席的准备工作中。大人小孩从头到脚的穿戴要齐楚整洁，手、脚、脸、脖子需彻底清洗。我每一天临睡前都会在心里暗暗数着那个日子，盼望它早早到来。到了吃席的前一天，简直想兴奋地昭告天下，见了邻居小孩忍不住会告诉他，我们明天吃席去呀。看对方一脸钦羡的表情，心里美滋滋，像是有一朵大出气花，在小心脏里“嘭”地一下怒放啦！

晨光熹微中妈妈就起来了，专心打扮自己。衣服早就提前用三角形铁熨斗放到洋炉里烧红，垫上湿毛巾烫出笔直的火车道。头发是梳了又梳，梳了又梳，如是反复，总也梳不成她自己满意的发型。妈妈只顾旁若无人地摆弄自己的头发，完全不理睬我那颗焦急出发的心。我估计，那个时刻，整个世界在妈妈的心里静止了，唯有镜子里的她自己，正在变得越来越美。

我顶不爱见妈妈磨磨蹭蹭地梳洗打扮，太考验一个渴望吃席的馋嘴孩子的耐心。尽管非常焦急，我也不敢过于暴露自己的焦躁，更不敢催促她，万一生气了不领我去吃，那可就全完蛋了。她好不容易梳好自己的头发，还不放过我脑袋上的头发。我只好安静乖巧地沉默着，任由她闲不下来的手指，在我的脑袋上变各种花样。

盼到大门落锁的一刻，铜锁子挂到铁门环上，脆生生“咔嚓”一声，如仙乐一般动人心魄。

走在巷子里，完全是一派阖家欢乐的情形，恰有邻居女人来打招呼，一看我妈妈领着我们的架势，就会故意抬高腔调欢呼着问：“嘿，出落得油光水滑，这是坐桌子去呀。”我妈妈轻快地大声回答：“是了，是了，吃席去呀。”对妈妈浪费时间打扮的恼怒，早被我抛到九霄云外，紧赶着爽然接口说：“姨姨，姨姨，我们吃海菜席去呀。”

无论去饭店，还是去亲友家里做客，都是步行过去。路上，我妈妈开始给我和哥哥、弟弟安顿坐席规矩。她的脸上洒满愉快的光芒，一边拖着我们的手走路，一边嘱咐着：“去了以后，人家叫娃娃们都上桌子，你们就上桌子吃。人家不叫上桌子，安排到哪里吃，就去哪里吃。跟其他孩儿们坐一起要慢慢吃，不能抢，不能把盘子端起，不能站起吃。要是人家叫你们也上桌子，那就可得注意了。”妈妈顿了顿，语气忽然变得很严肃，一字一句认真说：“吃席可是有讲究了。万不敢叫外人嘲笑咱们，饕呷鬼，没规矩。坐要端端坐，不敢乱动乱跑。看见大人捉筷子，你们才能捉筷子。大人夹完菜，你们才能吃。大人放筷子不吃，你们也就要放下。碗筷调羹最是要小心，轻拿轻放，掼打的声音高了人家会笑话。特别是不敢给人家捣烂碗碟调羹。亲缘喜事当天，图个圆圆满满，最怕碰烂碗盏。”

在妈妈絮絮叨叨的教导中，我的脊背不知不觉挺得笔直，像别了木棍一样。鼓翼而飞的欢喜忽然就沉寂了许多，心里的压力缓缓冒出来。在我家，我有绰号曰：破败星。专会在莫名其妙的情况下，突然失手打碎各种器皿，以致但凡家里有新置杯盘碗碟，我妈就禁止我动手触碰。

到了宴客的地方，经过一番很严格的站大小排序，先请主人妻家的嫡系亲人在首席落座，其他的人才可以按规矩找自己的位置入席。

多少天的热烈期盼，终于如愿以偿坐上桌子啦！静等开席的时间，我的心近乎肃穆庄严。不时瞧看母亲的脸色，丝毫不敢出任何纰漏。

神木传统老席，当地人称为八大碗、十大碗、十二件、三十六件等。我们平时婚宴庆典吃的老席就是传统十二件。分别是：四大碗、四海碗、四九寸。选料精细，烹制讲究。上菜顺序、盛菜食器都有学问。

先是冷盘，冷盘中最核心的菜是一道叫作攒盘的菜。用豆芽、油炸豆腐、绿豆粉皮，加芝麻、陈醋、香油、芥末、蒜泥等佐料凉拌而成。豆芽要一根一根掐掉毛根根；油炸豆腐要现炸，切成均匀细丝，成品黄白相间，煞是喜人；粉皮要软坚可口，光滑细腻。拌好后高高垒起在碟子上，状如尖塔，巍峨挺拔。再从上到下纷披着切成长条的薄片片酱牛肉。顶端置红红的罐头樱桃一粒，绿绿的香菜叶两片。盘子边缘再以糖醋排骨和切成四分之一块的卤鸡蛋间隔摆放。很有仪式感的一道凉菜，起名曰“攒”，音 cuán，二声。寓意齐全完满。神木话里这个攒字，是齐全的意思，人都到齐了，谓之：人攒了。

老席的上菜，特别讲究口味变化，一荤一素，一汤一菜，四硬四软，甜食穿插。

海参汤，鱿鱼汤，这是大人们最以为金贵的菜肴，是黄土高原上的人们眼里海菜席的重头戏。见过世面的吃家会不容置疑地告诉你，坐席关键看汤水。据说，神木传统老席制作中吊清汤一步最是紧要，讲究多，工序复杂。为了得到清澈如水、没有丝毫油腻的清汤，居然要把鸡脯肉剁碎放入煮好的肉汤里，捞起鸡脯肉米的时候，油脂和残渣就跟着带出去了。清汤的品质决定着整场席面菜肴的口味是否地道正宗。“当兵的枪，厨子的汤”，自然都是顶要紧的。汤的温度更是重要指标，摄氏零下二十度左右的冬天，喝一口滚烫的热汤，是来参加宴席的客人心里的渴望。因此，我打小就熟知一句话：生熟吃个热乎。

而我们小孩子最期待的却是莲子汤和八宝饭，嗜甜是童年永恒的口味。吃老席的时候，桌上会放置一海碗清水。这是在甜食上桌后，涮筷子和调羹用的。算计着菜品的顺序，觉得差不多该上莲子汤的时候，早早地在清水碗里把瓷质调羹涮一涮，静静地等候那莲子清如水的甜汤上桌。热腾腾的莲子汤上来了，大人们动过调羹了，小小人儿很慎重地拿起自己的白色瓷质调羹，轻轻地舀一勺，缓缓送进口里，咬一口绵软甜沙的莲子，再喝一点清香爽利的热甜汤。一脸的沉醉欢欣涌上小脸庞，四肢百骸都觉得舒徐泰然。此时实在需要有人分享，就会悄悄地扭转头，告诉坐在近旁的弟弟：嘿格儿甜！他也悄然回应一声：嗯，嘿格儿甜！这句方言是我们神木孩子对于甜食的最高礼赞。

八宝糯米饭，我们小时候叫作六米。六米上桌的时候，事先得过妈妈训诫，不用烧酒点火是不能吃的。生生按捺住一颗雀跃的心，眼巴巴地等着。有那不听话的毛头孩子，红油漆筷子一晃，就夹走了一疙瘩，他家大人就面露羞赧之色，看一看众人。其他人会说没事没事，娃娃家的。谈说间，本席最年长的尊者，会端起一盅白酒，匀称浇洒在覆盖于六米的洁白砂糖上，放下酒盅之后，稳稳地划一根火柴，哧一响，赶紧将火苗对准圆嘟嘟形状的六米凑过去，腾地一下，蓝紫色的火焰，从蒸熟的糯米饭上，缓缓摇曳起舞，一种温柔静默的力量弥漫开，柔软的火苗在众人的注视下，自顾自娇媚摇摆，丝毫不理睬人们急于品尝的迫切心情。火渐渐地燃尽了，那位尊者拿起筷子，把一盘六米上下翻搅，然后说一声，捉筷子。大家各自拿起筷子夹一块，放到嘴边，噗、噗、噗，吹一吹。啊，吃到嘴里啦！软糯香甜，筋道有味。糯米的香味儿夹杂着苹果橘子的水果气息，冰糖白糖红糖的味道里混合着香醇的烧酒味道，这所有的味道汇合一处涌向味蕾，舌尖上的幸福带来令人发晕的快乐。

清蒸羊肉、红烧肉、清蒸鸡、红烧鱼、口蘑蛋片汤、腐乳酱肉夹馍，一道道令人回味无穷的经典菜式都上桌了。照老例，最后一道菜是清蒸丸子，意味着整个宴席的完美收官。天下无不散的筵席，丸子吃毕，席上的人们纷纷起身，相互致意，散席返家。

然而，心里的席面是散不去的，吃过一次海菜席之后，人们会不时津津乐道说起坐席的种种趣味。“吃了八大碗，赛过活神仙”，这话不假。吃一次海菜席带来的喜悦，长久地驻扎在人们心头，总是刚吃完就憧憬下一次。

写到这里，强烈地想带着妈妈，再去吃一次老席。挑个晴朗明媚的日子，愉快地告诉妈妈：走，吃海菜席去。耐心十足地欣赏她打扮自己，仔细谛听大门上锁的声音，垂首聆听细碎温馨的嘱咐。

时光荏苒，有些事，再不做，就迟了。

艾丽莎的微笑

小时候的神木城，以凯歌楼为中心，辐射出东西南北四条大街，这四条大街并非只有直线形的延长通道，它们像四条横亘生长的藤蔓，枝枝叶叶间衍生出许多大胡同、小巷子，连接起老神木城内民居庭院深深的四合院格局。

哈金说："在某种意义上，我写《小镇奇人异事》是为了把一些曾经在那里存在过的人和事物保存在纸上。不管是严酷的，还是温暖的。"

虽然我没有哈金雄奇的叙述能力，神木老街却让我升起同样强烈的保存愿望。将保存在记忆中的老街场景，留在纸上，是我怀念老街的唯一方式。

榆树院巷，位于神木北大街北头东侧。这是一条狭长、幽深、曲里拐弯的巷子。起初踏进这个巷子，我以为和我们家的巷子一样，最深处是某户人家的大门，没有前行的路，再想往前，只得折返，重新寻觅路径。

榆树院巷是不一样的，一直走下去，竟然出现了一条与进来时完全不一样的出口。它的另外一个巷口和神中巷相连，出去往东走几步，就可以看到我们神木的最高学府：神木中学。

我的同学吴小红就住在榆树院巷。隔着三十多年的时光回望，那一天，我走进榆树院巷，走到吴小红家，很多细节变得模糊不清，无从记忆。我穿什么样的衣服，有没有戴上红艳艳的令我感到无比光荣的红领巾，为什么要去她家，给我妈妈请假获准的还是偷跑的，如何请假如何偷跑的，这些情节完全想不起来了。

但我记得，走进榆树院巷，天色近黄昏。我一路上兴冲冲地，一个人在一条陌生的深巷子里，越走越远。随着脚步的行进，巷子里的光影发生了变化，逐渐变得黝黑、凝重。

抬头望过去，高大的墙壁上，转瞬就看不到太阳映照的光芒，一种幽婉、神秘的情绪控制了我。

我不得不急匆匆加快步伐，向着吴小红说的第五个大门跑过去，一问才知，走错了。

小小身影，硬着头皮在越来越沉郁暗淡的巷子里，狂奔起来。再次冒冒失失走进一个大门，我大喊：吴小红。

神仙保佑，她很快就出现在院子里，蹦跳着过来迎接我。随着她出现在眼前，我很快发现，她们家院子里的天光，特别清亮温暖，与我刚才惊慌失措奔走过的巷子，光线完全不一样。

走进她的家，屋子里一下子又暗了下来。一切模模糊糊的。我忘记了她家里的陈设细节，只记得她变魔术般拿出一本书，开心地说，咱们看书吧。

我也用一样开心的语气说，到院子里看吧。

黄昏静寂收敛的光芒中，我们俩坐在她家的院子里，头挨着头，肩靠着肩，一反平时的笑闹，静默地翻开一本书。

那时我有很多书，多到曾经在我家巷子里把它们摆成地摊，试图以看一本一分钱的方式来挣钱。后来只能仓促收摊，那些住在左邻右舍的家伙，看完根本不给钱，书往我的摊子上一丢，就潇洒地扬长而去。我对此毫无办法，人生中第一次创业行动，只维持了几个小时。

尽管我有很多书，吴小红拿出来的这本书，还是令我震惊。这是一本和我所有的书都不一样的书。我的全部书，都是里面只有黑白色插画的小人书。

这是一本比我们的课本还要大，却比课本薄很多的书。最震撼的是，里面的图画竟然是彩色的。绘本，这个词语是我后来才知道的。当我第一次面对一本绘本，却不知它有这样一个名字的时候，我对拥有这本彩色书的主人吴小红，羡慕到了极点。我捏着她的书，抬眼看了下她，奇怪的事情发生了，这一时刻的吴小红，比平时我所看到的她，美丽动人了许多。

时隔三十多年，我还能清晰地想起书上的一幅插图。十一只头上有黄灿灿王冠的天鹅，衔着一张大网，兜着一个小女孩，拍打着翅膀在天空翱翔。由此可见，给孩子们看绘本，是很明智的选择。那些图画会深深地印在孩子的脑子里，陪伴他走过漫长的人生路。

这本书讲述了一个神奇的故事。艾丽莎的十一个哥哥被后母施展了魔法，太阳升上天空的时候，他们会变成十一只天鹅，不停地在天空飞翔。太阳落山，他们又变成人形。所以，太阳落山前，他们必须找到一个可供栖息的地方降落。不然就有掉到大海里淹死的危险。艾丽莎为了拯救哥哥们，听从梦中的启示，用生长在教堂墓地里的荨麻，编织了十一件长袖披甲。时间只有一年，这期间她不能开口讲话。荨麻碰在手上，会像着火一样疼。艾丽莎一直勇敢地编织着。人们要处死她的最后时刻，十一件披甲编织好了，天鹅变成了英俊的王子。

书的最后一页，艾丽莎终于能说话了，她的脸上绽放着美丽、沉静、幸福的笑容。

合上书，抬头看了看我们神木云影徘徊的天空，压根儿没有天鹅的身影掠过。

院子里一只黑色的大母鸡，安静地站在我的对面。我有点羡慕它，尽管不会飞翔，毕竟人家有翅膀。

怀着一种迷幻的情绪，我告别了吴小红。她把我送到大门外，微笑着和我道别。望着她，我又一次惊讶地发觉，她的笑容像极了艾丽莎的微笑。黄昏阴翳的光线，一种因色调调和产生的美艳，使得她的脸庞笼罩在一种纤细、明媚的光明之中。

返回的路依旧幽远深长，跑出榆树院巷，太阳落到了二郎山的后面，到处黑漆漆的。我呼出一口气，继续紧张地跑着往家赶，终于走进我家的小巷子，夜色黑得纯粹而坚决。邻居们的窗户上闪出一种令人安稳的明亮，十五瓦灯泡的暖色光芒，映照着糊了麻纸的窗户，映红了麻纸上精巧的剪纸，人间寻常日子的喜乐珍贵，全都蕴含在这温柔的亮光里，夜色宁静安详，大地幽深厚重。

杏子熟了

远离神木的日子里，一次又一次，神木老街出现在我的脑海中，带着一股诱人的香味，是杏子熟了的香甜气息。

童年，很多孩子盼望过年，我却最盼望过夏天。

过年太累了，有那么多的营生要做，整个腊月，几乎每天都得跟在母亲后面，不停地干活。

夏天不一样，大人们都在外面忙，没时间管我们，大把的时间真正属于孩子们。

夏天的太阳明晃晃地耀眼，暖热的光芒如岩浆一样，流到我们神木的每一座山梁、每一片树林、每一块田野、每一条河流。

外婆家的杏树，被浓烈的太阳捧出的如蜂蜜的阳光，涂抹了许久之后，终于成熟了，散发出来自太阳的香甜和温暖气息。

收到外婆家带来的一筐成熟杏子的一天，如同节日般欢乐。守着满满一筐杏子，我放开肚皮，一颗接一颗吃着甜美多汁的杏子。母亲看一眼我的吃相，会出言呵斥："杏子不是桃，不可多食，会拉肚子。"她最爱念叨的一句话是："桃饱杏伤人，李子树下埋死人。"然而，那么多黄澄澄的杏子，露出火红红的脸蛋，挤在筐子里笑容满面，谁能忍得住呀。

很快，一筐杏子只剩下杏核了。杏核是好东西，可以卖钱。吃完杏子要郑重地将其置于窗台上晾晒。攒够满满的两窗台，就可以破开杏核坚硬的壳，取出里面珍藏的一颗褐色的心。弥足珍贵的杏仁，我们会将它小心翼翼地放入一个玻璃瓶子里。瓶子事先洗过，晾晒过，绝对是一个干爽洁净的所在。

看一看窗台上晾晒出来的杏核阵形，我能清晰地计算出，从这支队伍里取出来的杏仁，够不够装一瓶子。经常是不够的，不够可不行。于是，漫长的夏天，我在老街上，顶着烈日捡杏核的日子开始了。捡杏核要足够机灵、眼尖、手快、能跑，还要穿一件有足够大口袋的衣服才行。衣服上的口袋，我们神木人称之为：倒衩衩。用杏核将身上的倒衩衩装满，需要在烈日下奔走很长时间。我的活动范围在大仙庙周围，之后往南，一直到北街，沿着北街继续往南，最远到大楼洞就返回，再不敢跑远了。

要是街上恰巧有卖杏子的农妇，那就最好不过了。守在她周围，只要有人来买，肯定要先品尝的，尝完后杏核总是随意丢掉。我就悄悄蹭过去，趁他们讨价还价的间隙，一把拈走。

大街上捡杏核的孩子，可不止我一个。有时两个人的手，会同时伸向一颗杏核。我抬起头迅速扫一眼对方，若是比自己身高体壮、目露凶光的，就赶紧缩回自己的手，远远跑开；若是和自己一样瘦骨伶仃、眼神羞怯躲闪的，我就一把抓起杏核，装在兜里，也是赶紧跑开，大概是怕人家有外援在附近吧。

少年的我，经常会为了一颗杏核，跑得气喘吁吁，上气不接下气。我小时候有慢性支气管炎，在冬天跑步简直就是惩罚，幸好捡杏核的日子是夏天，跑来跑去固然很累，也不会把自己咳嗽成一只虾米，直不起身子。

终于，攒够了杏核，进入更为艰难的程序，破开杏核的壳，取出杏仁。这绝对是一个技术活，也是体力活。作为最重要工具的斧子，从来都不趁手，因为那是一把大人们用来捣炭的铁把子斧头，重且笨。用它来捣杏仁，堪称自虐，总是将手指头捣得红肿破烂，痛得龇牙咧嘴，直呼长气。

手倒罢了，关键常常会把杏仁捣碎，这可真是要命了，每捣碎一颗，心疼得要死。扔掉一颗碎杏仁，是夏天对我最大的责罚。破碎的总是很多，过分心疼的时候，内心就会变得狡黠奸诈。我把碎了的杏仁，放在玻璃瓶中间段，周围再夹杂以整粒的杏仁，从瓶子的外面看上去，很难分辨。

出发去卖杏仁的一天，是无比重要的一天。刻意收拾自己，手和脸洗得干干净净，头发梳理整齐。虔诚地拎着命一般重要的玻璃瓶，一步一步沉稳地走出我们家的深巷子，走过大仙庙，走过地毯厂，由于深知千万不能跌跤，所以我尽量稳定步伐。踏上大街洋灰铺成的街道，某种庄严的情绪让我更加挺直腰杆，继续前行。

药材公司的大门就在眼前了，经过大门，跨上五六层高台阶，进到店里，眼前一片黑暗，这是太阳下行走带来的瞬间不适应。稍微站一站，稳定情绪。这个时候心虚的感觉肆意弥漫开来，想起了那些夹杂进去的碎杏仁，无比担心苟且的伎俩被识破。低下头，把手抬高，将满满的一瓶子杏仁，递给一个戴着黑边眼镜的老爷爷。然后，就屏息静气等待宣判。头一直低着，眼角稍稍抬起，他正在认真细致地检查。因为这份认真，我知道肯定蒙混不过去，心脏发出怦、怦、怦的声响，跳动得异常激烈。

老爷爷用大手拨拉出一些碎杏仁，从玻璃台面上往我这边推了一下问："捣烂了？"

我不敢答话，一个劲儿点头如捣蒜。

"捣烂还敢拿来？"

“不敢了，给我吧，我回去捡了再来。”

他“扑哧”一下笑出声，一把将柜台上的杏仁收到一个铁簸箕里。笑眯眯地递过来一张五角钱，两张一角钱，还有一个五分的钢镚儿。

紧紧捏着这笔巨款，重新站到太阳底下，脑袋上的虚汗不断地冒出来，用手背擦了又擦。

沿着老街返回，路上一直在想老爷爷的面容，慈祥、平静、善良。

是的，善良。他真是一个善良的人，没有刁难一个孩子递过来的隐蔽瑕疵，以及这背后的贪婪和不诚实。他知道，尽管有瑕疵，尽管不诚实，尽管贪婪，装在这个瓶子里的杏仁，确实是费了整整一个夏天的辛苦，才好不容易得来的。

为了卖杏仁而忙碌的夏天，我大概十岁，第一次感受到来自陌生人的善良，令人轻松、温暖、感恩。

如今，老街颓败、残破、衰朽，收购药材的门市早已不复存在。那位善良的老人，一定早已作古。然而，他人性深处隐藏的高贵和善良所带来的感动和暖意，如春风一样，不时在我心头徐徐吹过。

细细青青，花花草草

我的脑海里常常充满花花草草，晴美夏日，婷婷袅袅；嫣粉嫩白，嘈嘈切切；小院花开，一生珍藏。

童年最明亮的颜色，最温暖的光芒，在想起那些花花草草时，笼罩浸润整个生命。

二十世纪八十年代初，神木县城关镇北关村，有一处美丽的院子，那是我的家。大门用钢铁焊接，还有图案，刷着银粉。我们巷子里好多人家，当时没有大门。院子的地面是洋灰抹出的光滑结实。屋顶的红陶瓦，明显比前后左右的灰瓦鲜艳夺目。进到屋内，首先映入眼帘的是油漆精致的耳阁子，画着山水人物花鸟，两边的对联分别写着：云霞出海曙，梅柳渡江春。夏天的时候，电视机搬出来摆在院子里，前后几条巷子的小孩都凑过来看，甚是热闹。

如果不是父母总吵架，这样一个家，堪称富足美满。即便是吵架带来的恐惧和孤独肆意充斥，小院多年来仍在我梦境里温暖明媚。那些朱紫相夺、红艳欲流的花朵，总在我的生命里晕染荡漾。无论走多远的路，无论经历怎样的不堪，想到小院里的花花草草，我就能找到生命的耽迷和快乐，获得片刻世外的超拔。

牵牛花

看到我煞有介事要说的，竟然是这样普通的一种花，你或许会觉得无甚意趣。如果我说，牵牛花还有一个名字：朝颜，你会不会升腾起心神一凛的新鲜之意？

春天，妈妈手里捏着几粒黑色的牵牛花籽，漫不经心点在疏松的土地里，好像就完全不用再多费心神了，反正铁定它会发芽，会长出叶子，会长出长长的藤蔓。你只需要适当给它一点牵引、一点支撑，牵牛花就会在每个夏日的清晨，倾泻出一瀑体态轻盈、色泽夺目的小喇叭。

牵牛花自有性格，一年生，缠绕，草本。是呀，它真的很喜欢缠绕，一截棍棍，一根绳绳，都是它向上攀缘的路径。牵牛花叶子三裂，基部心形，叶面上有一层稀疏细密的柔毛。它的花朵，通常是独自着生或者两朵并生，娇俏婉约立于花序梗顶。开放的牵牛花颜色繁多，无论哪种颜色，都可以在夏日清晨，夺人眼目。这是一种专擅在晨光熹微中、在你睡眼惺忪时，让你心神雀跃的花朵。魅惑的蓝色，妖艳的绯红，灼灼的桃红，堂皇的紫红，素简的纯白，这还不够，还有混色的，在花瓣的边缘，演绎出炫目的各种搭配。仰望攀缘到屋檐都不肯却步的牵牛花，不得不惊叹，这处处可栽的平凡家伙，也真是够能的，够张扬的。

妈妈总是叫它“牵牛牛花”。这是一种顺应性很强的花，喜阳光充足，亦可耐受遮阴。童年懦弱的我，很喜欢牵牛花昂扬向上的劲头。一缕凉风吹来，我会手脚并用忙碌一番，抢在正午暴晒来临前，摘下开得最美的牵牛花，夹在乱七八糟的各种书里。

二三十年之后，会有透明脆弱、晶莹单薄的牵牛花标本，在橘色的灯光下，从我手中的书里突兀地滑落，触之即碎，四下散开，令人黯然一时。以为可以妥善珍藏，原来不过一厢情愿。再想到汪曾祺先生那句：“牵牛花短命。早晨沾露才开，午时即已萎谢。”

唉……

指甲草

尽管它还有一个名字叫凤仙花，还是挡不住低微寻常的气质。《神木县志》记载：“观赏花卉，花可入药。县境广有种植。”

凤仙花还有很多名字：女儿花、金凤花、桃红、急性子。我还是最习惯叫指甲草。

指甲草低到尘埃里的命运，就是“广有种植”这四个字赋予的。多到谁都不稀罕，不低才怪。

指甲草似乎并不理会什么低微的命运。总会在夏天颤巍巍捧出花朵，头、翅、尾、足翘然，如凤状、似蝶形，单生或两三朵簇生于叶腋。白色，粉红色，紫色，大红，粉紫，白黄，洒金……瞧，这缤纷多彩的架势，单瓣或重瓣的都有，甚至在一株花上开出几种颜色这种事，指甲草也能干得出来。

尽管在人们眼中很普通，指甲草却有大用。花入药活血化瘀。花种子更是有活血止痛、祛风除湿、解毒杀虫等好多功效呢。

对于小女孩来说，指甲草最妙之处在于可以染指甲。

指甲草开得最盛时，妈妈会张罗着给我染指甲。这是一个细致的活儿。先要摘下开得最好看的指甲花，顺手扯几片鲜嫩的叶子，再加上透明的白矾，还要在庞大的炭堆里找出那种最明最明的炭颗粒，这四样东西凑齐，放在一个粗厚瓷碗里缓缓捣碎，要用心捣，捣成黏稠的糊状。这些都还好说，自家都可以备齐。最难的是要用葡萄叶子把这黏稠的糊糊包扎在指甲上。我家没有葡萄树，我们前后三排巷子的人家都没有。找遍北关，只大仙庙东侧的院子有。我就常常去偷，趁人不注意拽几片回来，心安理得，一点都不觉得过分。

往指甲上涂抹制作好的染料，我妈总不许我随便动，我只好乖乖地由她摆弄。她用手指捏起一块指甲花膏子，搓成圆圆的，轻轻地覆盖在我事先修剪过的指甲上，选一块完整的葡萄叶子，在我的手指上折叠包裹，再用红色的线扎起来。最是这绾线线是个技术活，绾太紧会影响血液流通，绾太松晚上睡觉会掉。好不容易十个手指都包裹妥帖，妈妈还要煞有介事认真嘱咐：不准放屁，放屁就会熏成屁黄屁黄的，染不出黑红黑红好看的指甲。

染指甲的那一晚，我的觉总是睡不囫囵，翻来覆去，手指被裹住，烧烘烘很不舒服。实在忍不住了，趁我妈不注意，我就把葡萄叶子裹成的小卷儿偷偷拽下来，晾一会儿，然后再装模作样套上去。

等到第二天拆开，我手指上的红色，总不如邻居女孩的漂亮。妈妈非说我放屁了，我坚称没有。她竟然还去隔壁找人家问，白矾和黑炭的比例怎么掌握的。

她哪里晓得，我隔一会儿，就给她往下拔一回这事儿呢。

夜合梅

夜合梅是怎么开都不累的花朵，或许因为它会休息吧。

在我的印象中，夜合梅好像一年里都在开花。每到夏天傍晚，它的叶子和花朵会闭合，进入休眠。第二天一大早，准时苏醒开放，托举着呈倒心形的五片粉紫色花瓣，小小的花朵和叶子，却给人龙精虎猛的印象。

这也是一种极有药用价值的花朵，治疗感冒发热、肠炎肝炎、跌打肿痛、泄泻痢疾等。

扯一根夜合梅叶子下面的细筋筋，也不洗，手里来回擦擦，直接放嘴里嚼，一口咬下去，强烈的酸味，伴着草木的鲜腥，充盈在口中，酸得鼻子皱成团，故意夸张得哇哇叫，大呼过瘾。邻居家小孩，都爱来我家扯夜合梅的筋吃，我妈一般不管，要是太贪心了，只需喊一声“嗨！”

他们就像麻雀一样，哗啦啦快速飞走了。

哦，对了，夜合梅还有另外几个名字：大酸味草、南天七、酢浆草、三夹莲。够厉害吧，这么多蛮时髦的名字。不过，我还是喜欢夜合梅的叫法，毕竟，这是妈妈告诉我的名字。

晚饭花

晚饭花，这是我读了汪曾祺的文字，才知晓的名字。我一看他对晚饭花的描述，明显就是我家院子年年栽种的茉梅花。网上一搜，果然是。

晚饭花也叫野茉莉、草茉莉。我感觉我们神木人，或者也可能是我妈妈这个热爱花草的女人，第一次接触这个花时，听错了，就流传下来茉梅花这么个奇怪的叫法。

汪曾祺对晚饭花的定位是：村，俗，怯。比牵牛花、凤仙花还卑微。

晚饭花叶子铺铺拉拉、重重叠叠，花型也不怎么美丽，却带给我很多的欢乐。

一株株盛开的晚饭花，开在夏日黄昏的小小院落，飘散着甜丝丝沁人心脾的香气。晚饭已经吃罢，花朵却更加炽烈真诚，满怀饱胀的热望，像是用刚刚散去余威的阳光凝成的结晶。看得久了，就会觉得小小的、密集绽放的喇叭形花朵，会灼射出某种光芒，却并不刺眼并不滚烫，反而有种摇曳生凉的笃定，在暗下来的光线中滋生。

许是和人相处得太久的缘故吧。如此浓烈的绽放，却秉持一种家常的个性。浓密狂野的花朵，掩映在更浓密狂野的枝叶中，却是一派邻家妹妹的平和可亲，似乎也有点像我们家那只驯良的黑白花狗。

红、橙、黄、白是其色，更有条纹或斑块两色相间。晚饭花、草茉莉、野茉莉之外，伊还有很多名字：胭脂花、夜晚花、地雷花、官粉花、潮来花、夜娇娇、洗澡花、粉豆花，再加上我妈妈说的茉梅花。人类好喜欢给这一株普通的花朵命名呀。

其香气可驱除蚊虫，其根茎有抗肿瘤作用，还可清热利湿、活血散瘀，治肺痨吐血、劳伤体瘦、头昏目眩等。

最好玩的就是摘一朵晚饭花，小心地扭下花蒂处小圆珠，轻轻扯出长长的花丝，蘸点口水在花檐四周，慢慢地贴在额头处。头顶这枚摇摇晃晃的小圆珠珠花朵，就像别了一枚华贵富丽的金步摇，顿时神气威武起来。脚下的步履变得方正规矩，君临天下的端庄仪态，忽然出现在费事的毛孩子身上。当然，这把戏玩不长，口水一干，花朵就掉落了。可是没关系呀，再如法炮制一个呗。于是，一切戏码又重来一遍。每个下午，每个夏天，不知要不厌其烦地重复多少遍呢。

趁妈妈不在，我会摘下各种颜色不同的花朵，尽兴地玩“请人摆摆”。神木孩子把扮家家酒叫作“请人摆摆”。这是一种相当隆重的游戏，每天玩都可以玩出新意。小小人儿，找来破碎碗盏，摘叶掐花，捡石拢土，在水泥院子认真摆弄。我常常喃喃自语，态度虔诚，场面铺排得灿烂缤纷。有时候扮妈妈，有时候扮娃娃。有时候一个人玩，有时候一伙人玩。

小院拥有的，全都是家常的花朵。与奇花异卉、名贵品种八竿子打不着关系。然而，这并不影响一个孩子热烈地欢喜这些低微的、村俗的、露怯的、家常的花花草草。

阳光，雨露，妈妈的辛勤养护，成就了这些细细青青、普普通通的花花草草。小院里自在生长的花儿，闪现着我妈妈对温暖明亮的永恒追求，更在我的心里埋下柔软的种子。

渐渐老去的时光中，想起一缕清芬伴着各色花朵的烂漫童年，生命漫漶出安和宁馨的意味。

渐渐地试着原谅酒

父亲醉酒的日子，我的恐惧比我家居住的那条狭窄的巷子还深。

形容酒喝得太多，人们总会说：烂醉如泥。我的父亲却不，他再怎么醉，都不会软软地躺着，像河床中的泥巴那样安静。

醉酒的他有无穷杀伤力，每次将记忆拉到父亲醉酒的那些支离破碎的场景，战栗般的恐惧，会在我身体内掀起一阵阵冰凉。

无论岁月多久远，酒带给我的沉重伤害，我只能一直背负下去。

黄昏，原本寂静的巷子突然热闹起来，一个男人出现了。布满血丝的眼睛，蹭满各种脏污印迹的衣服，歪斜的纽扣，衣襟下露出一截刺眼的皮带，趿拉着鞋子，摇晃着，谩骂着，东倒西歪的他，大张旗鼓走在自己选择的人生路途上。

酒后的他每次出现，都比较有轰动效应，总会吸引来聚集观赏的人。这个时候，他大概为自己是主角而感到兴奋，他的热情高涨到有些跋扈张狂。他喜欢这样的状态，喜欢这样的自己，酒精让他成为主角的这个事实，对他是巨大激励，他会高呼着吹牛或谩骂。

夕阳西下，一天中既安宁又热烈的时刻，我却被窒息般的恐惧和耻辱攫取。我的心还太稚嫩，远没有旷达到可以心平气和承受，一个这样面目出现的父亲。

巷子里走来一个被人围观的男人，他是我的父亲，他又喝醉了。

他又喝醉了，家就变成战场。看电影的时候，总是期待最激烈的战争场面快快出现。可当战场变成自己的家，我的害怕比房子还大。我甚至充满希望地幻想着，或许有一天，我的灵魂可以通过烟囱飘向远方。这样，我就不用害怕魔鬼总是纠缠着我的家人。

父亲压根儿不知道，这样的家庭氛围，让我心灵里本该属于童年的单纯和宁静，过早消失了。肆意酗酒的他，给我幼小心灵种下的毒草，无法拔除。

带着对酒的恨意，我一天一天长大。浩荡世界的广阔逐渐涌进心里，看不见的力量，年复一年感化心灵。一颗粗糙、笨拙、恐惧、不安、敏感的心，慢慢地变化着。我逐渐学会了爱这世界上的一切事物。春天里破土而出的小草嫩芽、夕阳染红的云彩、巷子里奔跑的小狗、山野的风、天空的星星、干枯的河流、带着花纹的石头、五颜六色的透明糖纸、乱七八糟的各类物件，无论多么细碎的事物，都可以激发我强烈的爱意。我渐渐地懂得，有了爱就有了一切。有了爱，生活给予心灵的所有卑微和辛酸，都可以获得救赎。

时间继续向前奔流。四十岁的心，世事渐趋洞明。酒的狰狞面貌在心里发生着一些变化。各种推力，让我自己也无可避免地进入各种酒局。酒局真是一张巨大的网啊，我这样对酒抱着恨意长大的人，也可以被一张又一张酒网收进去。应付酒局，成了社会人绕不开的烦恼，可我们不能把埋怨的脏水统统泼向酒。

酒是五谷精华，经过多少人辛苦的劳动，才变成端到你面前的这一杯清澈透亮、纯粹浓烈的液体。寻常普通的粮食，本是纯粹物质的简单的面貌，经过浸泡、蒸煮、过滤、浓缩、发酵、窖藏等神奇而严密的一丝不苟的工序，还要加上时间的缓慢流逝，终于修炼成酒，以一种完美液体的精神风骨闪亮登场。

酒是粮食的精华，酒是祭祀的圣品，酒是感情的滋养，酒是敬意的体现，酒是隆重的象征，酒是祝福的表达。

但人不懂得克制，这世界上有了酒鬼。人不懂得把握，这世界上有了贪婪。

酒坏君子水坏路，神仙也出不了酒的够。这是一句充斥着消极推卸责任的俗语。与酒相逢，败坏了君子品行的责任在人而不在酒。年幼无知的我，一直在错怪酒。就像妈妈们对于摔疼孩子的大地的错怪一样，毫无道理。

那个让你深深伤心的人，怎么去原谅他。只有隐秘的内心清楚，这有多么艰难。无论是以酒的名义，还是别的任何事物的名义，这世界上的每一个人啊，一定要记得，不可轻易去伤害。渐渐地，试着原谅，这个过程满满的全是煎熬，会把人的一生缠绕。

试着原谅酒的过程，我走得很艰难。抗拒、不适、愤懑等情绪在我的努力原谅中屡屡出现。然而，人之为人，毕竟有其高贵的一面，只要愿意努力，总会迎来新的思索、新的认识，只要有足够的克制心和自律精神，我们完全可以自在无碍地在酒的清冽绵长中，享受人生的丰富滋味。

与地毯牵绊的往事

写下标题的一瞬，被密不透风的网捕捉，有点混乱，甚至紧张。外婆的地毯，奶奶的地毯，我的地毯，一起在眼前闪现，并且似乎在旋转。

极熟悉的东西，竟会觉得无从叙述，真是一种奇怪的感觉。地毯，对于稍微上点年纪的神木人来说，脑海中总会保有许多记忆。

在我的童年时期，知晓的被冠之以“厂”这个名头的阔大院子，唯有地毯厂。我家的巷口出来就是北关小学的后墙，抬眼处即见大仙庙尖尖的穹顶。往南走，越过大仙庙，约三五十米，即可见“神木县国营地毯厂”巨型的招牌，白底黑字，长型木质。熟悉的地方没风景，对于地毯厂，我只记得大门口有卖粉皮的小摊子，每次路过，特别嘴馋天蓝色木架上芝麻面、陈醋汤浇在凉丝丝绿豆粉皮上那清凉鲜香的味道。

地毯厂谓之为厂，却并非用机器生产地毯。享誉久远的神木地毯，全是由众多的神木女子，用自己的双手，老老实实将艳丽缤纷的羊毛线与洁白结实的经线经过互相缠绕、编织、剪接，一根一根烦琐联结，一点一滴精心配色，再一遍一遍不惜力气地用特制的铁爪子，一行一行反复使劲捶打编织而成。亲友及邻居多有织毯的女子，她们有青春姣好的面庞，她们的手却是极丑陋的，那是一双各个指头都缠满白胶布的手，一双布满皴裂的血口子的手，一双粗糙枯干令人不忍卒看的手。就是这些女子带着伤痕的双手，在二十世纪八十年代把神木地毯织出国门，行销海外，更织进神木千家万户的炕头，带给每一个平凡主妇一份平淡生活的奢侈慰藉，更成为多少新嫁娘来自娘家的温柔富贵陪嫁。

最早的地毯记忆，来自外婆的热炕头。外婆家居于神木城的近郊乡村，配置却并不简朴，很有些珍稀玩意儿。外婆的炕上有一条细碎的蓝黑花色相间的手工羊毛毯，一条黑白毛色的狗皮褥子。地毯是外婆的，狗皮褥子是外公的。往上一躺，各有独特味道钻入鼻孔，羊毛和狗皮的味道截然不同，然而那浓烈的动物气息并不讨厌，只觉得温暖又奢侈！狗皮褥子是簇新的，长长的毛，很柔软的手感，用嘴轻轻吹一口热气，狗毛会微微地摇摆。炕的另一边铺着羊毛地毯，质地稍硬，夏天躺上去略略有扎人的感觉。睡在这块地毯上，听缠足的外婆哼唱着："噢蛋噢蛋睡觉觉，老虎戴上皮帽帽，沙梁上下来个老道道，老道道反穿皮袄袄。"在这样单调温馨的曲调中，再顽劣的孩子也会很快安眠梦中。由于年限太久，地毯上的毛已经磨得光秃秃的，只剩薄薄的一层，令人不时猜想，这地毯的年岁到底有多大。然而即使就剩这薄薄的一层，你也不必担心它会被磨出窟窿，一块神木手工地毯的寿命，长到以我们的寿命根本见不到它被彻底磨烂的时刻。我童年最快乐的时光，就是在外婆家的炕头跳上跳下，呼号着，来去往返，酣然度过。对于地毯的热烈情感，大概从那时候就已悄然萌芽。

奶奶的地毯简直是她最亲密的朋友。我的奶奶是一位为人和善的小脚女人，不识字，多病体弱，一生的步履就是围着一个男人、几个孩子打转，从未结交过一个朋友，更不要说什么远方了。长年与她形影不离的，就是铺满整张大炕的两块特制红地毯。奶奶给我留下的最深刻记忆，就是满炕的红地毯上，端坐着的一个瘦弱柔软令人不得不牵挂的身躯。

奶奶的红色地毯算是高标准配置，图案漂亮，织工细腻，花色喜气，搭配和谐。整整一面炕，未长一分，不短一寸。一切都很适宜，角落里的铺盖叠得四四方方，认真地盖上一块有老虎图案的薄被单，整面炕洋溢着精心打造出的温暖富足气息。炕头西侧的毯边边下面压着一些零钱，央我去大门外打豆腐时，奶奶会更加佝偻起本就佝偻的脊背，缓缓地弯下腰，瘦弱的手小心翼翼撩起她的地毯，抽几张毛票给我。毯边边下面还固定放着一把通体乌黑的木梳，尽管只是日复一日坐在炕上，奶奶还是会不时拿出她的梳子，把头发一丝不苟地梳了又梳。每次梳完，总要从梳子上扯下一些花白的头发。奶奶会柔弱地叹一口气，把那些头发很认真缠绕成一个紧致小团团，悄悄放到灶火里烧掉。

我的地毯拥有稀缺的花形，然而这独特的珍贵里，却充满着凄凉。神木人的家里，几乎家家有地毯，但和我一样的地毯，却未见过第二家有。每次坐在我的地毯上，注视着温暖明亮的黄色，触摸着有圆满含义的熊猫盼盼的图案，心里就会无端涌起刺痛。

我的地毯是亚运会特供产品。当父亲喜滋滋拿回地毯时，我立刻爱上了这明黄如太阳光芒的地毯，那是只要看一眼都觉得无比温暖的颜色啊。毯的四角各有一只憨态可掬的熊猫宝宝，被四只熊猫包围的地毯中间，是一只熊猫抱着另外一只熊猫。那一年，我的家还是完整的。我当即强悍宣布，这地毯归我所有。父母都说好的，给你作陪嫁。

流离的命运，却并未等到我慢慢长大到婚嫁之年，就过早地将这对地毯，连同一个失散的家，强行判给我。

1992 年，我十八岁，父母离异。三处房产分别留给哥哥和弟弟。属于我的，便是这两块暖黄色的地毯。冷雨侵袭的秋天，我彻底拥有了我的地毯，以及秋雨一样绵长的凄冷。

如今，外婆的地毯已经告别小山村，铺在了省城舅舅的画室里。依旧是薄薄的、小小的，极像外婆的身材。无论外婆故去多少年，外婆的地毯上总是绵延着喜悦和亲切的柔软情愫。

奶奶的地毯，三爸和父亲各得一块。奶奶去世后，我就再也没见过那红色的地毯了。我的记忆里，恒久存留着地毯上端坐的奶奶。

我的地毯，完全成了孩子的乐园。这上面摆满了五颜六色的玩具，洒满了嘻嘻哈哈的笑声。岁月的流逝中，那些关于冰冷秋雨的萧瑟场景逐渐模糊。

与地毯牵绊的往事，有乐有苦，有温暖有冰凉。就像我们每个人的人生，在苦乐相伴中往复轮回。幸运的是，生活让我清晰地知晓，所有的苦并不可怕，所有的乐都值得珍惜。

可爱的神木人

动笔之前，我突然想，自己先别动手，电脑搜索一下看看会出来什么内容。于是输入“神木人”三个字，搜了一下。电脑瞬间显示搜索结果，位居第一的标题是《神木人炫富婚车法拉利阵容》。该帖子上配有很多车子的图片，全部文字内容是：这是2009年6月20号榆林市神木县麟洲街上，一个结婚车队。法拉利 黄色F360-345万（停产），炭黑F430 360万 ，黑色F430 spider-404万，红色575M-320万（停产）。4台劳斯莱斯（金标）幻影（均价710万左右），法拉利575M，4台宾利，还有两台S8（均价240万左右），法拉利F430 spider，奔驰S65 AMG 。

搜索引擎给出的第二个标题是：《2009，神木人值得记忆的一年》。内容比较长，概括了六个关键词：全民免费医疗；六个百强榜；金融危机；养老保险；生死营救；困难家庭救助。

这倒有趣，两条链接，一个来自民间的不知真假的炫富爆料；一个来自官方的惊喜连连、恳切动人的总结陈词。

无论这标题新闻背后提供的文字和数据有没有水分，神木人富了，这是不容分辩的事实。富了的神木人，经常被人在网上诟病不断，为富不仁或者富二代种种嚣张劣迹常常创造大量点击率。西安的出租车司机咒骂神木人太有钱的同时，售楼小姐和售货员听到神木口音却可以立即两颊生花、两眼放光。

不管别人怎么看，在我心里，神木人始终有着淳朴的底色。有人说，淳朴是这世界最无敌的东西，什么都不能将其打败，就连成功也不能。是的，对于有着淳朴天性的神木人，即使金钱将他们的行为涂抹得近乎可笑，他们依旧因为与生俱来的那点淳朴，可笑的同时也很可爱。因此无论别人怎么形容神木人，我都可以在这些故事的背后，真正感受神木人淳朴秉性下的种种可爱。

带匣子枪的人人

这个故事是好几年前一个好朋友讲给我听的，其为人耿直，说话实在，却凭借这个故事，让我领略了一个道理：看似木讷朴拙的人，也许更有玄妙的语言天赋。

一个煤老板，去北京接了一辆小轿车，乐滋滋开上新车往回走，走到半路，出问题了，于是电话求助，电话接通后，听筒里传来焦急的声音："喂，车买上了，正开上往回走了，走着走着不对了，嘀嘀嘀响上没完，检查了下仪表盘，不光嘀嘀嘀响，还出来个戴匣子枪的人人，红颜色的，闪上没完，这是咋了？不敢刚刚掏的钱，买了个用不成的汽车吧？"

朋友认真听他说完，平静地教他："你把安全带系上，看戴匣子枪的人人还有没有。"

"咦，没了，人人没了，响也不响了。"

故事讲到这里，我们都笑翻了，顺便带倒桌椅一大片。我后来无数次认真注意，各款汽车上提示系安全带的那个标志，红色的，一闪一闪，真的特别像影视剧中游击队员肩膀上挂着匣子枪，越看越像。不信，你回头自己瞧瞧去。

一颗豇豆和一颗钻石

这个故事是朋友的母亲讲的，比上一个更古老，是好多年前的旧事。那时的神木人，远没有现在这么普遍富有，让一部分人先富起来的政策之下，神木这个小地方也很快出现抢先富起来的一拨。

朋友的母亲，有天去一个神木当时颇有名的有钱人家串门。女主人正在给孙子喂饭，豇豆稀饭，一勺子又一勺子，给娃往嘴里喂，娃嫌豇豆不好吃，吃进去之后，将米咽了，豆子在嘴里转了一圈，又被娃如数吐在茶几上，奶奶每次一看孙子吐出来一颗豇豆，就伸出自己的手，一把从茶几上迅速揽起来，赶紧放自己嘴里，三两下就把孙子吐出来的豆子，咀嚼着吃掉了。当时女主人的手指上戴着巨大钻戒，闪闪发亮。

朋友的母亲总结说，看见了吧，富是富了，穷习惯一下改变不了也是个问题，几颗豇豆，有几个钱了，愣是舍不得扔呀。

女主人的举动，无论搁哪里，都有点上不了台面，贻笑大方惹人嘲弄。我却觉得，正是这点毫不遮掩、惜物怜物、舍不得浪费的精神日积月累，才变成她手上那颗巨大的钻戒。

河畔

第三个故事是朋友刚刚讲给我的。起因是看到我空间里写了回神木办理护照的事，他说，有一个故事，忘记说给你了。我说，那赶紧说，听着呢。

他说：去年从西安坐火车回榆林，遇到一车厢你们神木出国旅游回来的农民。

我说，是了是了，我们神木现在出国大军主要是农村人，我也打算办护照了，电话咨询了下，工作人员说，办护照天不亮就得来排队，我们 8 点正式开门，开了门需要按排队顺序进来放号，一天只放几十个号，放不上号的，明天早晨继续天不亮来排队。

天呀，出国办护照都拥挤成这样？又一想，我妈这不消停的老太太，去年都自己办好了护照，用她的话说就是，我们广场上扭秧歌的那些老婆婆们都有护照了，人家都出国几回了。

朋友当机立断，打断我的穷磨叽，继续讲故事。

那些人兴奋得，直到晚上两点才睡着，第二天凌晨四五点就醒来了。吵得我老婆一晚上没睡好，只好听他们讲。

一女的说：就是那天导游让我们一人三百块钱转那个河畔，没串好，没意思。（PS：神木人河畔的发音是 huō bàn。）

一男的接过来说：那个不是河畔，是海滩，哪有那么大的河畔了。

听到这里，我实在笑得止不住了，对讲故事的朋友说，你看我们神木人多牛。

朋友接着说：看上去非常纯正的农民，听上去真是钱多。有一个女的说买了二十万的化妆品。

最后朋友说：海滩在你们强大的神木人眼里也不过就是河畔。

我又一次在这个河畔里，看到了淳朴。淳朴的神木人，无论走到世界各地什么著名风景面前，总是要将这风景与自己熟悉的事物关联起来，才觉得踏实自在。窟野河静静地从我们县城流过不晓得有多少年了，河畔我们当然是熟悉的，有水有沙子的地方理所当然肯定是河畔，什么海滩，我们才不管你那么多呢。

一盒黄公主，一盒红中华

这个故事是我一个同事讲的，同事在我们单位负责经营方面的工作，接触当地煤矿老板的机会比较多。

他说，有次去一个村子，面见一位煤老板谈事情。一进院子，看见破烂砖墙围成的院子里，停着一辆霸道。（再多一嘴，霸道是指丰田PRADO，好像正规的叫法应该是普拉多。不过，神木人没人这么叫，我们一律称之为霸道。）

破院子停着的霸道车傲然屹立，将我们同事小震撼了一下，接着，煤老板听到他们来了，从家里赶忙跑出来，热情欢迎他们。只见该老板穿个破旧的大背心、大裤衩，赤脚穿一双脏兮兮的塑料拖鞋，这形象又震撼了我的同事，这与他想象中多金的煤老板财大气粗的形象太不搭界了呀。

我同事正在疑惑当中，老板从大裤衩的两面裤兜里分别掏出两盒烟来，一盒黄公主，一盒红中华，中华递给他们，热情招呼我同事们尽管自己点上抽。招呼完别人，自己从黄公主盒里抽出一根，淡定地说，我抽不惯那个，多少年就爱抽这个公主。

我同事这下彻底弄不明白了，后来他反复给我们讲，怎么也想不通，自己抽低廉的公主烟，请别人抽中华烟的煤老板，到底是怎么想的。

我想没别的，就是淳朴，淳朴的底色造就了他们固有的行为习惯，尽管怀揣大把大把的钱，他们还是愿意选择自己一直习惯的东西。再次证明，淳朴真的是什么都无法打败，成功不能，金钱不能。淳朴的心，只是一如既往地保持着淳朴。

这个故事，对那些盲目猜测煤老板富裕之后多么烧包的各种说法，是一个有力的回击。因为淳朴，我们神木，就是有这样不烧包的煤老板。你们爱信不信。

这是什么字？

这是我亲历的故事，因此这个故事带来的震撼更强烈，感触更深刻。

2011 年 6 月，我很荣幸地获得了第六届煤矿文学乌金奖，去北京领奖归来时，偶遇一些神木朋友，便一起同行。我们一行十一人，浩浩荡荡赶到南苑机场，飞机因天气原因暂停起飞，于是我们和许许多多的旅客一起，滞留在南苑机场狭小的候机厅等待起飞的消息。原本下午 6 点的航班，我们等到了第二天凌晨 1 点 20，才终于坐到了飞机上。

登机之前的漫长等待，因为人多，倒也不是很让人焦急、无聊。我们随意地闲扯，时间在攒动的人流中似乎也变得黏稠，流逝得特别缓慢。

这次同行的恰好是神木的成功人士，他们拥有的财富数量到底有多少，我因为平时并不居住在神木，相互接触不多，所以无法估量。

来机场前，我随她们在王府井附近的一个酒店大厅喝下午茶，喝茶的地方正好在酒店售卖奢侈品的店铺门前，我的这位朋友刚刚还坐着喝茶呢，往起一站说，我溜达溜达去。说完，就一个人走进了卡地亚那明亮尊贵得在我看来有点拒人千里的店铺。

我看着她走进去的时候还想，等这口茶喝完，我也跟进去溜达溜达，见识见识这世界顶级的奢侈品嘛，买不起，商家不是也没明着说不允许看看的嘛。

可是我一口茶还没咽到肚子里呢，她就迅雷不及掩耳提着一个袋子回来了。我瞪大眼睛问：买东西了？她淡然地说：买了个手表。我心里直接咯噔一下，哦，在这个铺子里买手表，连两分钟都没到，就买出来了，这钱花得太仓促了吧。等我有钱了，好歹要多看一会儿的嘛。

有了上面的铺垫，到了机场，飞机暂时没有起飞的意思，在椅子上坐下聊天，她又说，溜达溜达去。我就淡然了，尽管去吧，反正我是不跟着去。

果然，又是迅雷不及掩耳之势，抱了两双老北京布鞋，笑眯眯出来了。得意地叫我们看看样式好不好看，说是买给老人穿的。这次她倒不像买手表那么淡然了，一直笑嘻嘻的，因为被我们夸奖，她也觉得老人一定会喜欢，就越发笑得爽朗了。看着她买到两双布鞋露出的开心笑脸，忽然觉得挺亲切。

毕竟，我是个没见过大世面的孩子，她刚才买卡地亚那阵势，确实惊着我了，人家花钱那范儿跟咱距离太遥远了。而两双布鞋带来的喜气洋洋，让我仿佛觉得阻隔我们的一些东西又消失了。

我们都说好看，她就忙着往皮箱打包去了，打包完，刚坐了一会儿，又坐不住了，说，我再溜达溜达去吧。

不一会儿，抱着一大摞书回来了，我们一行十一人，她买了十一本，一人发给我们一本，说，没事干看书吧。有书看，我就兴致来了。尽管候机厅依旧人潮喧闹，有了书，我的世界一下变得十分安静。突然，她端着打开的书，凑过来问我：这是什么字?

那是一个非常简单的字，应该是小学三年级前学习过的。

一刹那，我有特别发蒙的感觉。真的没想到，这个亲切机智、幽默爽朗乐观的女子，原来还有这么一根软肋。那一瞬间，我的心里隐隐作痛。为这样的遗憾，将伴随她一生。

当我告诉她这是什么字，更没想到的状况出现了，她很自然地从包里掏出来一个最普通的软皮本，找出笔，缓慢地把刚才问过的那个字，一笔一画写在本子上，并注了拼音。本子上密密麻麻已经写了很多标注拼音的字，而那些字，无一例外太过简单。那一刻我看着满纸的字，蓝色的字迹，歪斜的笔迹，再凝视她低头誊写的面庞，认真得近乎庄严的神情笼罩着她。眼里真的有眼泪想要夺眶而出，当时在候机大厅，我生生忍住了自己的眼泪。真让眼泪流出来，未免太文艺腔，太难为情。

可是此刻，再次回忆那个场景，人潮汹涌的大厅，硬硬的座椅上，她埋首写字，本子垫在膝盖上，世界寂然不动，而身边坐着的我，内心一种疼惜的情绪悄然弥散。写到这里，我的眼泪无须克制，终于滑落。

当很多人嘲笑神木的富人普遍没有文化的时候，我很庆幸，我看到了这么一幕。因此，我知道，所有成功者光鲜的背后，绝对不仅仅是撞上大运那么简单。一定有些什么，是我们所不了解的；一定有些什么，是我们所做不到的。

人生最开端的阶段，没有读太多的书，这真的是无比巨大的遗憾，对谁都是。可是许多人，让遗憾止步于遗憾，止步于怨天尤人。只有那些真正不服输、不认命的人，通过点点滴滴的努力，时时刻刻的坚持，从而破茧成蝶，华丽飞翔，实现人生的超越，展示出让我们惊诧的实力。

那天，在我的行李包里，装了一个漂亮的奖杯，一个全国煤炭系统的文学最高奖，尽管如此，看到她往软皮本上写生字的那一刻，我感觉实在自愧不如。我告诫自己，以后，也要给自己的包里，准备这样一个本子，随时随地学习。

作为一个没有随着高涨的经济浪潮发了大财的神木人，我并不愿意戴着挑剔的眼镜，去苛责富人身上的缺点。毕竟，我们每一个人都不是完美的，性格、修养、学识、经历、品位等方面的缺憾，并不仅仅是富人所独有。

我愿意看到更多富裕起来的神木人一直保留淳朴的底色，无论他们遭受外界不知情的人们多么夸张的猜测和形容，只要淳朴的底色不丢，就永远有可爱可敬可亲的一面。

对于神木的许多现象，平常心待之，对等审视，或许可以发现许多我们不了解的东西。

到处都流传着富裕起来夸张故事的神木人，在我眼里，他们不够完美，但确实有那么一些可爱。

满园郁香

平日的早餐，我只吃一个白水煮鸡蛋，今天破例吃了两个，又刻意加上一条棍棍面包。

坐在餐桌上，照例注视窗外高悬的一角天空，看到了阴霾满布的灰沉颜色。然而，这并不影响我心里的欢喜情绪不断涌起。

毕业三十年的小学同学聚会，是一件在阴天都无法抑制欢乐的泡泡冒出来的事情。我故意选用的早餐模式，是小时候考试之前流行的小把戏。大家都神秘地传说，考前这样吃，自有神助，可以考到100分。然而，那时的食物多么金贵，我很难如愿以偿得到两个鸡蛋一根油条。

从榆林到神木的路上，朔风凛凛，白雪飘飘，我的思绪更是源源漫漫。北关小学，这个我成长过程中的第一座精神地标，在我的脑海中时而清晰可见，时而模糊不清。三十年时光流逝的仓促，在这思绪回归的短暂行程中，幻化成妙不可言的期待。漫天的雪花飞舞，若在平日，带给我的只能是惶恐注视路面的紧张。今天的我，却在心里反复琢磨一句刚刚形成的话：雪花是冬天最隆重的浪漫。

我试图分析自己的情绪，何以激荡着如此浓烈的愉悦。突然就想起：追梦少年轻别离，沧桑中年重故园。是啊，重归的愿望如此携风带雪的急迫，是因为那颗沧桑的中年心，深切感知到过去岁月的可贵。世事总是充满着令人无奈的悖论，知道珍惜时，却是早已失去时。回顾所来径，苍苍横翠微。多少人的心，在回望的一刻弥漫着卓立苍茫的迷蒙。

斑驳的砖墙；厚重的木门；又红又专的标语；看门房的王爷爷慈祥的笑脸；三道杠的完美少年和他的白衬衫；令人心生疑惧的水房；昏暗不明、浊气熏人的厕所；失物招领箱靠着墙根，像是一个被永远罚站的可怜孩子，孤零零的玻璃盒子里，一些零散的硬币，互不搭理；木头打造的课桌上，刻画着深浅不一的伤痕，最著名的一条线被称为三八线，捍卫着同桌的你和我各自据守的不可侵犯的尊严；一拨一拨跃动的身影踩过，校园里砖石铺就的道路变得凹凸不平；秋天，残破的青砖上会覆盖着金黄的犹如手掌的树叶，水泥制的乒乓球案上也不例外；厕所边上两扇总是上锁的低矮木门，似乎在阻隔着《山海经》里描述过的怪物；到处都是粉笔画下的痕迹，砖地上“跑城”的大方格，对应着“啃羊蹄蹄”的小方块，最风靡的简笔画的主角是亘古不变的“一个丁老汉”……

脑海里的关于这座学校的所有画面，模模糊糊泛出黄昏的味道，曾经明亮的色彩被裹上层层纱幔。一年级到五年级，春夏秋冬往复循环的很多故事，尘封在时光的坛子里，隐匿着回忆的触角无法触及的层层忧伤。

汽车轮胎裹着风雪进入神木县城，在回忆里浸泡着的思绪回到现实。看着车窗外风雪中的窟野河，绵延在河岸边的二郎山，内心没来由地充满了悲伤。

有人说悲伤是人类所能企及的最高情感。可当悲伤的情绪真正漫漶到将一个人湮没的时候，我们还是期望有别的事物能够缓解悲伤。打算帮助自己走出悲伤的时候，车停了。

车停了，我整个人有种忽然断片儿的空茫。回忆里滑过的旧时画面，和眼前的这座挂着“神木县第三小学”招牌的学校，没有任何相似之处。

除了脚下的土地没有移动，大仙庙的铃铛依旧清脆。别的一切，都不存在了。时间以一座学校推倒重建的巨变，向我呈现了它的威严。

新学校漂亮崭新的面目，让我的心充满飘忽的疏离感，有种明知没走错，却总要疑虑是不是走错的执拗劲儿。教室里更是花花绿绿、整洁明亮的陌生，一些中年男女在说笑交谈。令人错愕的时光啊，那些穿着白衬衣海蓝裤白胶鞋，戴着红领巾的小小少年，你把他们都藏到哪儿了呀！我眼前这些中年人，虽然不至于白头搔更短，但基本已是浑欲不胜簪。稀疏的头发，臃肿的身躯，松弛的皮肤，浑浊的眼睛。我尝试着热烈而认真地打量每一个人，期盼着找到他们曾经清澈的明眸，如风的笑脸，羞赧的表情。等待我的唯有满含痛惜的失望，我更确知，我带给他们的是同样的失望。我当然知道一切都回不去了，可我还是不愿意轻松地接纳这躲不开的衰朽沧桑。我当然知道所有的人类都会被赋予一种使命，那就是成长。可我就是不喜欢走过成长之路的我们，在时间的颠簸中消散了昨日光华闪烁的容颜。

“当你站在我面前，看着我时，你知道我心里的悲伤吗？你知道你自己心里的悲伤吗？”一种揪心的孤独攫取了我的心，我在一眼看到的每一个同学的苍老之中，确知了自己的苍老，确知了人类共同的苍老。所有的青春，终将逝去。属于每一个人的金光灿然的少年时光，再怎么穿越风雪奔袭前行，都回不去了。

“在这个世界上秋天深了，该得到的尚未得到，该丧失的早已丧失。”站在北关小学，看漫天雪花自在飞舞，听寺庙的铃铛在风中脆响，我沉浸在时光飞逝的哀伤中难以自拔。

老天垂怜，让哀伤的我看到了我的两位语文老师。她们分别是七十七岁和七十三岁。她们腰板直挺，声音洪亮，面颊上带着冷风吹拂之后的红润，言行中仍是无法被岁月遮蔽的不怒自威的自信。她们仍旧殷殷切切地期盼着我们的成长，念念不忘让我们报告好消息时多多益善。

我在老师们身上看到了岁月静好，现世安稳。忽然之间，我觉得未来可期，不必伤悲。有她们这么硬正地在七十多岁的道路上，提前守候着，我很自然放下了对必将老去的恐惧和排斥。

道路漫长，充满奇迹；满园郁香，静等微风；我已亭亭，不忧不惧。请允许我朗诵一首诗，作为我们再次相遇的礼物，送给所有的小伙伴。

溪水急着要流向海洋 / 浪潮却渴望重回土地 / 在绿树白花的篱前 / 曾那样轻易地挥手道别 / 而沧桑的二十年后 / 我们的魂魄却夜夜归来 / 微风拂过时 / 便化作满园的郁香。

有仙则灵

我的小学全名是：神木县北关小学。当时神木县城区内的小学，共有三大名校：城关、北关、南关。有人曾在文章中回忆："北关居右，蕴大仙之灵；南关居左，挟关帝之勇；城关居中，拥城隍之威。三校呈鼎立之势。"

更牛气的是，北关小学一墙之外，几舍民房之隔，有一寺庙雄踞，虽然破旧，但其俯瞰附近一众矮小建筑，气质傲然，形象不俗，此庙名曰大仙庙。

上学放学我们常常在大仙庙东侧的一条窄巷子进出通过，大石头铺就的台阶被往来的人磨出下凹的光滑弧线。大仙庙高扬的楼台四角，悬挂有拳头般大小的铁铃铛，风吹过时清脆神秘的叮叮当当之声不绝于耳。

我每天被我妈妈打扮得"人模狗样"，在大仙庙铃声的清响之中，穿过北关一带的沿街店铺去上学。走过徐家大院时望一眼葡萄架，咽一下口水，就会看到老李家的铁匠铺。烧得通红的火炉子后面，准会冒出李叔一张滚圆、赤红、油光、结实的脸庞，他总是光着强有力的膀子，瞅见我走过会带着戏谑的表情望向我，有时会故意高喊："儿媳妇，念书去呀！"真是讨厌，懒得理他。那时我们北关的小女孩，大概都被他叫过儿媳妇。转角处是老孙家的干酪铺子，勤劳的孙老头卖力地打着永远打不完的干酪。紧挨着干酪铺子，就是大仙庙正面的一小块空地，此处有一卖香蕉水的小摊，用墨水瓶和墨汁瓶分别装了红黄绿三种颜色的甜水水，墨水瓶里的卖五分钱，墨汁瓶的要一毛钱。三两步之后就是武姓人家的豆腐坊，越过豆腐坊就是我们学校的大门。打铁打干酪卖豆腐卖香蕉水家的子孙都是我们同学，世界就这么小。

走到高大端庄的校门，会看到校门两侧的墙壁刷了红油漆，威风凛凛地用水泥雕刻出“团结紧张、严肃活泼”的大字，这八个字精心地用黄油漆刷过，每次经过这里，内心都会冒出一种庄严的泡泡来。厚重结实的木板大门，藏着岁月的苍茫。

门口照例有穿戴整洁的看门房老王爷爷在守候，举着布满红血丝的柔软脸颊，下巴松弛，眼睛微眯，目光祥和，笑容满面地看着我们出入。他偶尔会慈爱地摸摸你的头发、拍拍你的肩膀，一股主人翁的幸福感就会油然而生。带着被关照的陶醉，听着老王爷爷打出的铃声，我们就开始上课了。

要是我可以光着脚去上学，一切就会不一样吧。恼人的是，开学第一天，我妈为了人前不丢份，特地做了一双新鞋给我穿。刚上课一会儿，我的脚就开始闹革命了，各种不舒服袭来。穿了鞋的脚像被裹起的粽子一样，期待掀开粽叶的一刻。各种拧扭晃动都无法缓解双脚的困境，一点都不给我这个潜心向上的学生长脸。

这世界上有一句话叫自作孽，不可活。开学前的那个夏天，基本在外婆家的沙梁上度过，一帮孩子混在一起玩得太投入。整整一个夏天不穿鞋子成天在沙坡溜上溜下，任由滚烫的沙子在趾缝间自由流淌，不计后果的赤裸裸痛快之后，谁承想会有一个小学生的身份和一双新鞋等着我。

开学之初，我无暇顾及别的，所有注意力都在自己的脚丫上。老师讲得认真投入，我的脚却像沙滩上等待入水的鱼一样，眼看就要窒息。一万个渴望鼓动我脱掉鞋子，露出脚指头自由呼吸，一万零一个惧怕嘲笑的懦弱按下了我的渴望。上课的时候，我经常会趁人不备偷偷弯下腰，用手指头掏进脚后跟和鞋子接触的那一点狭小空间，使劲抠一抠，给脚放风一般，让空气进入鞋子，最是贪恋那一缕的清凉舒爽，一切却仅止于此。全部脱掉是不敢的，因为看到有男同学会偷偷露出脚丫子，味道太难闻了，我的内心没有那么强大。那段时间真是煎熬啊。所幸很快天就凉了，我的脚闹独立闹自由的情绪渐渐地消失了，自觉自愿地完成了与一双新鞋的磨合。

第二件难以启齿的事情是上厕所。学校的厕所很霸气地呈一字排开之势，同时可容纳十几个人解决问题。各蹲坑之间有矮墙间隔，蹲下去谁也看不见谁，站起来彼此面目就完全暴露。这些都无所谓，关键是那个供人踩脚的蹲坑，其宽度和长度的尺寸于我而言都有点大。我每次上厕所都担心自己会掉下去。粪坑又深又大，蹲下去低头目测，有晕眩之感袭来。恍惚之间，速战速决，站起来又需特别小心翼翼，想象着要是掉下去，肯定必死无疑，而这种死法太丢人了。昏暗的光线，熏人的臭味，来去匆匆的人影，战战兢兢中时常有学生惊呼手帕、红领巾之类物品掉落的惨然之声传来，更令上厕所变成一件毛骨悚然的事情。然而，这种恐惧无法缓解，人总是要上厕所的嘛。关于厕所的可怕，到底困扰了我多久，我也忘记了，反正现在想起来，还是有点紧张。

老师办公楼有长长的直通二楼的楼梯，水泥做的台阶，两侧用钢管焊着护栏，依稀记得护栏上涂着天蓝色油漆。课余时间这里是学生们游乐的领地，大家在这里玩抓骨头子、挑冰棒棍儿、弹杏核儿、用粉笔画“一个丁老汉”、拍手唱儿歌、手指互相勾毛绳变各种花样的游戏，还有的孩子用纸折一个找东南西北的道具，套在手指里互相轮换着玩。层层楼梯上坐满了玩乐的孩子，甚是热闹。楼梯西面是大院子，升国旗、全校开会、大合唱等活动都在这里举行。办公楼一楼的顶西侧是水房。水房出来有一个失物招领箱，里面塞着铅笔、橡皮、小刀、红领巾等物品。有的学生为了得到老师夸奖，干脆将自己的物品塞进去。

我幼时体弱，脑子大概也不很灵光，运动能力极差，缺乏玩耍的神经。在玩跳皮筋、跑城、打沙包、抓骨头子等游戏时备受歧视。做这些游戏需把人分成两队，每队由一个水平高超的人领导，负责选队友并且指挥队伍和对方战斗。挑选队友是由两位首领带领大家，进行手心手背表决，以各人和首领一致的手心手背划分队伍；或者由两队首领单挑，以剪刀石头布决输赢，赢的一方享受选人优先权。当参与游戏的人数是奇数，无法均匀分配时，将剩下的一人归输的一方。这好似给末家的一点安慰，其实是一种明显的甩包袱方式。被挑剩下的是最不会玩的人，谁家也不想要的。只要我参与，每次这个“荣誉”明确无误就会落在我头上。我默默地习惯着，躲在队伍里被人高喊，谁家末家要薛晓燕。

做游戏不行，体育不行，唱歌不行，跳舞不行，画画和手工不行，数学也不行。这么多的“不行”压在身上，我并不觉得多么不快乐，每天背着妈妈做的漂亮的布书包，一边挥舞着一根柳条儿，一边捏着半块剩馒头，兴兴头头踢起一路黄尘，任由书包在屁股上晃荡，早早地到学校。那时候上学真是没有压力，若是现在，这么笨的小孩子，会被恨铁不成钢的老师和家长压迫得抬不起头吧。事实上尽管有这么多不行，我那时候在班里还是被当成好学生享受各种优待。因为班主任是语文老师，语文好，作文好，足以遮蔽其他方面的不行。五年级时，学校派我和另外两位男生，与全县各小学选出来的选手智力竞赛，我居然给我们北关小学把个人第一名的荣誉捧回来了，并且获得了代表神木县去榆林地区参赛的资格。领奖时看着城关小学的男生失望的表情，心里真是开出了花。然后，学校开始对我们三个单独训练，每天不用上课，在学校的会议室里做各种智力题，备战全区大赛。那段时间，无比风光，去榆林参赛时登上了《榆林日报》。此一役为我的小学生涯画上了完美的句号。

北关小学的老师，都给我留下了深刻印象。特别是一位教音乐的年轻貌美的王老师，皮肤细细的、嘴唇红红的、牙齿白白的、睫毛卷卷的居然还弯弯翘起来，眼眸之中似乎藏有星辰一般，绽放出亮晶晶的光芒。她的头发短短的，我们统称这种发型为：小子头。留着小子头的漂亮音乐老师，会教我们唱好听的歌。她教我们唱歌时，头略微歪着，脸上绽放着甜美的微笑，这动人心魄的姿态，简直好看得没法说。我五音不全，备受鼓舞，经常跑调，却总喜欢一个人胡乱哼唧，每次写作文我的理想，都声言自己长大要当老师。一点没有拍老师马屁的意思，真心觉得当老师是一件很幸福的事情。

常常会不由得想起教语文的大个子陈老师，严厉的她很器重我，在教育局抽查听课时，常会安排我总结发言，陈老师为我扎下了热爱语文的根，我总想起她，却再也没有见过她。

人生的路就是这样，兜兜转转百转千回，和有缘的人相逢，和相逢的人别离。相逢的时候不懂得珍惜，珍惜的时候早已别离经年。

成年后回忆北关小学，全然成了我的幸福乐园。它承载着我对这个世界最初的好奇张望，盛放着小小少年的活泼快乐，点燃了我回望过去的闲情逸趣。从这里出发，我的人生之路越走越灵光，越走越宽敞。

梦里老家何处是

老家，对很多人来说，是温暖亲切、念念不忘，是根脉所系、情意所向，是梦里贪欢、心之港湾。

很长一段时间，老家这个概念，对我来说却模糊苍白得令人惆怅。

我理解的老家，是最初身处其间，之后飘荡游离，而今难得回去一次，却日思夜想的地方。

正因为这一番辗转流离，老家才会让你午夜梦回，让你牵肠挂肚，让你万般留恋。

在一本叫作《幸福一直都在……》的书里，看到《梦里老家》这篇散文，很快入了神。每每看到别人书写老家的文字，我就觉得我的生命在这里缺失了一角，显得无根无垠，茫然无措。竟然是一个没有老家的人，这样的念头让自己顿觉脚下虚无。

曾和一位有老家的人闲聊过一个细节，他问来到城里只待了几天就执意回老家的姐姐，为何不喜欢城里。姐姐说，因为在城里再怎么走来走去，脚下没踪。脚下没踪让她心慌。

哦，多可爱的理由！热爱老家，是因为老家布满泥土的大地上，人的双脚踏过之后会留下清晰的踪印。那是人气的映现，活着的证明，人与泥土合力完成的私密记忆。

而我的老家，在哪里？

爷爷的老家是爷爷年轻时候就远离的乡村，我的父辈在那里也只停留了很短的时间。而我，出生在神木小城，生长在这座小城，到现在的生活也一直没有离神木城太远。神木城算是我的老家吗？似乎不算。在小城曾经的城墙围起来的有限圈子里，我并非真正意义上的城里人。人们归纳起来的时候，我老家的名字，是那座乡村的名字，它叫解家堡乡柳树沟村。可柳树沟这个乡村是我的老家吗？我从出生到现在，四十多年间，只去过那个村庄一次，而且是晚上回去，第二天匆匆离开。我甚至连村庄的样子都没有清晰地看到，更不要说与这个村庄发生情感呼应。

“故园东望路漫漫，双袖龙钟泪不干。”而我的故园，无论我怎么望，它都是面目模糊，不知所终。我深深地体会到，人过留踪，是多么踏实而温暖的生命记忆。而我的踪，生命最初的印迹，竟然不晓得留在了哪里。我像断线的风筝，飘摇在小城的天空，没有来自故园的绳子，可以牵扯我靠拢它，亲近它，留恋它。

我常常羡慕那些有老家的人，我觉得与土地有过亲热经历的人，生命才是厚重有力的，心底才是笃定超然的。这样的生命，不管你飘荡得多远多高，都不觉得茫然心虚。因为，老家这个大后方，总默默地守在那里。无论时光怎么流逝，岁月怎么变迁，那里的山，那里的水，那里的空气，都会静静地等你归来。那个属于你的村庄的鸡鸣声、炊烟气、泥土味，总会在某一个时刻在你心中喷薄而出。你在这些清晰真切的气息里，看到了你的双脚在你的村庄里留下坚实的踪迹，看到了你的村庄里那些可亲可敬的面孔，你想轻轻地抬起手抚摸他们满是尘土的脸庞。

一次次回望，生命不断咀嚼最初陪伴自己的一切，心灵因为有了这样缓慢淡定且周而复始的咀嚼，变得丰饶滋润、阔大温柔。你会发现，原来，这里的一草一木，一牛一马，一砖一瓦，你都爱得那么深沉。当这样的爱在你的心底深处升腾而起，你会晓得，生命中涌现出的关于老家的所有亲密的情感体验，都弥足珍贵无与伦比。

有些刚从农村来到城市的人，会经常羞于提及老家，会希望自己留在老家的所有踪迹都被尽快抹掉。他们永远无法知道，在苍白的小城里长大的，没有一个老家可归去的孩子，是多么希望自己也可以拥有一个随时都能以任何面目奔向它、却永远不会被它嫌弃的老家。

去年国庆，我到神木南部乡村小游一日，归来时，黄昏的气息弥漫在汽车飞驰而过的路旁村庄，我在车窗里看到，农妇用扁担挑着新刨出来的土豆，缓慢归家。那一刻，心柔软而复杂。回来后我写下了这样的诗句：我只是路过 / 没有理由停下来 / 关心土豆的价格 / 过路人的身份让我想起 / 在另外的遥远的村庄 / 捧起土豆的双手 / 以及那不可触摸的心。

我以我稚拙的诗句表达我对村庄的复杂敬意和浪漫心情，这样的心境，别人无法懂得。

“梦里不知身是客，一晌贪欢。”李煜在《浪淘沙》里流露的千古悲凉使多少人感同身受。可我觉得，这样的生命，毕竟是建立在曾经是一方之主的基础上。尽管飘摇零落，总有一天，午夜梦回，会因生命中坚实的记忆而忘掉一切烦恼。

像我这样，即使在梦里都望不到老家踪迹的人，才真正是可怜孩子。

有老家的孩子们，请狠狠地、热烈地、持久地爱那一片属于你的土地，让生命与土地永远保持神秘的牵引和高贵的联系。

命运港湾中的奇妙相逢

四十二分钟后就是明天，明天是你的生日，四十二岁啦。

我的四十二岁生日，也刚过完不久。同岁也就罢了，我们还有一样的姓氏，姐妹般顺序排列的名字。

最奇妙的是，命运安排我们在初中开学报名的第一天就相遇。于千万人之中混乱的局面里第一次遇见，扑哧一笑，相互了然。

你对着我毫无掩饰、粲然一笑，我心灵里沉睡的很多东西，在这笑容里苏醒。那一瞬间，我真的在你眼睛里发现了星辰，在你扬起的嘴角边看到了花朵的绽放。1986 年的秋天，你的美，旗帜一样，在我十二岁的生命中升起。

开学第一天，自作主张，我们做了同桌。当然这很短暂，老师很快就调整了座位。友谊的春芽在大地上一经探头，很快就迎来蓬勃茁壮的生长。从此，我的人生开启了跟在你屁股后面的模式。

必须承认，这种模式对我来说是新鲜、陌生、充满刺激的。

你让我跟你旷体育课，到神木二中东侧山𡶶（山坡）的墓地间晃荡。我们甚至会故意躺在那片墓园的草地上，晃着双腿，显得惬意，无所事事地看云朵在天空的笔记本上写下不知何意的字句。

学习成绩忽然往下掉了许多，我会暗暗自责。你对这些是无所谓的，你对老师的批评也无所谓。上历史课的时候，你居然还敢长时间地、偷偷地用手心手背，快速翻转一枚硬币。正在讲某个皇帝的历史老师怒气冲冲，你也无所畏惧，表情依旧我行我素。可我不行，我发现自己学习成绩下降，就很害怕。想到我妈妈也许会对我失望，就更害怕了。

上晚自习前，你带我去某个山洞偷偷学大人一样吸烟。你动作娴熟优雅，吐出的烟圈袅袅婷婷，腾空消散。我很努力地学，却被呛得狼狈不堪。带着烟气回到教室，我是真心的恐惧呀，怕被老师发现，怕被叫家长。那时候我心里认为，即使死，也不能叫家长，太耻辱了。

尽管和你在一起会惊恐，会自责，会失去主张。但是，只要见到你，还是会一次次地选择乐颠乐颠地跟在你屁股后面，着魔了一般。没有什么能够阻挡，我追随你的脚步。

其实我们性格完全不同。不知是什么力量，推动着我不由自主地靠近你。

当时的我懦弱，无能，胆小，乏善可陈，毫无突出之处。课间玩游戏没人要，上体育课一次次推倒需要跨越的山羊，而不能做出漂亮的一跃。每次的联欢晚会或者春节排练秧歌，我只有看的份儿。字写得相当难看，简直不堪入目。学习成绩也很一般，穿着打扮更是潦草。最主要的是因为父母不和睦，我的内心里充满自卑。每次他们吵架，我在夜里哭泣，第二天早上肿了双眼去学校，更是觉得低人一等。偶尔你会问我，眼睛怎么了。我就谎称是枕头不合适，晚上睡落枕了。

你却不同，你天生属于自带星辉出场的人物。首先你漂亮得无懈可击，常常有外班的男生，在我们教室门口，大声叫喊着你的名字，要一睹你的芳容。起初同学们还觉得稀罕，来得多了，就不以为意。

在那个沉闷灰暗的年代，你的衣着闪亮光鲜，特立独行。你性格果决勇敢，似乎从无犹疑摇摆。喜欢的事情，想做的事情，你肯定会去做，完全不在意别人说什么。老师和家长，这些我深深惧怕的管我们长大的人，你居然也常表现得毫无畏惧。印象最深刻的是，你甚至连疼也不怕，敢把男生的名字拿小刀一笔一画刻在手臂上。

你是校体育锻炼队的长跑队员，你不晓得，这个让我有多羡慕。我幼时体弱，支气管炎伴随长大，咳嗽压迫得我每天跑早操都无法完成，更别说练什么长跑了。每次看见在操场奔跑的你，对着你的背影，我出神良久，激动难抑。我打心里认定，你跑的一圈一圈的赛程，里面有我的荣光。

你很会唱歌，对于到现在都不能完整唱出一首歌的我来说，这真的是很大本事。我记得你在元旦晚会上唱动画片《花仙子》里的歌曲。歌声清纯魅惑，你站在教室中央，整个人如被圣光沐浴。我虽不会唱歌，三十年过去了，这歌词，竟然还一直记得。

从认识你开始，一直到现在，会唱歌的女子一直很吸引我。循着她们的歌声，我会死死地抓住，直到她们都做了我的朋友才算完整。

你豪爽大气，从不为那些女孩子总爱计较的鸡毛蒜皮浪费心神，这个特点最是吸引我。那时候的我，已经偷偷开始看武侠小说。有金庸这样的思想品德老师引路，我虽然言行上懦弱无能，内心里却是一个喜欢江湖侠气、鄙视庸脂俗粉气息的人。你身上就有我神往的江湖味道。

写到这里，越发清晰地知晓，我克服恐惧、自责、无奈，叛逆了好学生、乖孩子等称呼，得了魔怔一般日日跟在你后面，真的是不由自主呀。如此亮光闪闪的你，我只有甘愿做一头飞蛾，毫无悬念地扑过去。

有一段时间，我每天中午克服内心各种忐忑，坚定地从神木县城最北面出发，步行穿越整个县城，去到城南你的家里，把你接上，我们一起步行，来到离我家很近的学校上学。现在想起来，真是匪夷所思，什么样的驱动力，才可以做出这么傻的举动。唉，也许少年的时光，本来就是傻的吧。因为这份傻，才珍贵，才奇幻，才能散发出遮蔽一切的青春的光华。才会在三十年之后的深夜，感觉一切犹如昨天，仿佛我们仍旧行走在通往神木二中的路上。

后来，猝不及防的命运将我们分开了。为了躲开家里的战争，十四岁的我像逃难一样，过早地选择了读技校。榆林东沙的一个连围墙倒塌都没人修复的荒凉校园里，宿舍里八个女生，七个在想家，而我在想你。我的家真的没什么可想的，我只是每天担心我的妈妈会不会又挨打。

我拿起笔，创作了生命里的第一首诗歌，那是写给你的。那时我们电力班欢聚一堂元旦联欢，同学唱歌的时候，我忽然想起了你的歌声，想起了落雨也不怕，落雪也不怕，就算寒冷大风雪落下……我离开欢声笑语的教室，一个人悄悄走到走廊，寒风凛冽中抬起头，忽然有星星闯进我的眼睛，眼泪不管不顾溅出来了。

再后来，我们同处一城，却很少相见。我们的生活其实完全不同的，我们各自的圈子更是不同。然而，少年时的友谊并不会被时光冲淡。不相见并不代表不惦念。隔三岔五，我的梦里就会有你。醒来后我常常感到诧异，为什么总是梦见你，我真的不知道答案。

三十年好长呀，却也被我们一天一天快速地过完了。尽管不常见面，我还是会一时冲动就跑到你家里。

去年，我的好友若楠从哈尔滨来西安看我，大清早，我领她去你家里，毫不客气地端起你亲自下厨房做出来的、盛放在漂亮瓷碗中、加了螺旋藻和羊肉的热面条，稀里哗啦吃得一干二净，吃完用手背擦擦嘴巴，享受得心安理得。这一点不需要序幕就直奔主题的熟络，也只有少年时就深刻相认的朋友才可以做到吧。前段时间，我和若楠去重庆看朋友，我们聊天时，这位热爱烹饪的哈尔滨姑娘，专门夸赞了你的厨艺。

这些文字，我开始写的时候还是昨天，写到现在，已然是今天。

今天是你的生日，活到这个岁数，愈加感谢命运港湾中的奇妙相逢。在我少年时，有美丽的你，来到我的生命，这有多么好。

因为有你，我越来越好

很多事情的发生没有任何先兆，就像此刻我忽然想起你，想起和你共同走过的三十多年时光。和你相处的点点滴滴，如一场突如其来的深夜大雪，在我的脑海中纷扬出漫天晶莹纯真的美好。

我现在完全不知道，我第一次见到你，是在何时何地，是怎样的相遇过程。因为你一直很平凡，闪亮惊艳的一刻不属于你。你在很小的时候，似乎就懂得安于平凡。很长很长的一段时间，我也一直把你当作一个平凡普通的存在。读书读到这样的句子：平凡简单，安于平凡，真不简单，却还是没有及时和你对应起来。

今夜无眠，一遍一遍想到的全部是你。越想越吃惊，越想越睡不着。终于意识到，在我的生命中，你的出现是多么美好。

因为有你，我越来越好。这么多年来，你总是在夸赞我的好。所有的见面，任何的场合，都能听见你在说我好。我听得习以为常，从没当一回事去认真对待，私心里甚至认为这些诚心诚意的赞扬是我该得的。直到此时此刻，我才意识到，你对我的好，有多么珍贵。

记不清什么时候开始，我常常会去你家找你。你家的窑洞比我家的低矮狭窄许多，却整齐洁净，明亮的黄色油漆刷过的门窗，总是如沐春风一样温暖明媚。这与我的家，我的风雨飘摇凌厉坚硬的家多么不同。这种不同深深吸引着我，一次又一次走进你家的小院。你家的院了里有两棵树，一棵是梨树，另一棵当然没那么巧也是梨树，是花椒树，一种在陕北带着陌生气质的稀有树木。单是树木也就罢了，我那时还不懂爱惜和欣赏树木。让我倍觉稀罕的是，你的父亲会为这些树木写诗。写诗也就罢了，他还郑重其事地把这些诗句，用毛笔饱蘸浓墨，写在雪白的裁得四四方方的纸上。写在纸上也就罢了，他还把这些写了诗句的书法作品，随意放在窑里的桌子上。我刚好来了。被太阳照耀庇佑的和暖小院里，一棵梨树和一棵花椒树相安无事地生长着，它们的生长被毛笔字以诗歌的方式记录着。这件事，让我对你的父亲生出深深的敬意。这份宁静安和，我只自珍，从未向你说起。

我会凑很近很近，去看你父亲写的毛笔字。轻轻地念出来：喜看椒梨沐春风。我问，椒梨是什么梨。你说，是花椒和梨树。哦，院子里矮矮的却葳蕤茂盛的树，竟然是花椒树。我跑出去闻了闻，哎呀，真的是一股扑鼻的花椒味。

那个时候，我家的窑里，摆满了时新的、由天津的匠人认真打造出来的一件一件实木家具。家具上面还端放着妈妈精心挑选的漂亮玻璃花瓶，插着鲜艳的塑料花。还有闪着光芒的茶壶和许多配套的茶杯。茶壶的圆肚子上画着梅花，写着：她在丛中笑。

而你家的窑里，一排一排厚厚的书籍码放得整整齐齐。后来，你父母居然还在主窑的半墙壁上为你开辟了一个小窑洞。那里面坐着一个弹吉他的你，和一摞一摞高高叠起的书。书挨着书，到处都是我家没有的书啊。我非常欢喜这样的一个小窑洞。

1988 年，十四岁的秋季，我决定离开神木，去榆林上技校。我们的语文老师三次来我家里，试图说服我的父母改变对我前途的决定。但是，我对自己的学习信心不大，最主要的是太想离开这个日日争吵打闹的家了。我很坚定地告诉他们，我要去榆林。就这样，我连初三还没来得及读，摇身一变，成为一名技校学生。

去了技校之后，一位男同学告诉我，技校学生的校徽，要别在裤腰上才敢出去。我天真地问：为什么呀？他说，因为丢人啊，别人看见会笑话啊。

我开始写乱七八糟的所谓诗歌。榆林的荒凉沙滩上，我写下：烟波浩渺 / 雾气迷茫 / 遮住我渴盼的目光。我把这些诗句贴上邮票寄给你。你来信赤诚而热烈地赞美我，还说给你的哥哥也看了，他说写得真好。我顺理成章地接受着你的赞扬，自然而然到从未觉得，这是你对我的厚爱。

二十世纪九十年代初，好多同学去读大学了，我俩却都早早参加了工作。你在单位管电脑和打印机这种稀罕东西，A4 纸上，你打印了一沓子的楷书字帖给我，说可以照着练字。我随意接过带回家里，没当一回事，并未认真去练，却也开始知道羞耻字迹的难看。

看上去乖静温和的你，居然还是个狂热的球迷，我从你家墙壁上的画报中认识了马拉多纳、范巴斯滕。

我们结婚生子，见面越来越少。然只要见面，你就会不遗余力夸赞我又进步了。我却在每次见面时暗暗惊异，你越来越好看了。从前那个被我忽视了的朴实无华、温和敦厚的你，总是随着别人心意的你，在年复一年的时光磨砺中，闪现出令人目为之炫、神为之迷的一种知性时尚的光芒。揽镜自照，曾经常常被人夸赞好看的我，一副憔悴臃肿的模样。

因为有你润物细无声的陪伴，变得越来越好的我，这么多年从未向你表达过恩谢之意。你还是一如既往地给予我出自肺腑的赞美和鼓励。只要我的公众号推出文章，第一个跑来热情打赏的总是你；只要得知你我同在一地，热忱邀约见面喝茶的总是你；只要我鄙薄自己老胖丑，第一时间站出来热切反对的总是你。

三十年的时光荏苒，日月蹉跎，有些东西自在生成，比如你的美好；

有些东西颓然流逝，比如我的姣好；有些东西经年未变，比如我们从少年时代开始的情谊。

今夜失眠，终于让我洞悉因为有你，我越来越好。这才捋清楚，我文艺气质的发端，来自你家生长着树木的明媚小院，来自你逼仄小窑洞的四壁藏书，来自虚怀若谷的你，对我的广博接纳和慈悲扶持。

王芮，感谢我的生命中有你这样的发小！哦，对了，我们认识的那会儿，你是一个名字叫翠萍的短头发小姑娘。

小丝小缕的文化快乐

2016年5月24日，通过朋友圈得知余秋雨先生要来神木，未感意外。两年前，关于这个文化小梦想的筹划，县里一位负责文旅方面工作的领导，曾与我通过电话和邮件进行交流和沟通。我们并不认识，沟通却很顺畅。故乡神木，有融合陌生的文化魅力。

当时，是他请我帮忙，对相关方案进行文字梳理。后来思忖，其实，我在他的帮助下，无意间完成了一次自我超越。帮人就是帮自己，此言不虚。

他为我提供的关于这片土地的资料翔实丰富。阅读这些文字，勾起了我内心的书写欲望。就在帮他做文字修改的短短几天内，我写出了关于石峁和红碱淖的两篇散文，《尘封的故事》和《寻梦红碱淖》，分别发表在《文艺报》与《北京文学》上。在这之前，这两家报刊我做梦也不敢投稿，更别说发表了。拿到样报、样刊的第一时间，心里想，这首先要感谢那位先生的启发。

两年后的今天，余秋雨先生的双脚，真的踏上了我们神木的土地。果然是，有志者，事竟成。

思索余秋雨先生看了石峁遗迹会做如何感想时，手机响，陌生号，接后知，是文旅集团的相关负责人，邀我第二天去聆听余秋雨先生的讲座，如果时间允许的话，可能还要进行现场对话。

接电话时的开心，转眼恢复冷静。读过余秋雨先生文字的时间隔得太久了。告诉自己，现在最要紧是临时抱佛脚式的补课。

迅速冲到最近的书店，办理此前一直犹豫要不要办的书卡，挑选了一本《空岛》。书名很陌生，估计是新出的，一翻果然。2016 年 5 月 24 日，我用了十小时，完成了《空岛》的阅读。第一次看余秋雨先生的小说，很新鲜的阅读体验。

度过一个不眠之夜后，5 月 25 日清早乘车从榆林奔向神木。看着车窗外的风景，恍然觉得此刻的自己就是余秋雨先生，正在凝重地注视着这片叫作神木的大地，酝酿着该用什么样的描述去引爆文字的灵感。

进入会场，真切感受到了余秋雨先生文化魅力的恣意汪洋。偌大的神木会议中心，人头攒动，穿梭熙攘。我看到一位白发苍苍的孱弱老者，蓝色夹克衫包裹的瘦弱腰身，佝偻出令人眼睛潮湿的曲线，由家人搀扶着缓缓落座。他的老伴向周围人爽朗地说："八十多岁了，非来不行，一直是余秋雨的粉丝。"

余先生的讲座旁征博引，成熟的见解源源不断。七十岁的老先生，热情洋溢地向神木人民播撒属于文化的快乐。

要了解神木文化，首先要了解世界文化、中国文化，然后找到神木在其中的位置。精神价值 + 生活方式 = 文化，余先生用巧妙的语言，将含义无边的大概念，缩略成可以秒懂的公式。

"恐龙将脚印留给人类，森林将煤炭留给今天，成熟和不成熟的文明在这里留下最重要的门槛，黄河与长城在这里交汇，游牧和农耕在这里融合，骏马和耕牛在这里相处，这就是——神木！"这是余秋雨先生对神木的概括。

讲座开始之前，有幸面对面向余先生提问："以神木为例，如果由您来写，您认为最容易找到的文化散文切入点在哪里？”

先生和蔼地说：“一会儿讲座的时候，我会讲这个，这里就先不说了。”

两个多小时的讲座，激情昂扬贯穿始终，他说：“既然你生在神木，你写散文能不能靠近历史的大手笔？把一切都扯到我们神木，这就小气了。”

“寻常老百姓的生活，永远是历史的主角。”

“我对神木朋友建议，一定要讲大格局，要进行世界格局的对比，把神木放在世界格局当中。全人类的共同优点你不要讲，要讲自己的特殊性、实践性的优点。”

虽未点明，但我知道，这是余先生的答案。

沉睡太久的人，渴望黎明。曾经人民币随着煤炭乱冒的神木，渴望文化。人们热烈的眼神和认真聆听的表情，说明此次余秋雨先生的神木之行，是一次成功的文化事件。我隔壁座位一个穿着时尚的年轻后生，一直在认真做笔记，并且常常能对余先生谈到的知识点，悄声接下文。年轻的生命致力于学，我相信神木的文化事业，来日方长，未来可期。

余秋雨先生名声很大，争议也颇大，围绕他展开的批评和诋毁不断。与此同时，大量强烈喜欢他文字的忠实读者，并不随着岁月流逝而衰减这份推崇与喜欢。

我的班主任张俊平先生推荐我一本书，刘绪源的《今文渊源》。书中有言：“余秋雨的文章有缺点，但他对当代散文发展的贡献，是不应抹杀的。他的《文化苦旅》会有那么大的影响，正是因为他冲破了固有的、已经没有多少生命力的‘抒情散文’的陈套。他的笔下既有掌故史料，又有个人见识，同时又有丰富的旅行见闻和华美的文辞。当然，他也说了很多生动乃至夸张的故事，有不少带有煽情性质的高调的抒发，也许正是后面两点，使他的作品吸引了大量的中学生读者。但我们冷静地分析一下，就会发现，《文化苦旅》的真正特色所在，恰恰还是‘以见识取胜’——那时他对许多问题毕竟有着独到的见解，也有很强的表达欲望。”

我觉得这是很中肯的评价。余先生不是神，不可能完美。作为一名文化人，他对文化的解读和传播，让世界各地的很多人，像今天我们神木大讲堂的听众一样，沐浴在文化光芒照耀之下的快乐中。这就足矣！

讲座结束后，我对身边的三个好友说，请谈感受，请讲真话。

李敏说："能感受先生的儒雅风范，有梦想照进现实的幸运。聆听文化解读，目睹大师风采，方知眼界格局可以如此开阔澄明。"

霍聪说："我想这次演讲的最重要的意义在于，让曾经只追求财富的人们，看到了知识、文化、文学、精神气质的魅力，这些才是最恒久的生命力。"

沈小梅说："现场很是热闹啊，平日那么多空的位置，今天走廊都添了临时座椅，对学者如此的热捧，至少是一方民风走向良性发展的体现吧！无论是谁，不可能字字珠玑，我们这个年纪，自会去芜存菁，能聆听，一切很好。"

她们说得真好。我有一瞬间，为我的朋友们待在小县城抱屈。她们应该有更广阔的天地。不过我的情绪很快就回到叽叽喳喳热烈讨论文化的快乐中。因为我知道，她们每个人，其实早就为自己找到了最广阔的世界，由书籍组成的那个令人一生迷醉的世界。

《空岛》中，我最喜欢的一句话是：以小丝小缕维系大善大美。

"我们都是小人物，但对大善大美，可以守护，可以照应。结果也有可能成为大善大美的一部分。"

坐到返回榆林的大巴上，已经是19点多。朋友们站在大巴门口翘首相送的身影，感人至深。暮野四合的车厢内光线昏暗，而我，分明看到了贴心又温暖的文化曙光。

诗书礼乐，化成天下。小丝小缕，心向善美。惊鸿一瞥，即为人文。余秋雨先生的讲座，带给我们神木人的快乐真实可感、充沛绵延。

小时候，你被妈妈打过吗

小时候，你被妈妈打过吗？微信上遇到这个小小的投票，毫不犹豫选了“打过”这个选项。

事实是我的记忆中并没有我妈打我的印象。也就是说，我认为我妈打过我，却没给我留下什么挨打的阴影。那既然没有挨打的记忆，我为啥非要这么肯定说我被我妈打过呢？

因为我深刻记得我妈打我哥哥和我弟弟的事情，而且是那种非常严厉凶猛的狠打，有杀鸡儆猴的效果。一个挨打，其他两个都噤若寒蝉，大气不敢出，生怕余怒的波浪冲过来。

我哥哥惹怒我妈的那次，给我留下很恐怖的印象。那时哥哥还小，八九岁左右，我们一家人还未四散分开，五口人都住在大仙庙后的老屋子。我家的屋顶覆盖着漂亮的红陶瓦，院子里洋灰墁地，各种器具组成的花盆里，种植着五颜六色的花朵。窗户上贴着好看的窗花，窗帘的颜色缤纷亮丽。还有一只黑白花的小狗，跟随我们进出穿梭，跳跃奔跑。

哥哥小时候和爷爷奶奶住，直到上学了才回到我们家。遇到节假日，就又去我奶奶家里住。哥哥刚回到我们家住的时候，对我妈的严厉管束不是很服气。有次我妈不知为何又训他，他随口叫了我外公的名字以示报复，虽然声音很小，我妈还是听到了，我还没看清楚她的身形如何动作，一老巴掌已经甩到我哥脸上，当时就流鼻血了。我和弟弟心惊肉跳，站在那里呆呆地傻看。我哥哥也被打愣神了，一时之间，竟然忘记了哭。这件事之后很长时间，我都忘不了哥哥一脸鼻血惊慌的表情。这是我记忆里哥哥唯一一次挨打的情形，此后就再没有挨打了，只一次就打老实了，可见我哥打小就是个聪明人。

弟弟就没有这么聪明，挨打的次数较多，因为他有极倔强的脾气。对待挨打，弟弟总有一股可笑的勇气，昂首挺立、面无惧色，直到我妈打得了无意趣忙别的事情了，我弟弟还陷入这英武的氛围中不能自拔。明晃晃的太阳照着，我想把他拉到阴凉地里避一避，费好大劲拽过去，他马上又站到火辣辣的太阳地里。我一边起火他不识相，一边又挺佩服他的硬气抵抗。

弟兄俩挨打的事情我都记得比较清晰，唯独自己挨打的事情完全不记得，我一直以为我大概没被打过。后来听我妈自己讲，才知道，我肯定也被揍过。只是我妈每次揍我们，确实是因为我们犯错了才揍，我大概自己也觉得该揍，不往心里去，就不记得被打这件事。

2014 年国庆节，我的书画家舅舅为儿子举办婚礼，各地的好多朋友来神木参加，在外婆家农村的老院子里，热闹张罗着。

我去的时候，我妈笑吟吟地对我说："刚才有个你舅的外地朋友找我聊天，把你夸了好一阵，反复说你爱读书，写得好文章，很懂礼貌，问我咋教育的。"

我立即问我妈："那你给人家咋回答的？"

我妈脸色一正，得意扬扬地给我说："我就给他说，我也不懂甚教育，反正是，不对了，就打。"

瞧瞧我妈，人家现在都讲素质教育、快乐教育，她可倒好，沉浸在打孩子的成就感里好开心。

今年春节，我妈感慨地对我说：“你小时候呀，比人家两个小子都费事。人家两个穿衣裳，穿旧了也穿不烂，一到你身上，两天就扯成稀巴烂，扣子从来没全的时候！”

这么一对照，我咋可能不挨打呢。

我也不得不承认，我妈用了很高明的揍娃方法。揍过，还没让我记得被揍的可怕，不留印象，没有阴影。

挨没挨打确实没啥印象，特别怕我妈，可是千真万确的事实，她真的是一个非常严厉的妈妈。记忆最深的一次，发生在大仙庙后面的那个小巷子里。巷子里有户人家新砍了一棵杨树回来，刚剥过皮，两端用砖头高高垒起来，中间架空放到巷子拐角处。被剥得光溜溜的粗壮树干，散发着树木好闻的气息，强烈地吸引着我。三下五除二攀上去，一屁股坐下，两条腿不停地晃荡着。本来挺美气的，猛然发觉大腿上一疼，低头一看，血不停往外涌，腿上裂着很深的两个口子。原来是晃荡得太迅了，肉皮碰到树干上的尖刺了。第一想法就是，千万不能让我妈看到，不然会被揍死。于是，一只手把伤口一摁，一只手按住木头跳下来，拐到邻居家院子里，偷偷地找人家窗棂上落着的细尘土，用指头捏起来，往伤口上一撒。反复撒几次，盖住伤口了，用手按住等着血止了，才敢回家。回到家里，走路的时候伤口往死疼，却丝毫不敢表现出来，装得跟平时一样，我妈真就被我瞒过去了，她到现在也压根儿不知道有这么一件事。我大腿上两道真切的伤疤，一直没有褪去，很清晰地记录着，一个小小女孩，为了瞒妈表现出的果决与勇敢。

我自己对这事儿的评价还挺正面的，闯了祸自己处理，是我们那个年代的小娃们才有的本事。现在的孩子，要是被伤成那样，家长不知要怎么惊慌失措送医院包扎呢。

小时候，你被妈妈打过吗？谁再问我这个事儿，我还是会回答，打过，打过。有一个严厉的妈妈，在犯错的时候揍你，其实挺幸运。

致高子荣老师的一封信

尊敬的高老师：

您好！

雪花又一次从天空飘落时，我接到一个电话，也接到一项重要任务，这一天是2016年冬至。

班长很严肃认真地让我给您写一封信。挂上电话之后，思绪一下子回到了1986年的秋天。

无论时光多么匆忙，有些记忆还是会永久存留，在一年又一年的反复怀想中，变得光芒灿然、熠熠生辉。

1986年的秋天，是一连串带着明亮记忆的温暖体验。时间从这里开始，在大地上划下一个华美的弧度，我的生命，进入了新的征途。

小学阶段的数学老师，让我很害怕，我的数学成绩一直很差。小升初的时候，数学只考了40多分，能考上初中，全靠语文成绩。那时候，小学升初中是一道难关，我身边有好几个同学因为考不上，只能继续重读五年级，来年再考，这些学生，就被称为：退班猴。

得知初一六班的班主任，是很著名也很严厉的一位数学老师时，考上神木二中的喜悦消失殆尽，随之而起的，是一阵紧张。这意味着，在教数学的班主任眼里，我必将是一名差生。要是换成一名语文老师当班主任，情形应该有所不同。

因为惧怕数学，继而不喜数学老师。第一天，我硬着头皮走进教室。

现实并没有想象的严酷。接下来的数学课，没有如我记忆中的小学课堂，让我心生耻辱和恐慌。

由于对严厉的高子荣老师从心底惧怕，我上数学课时特别认真。我以为，数学是我不可能学好的一门课程。直到遇到您，尊敬的高老师，我慢慢知道，我这种笨小孩，其实也可以听懂数学课。更神奇的是，我也敢在数学课上举手发言，而且还答对了，我也被您叫到黑板上解数学题，居然也没做错。

没有人知道，这看似寻常的回答问题和上黑板解题，对我来说，意味着上帝将一扇关闭很久的窗户，重新开启。我的内心，如同一只喜欢春天的熊猛然嗅到春风，开始笨拙却狂热地舞蹈，享受来自数学课的认同。

初一第一学期，对我有着非凡的意义。我终于从自以为无可变更的数学之辱中，迎来重要转折。期中考试成绩出来了，我考了全班第 17 名。我的学号是 45，学号是入学时按小升初成绩高低顺序排列的，高老师，听懂了您讲的数学课，让我从第 45 名，变成 17 名。我记得开家长会时，作为班主任的您，特别点名表扬了几个进步大的同学，这里面就有我的名字。不仅点名，还奖励了一个小小的笔记本。这个笔记本，让生活中煎熬得很辛苦的我妈妈，脸上绽放出了幸福的花朵。看到妈妈的笑容，我无比欢喜，无比感谢那个小本本，无比感激严厉的数学老师。

高老师，1986 年的您还很年轻，中等个子，皮肤在男人里面算是细腻紧致，可以清晰看到红血丝分布在两颊，下巴棱角分明，鼻梁挺直，抿着嘴不说话时，让人感受到一种坚毅果敢的硬汉脾性。您的嗓门清亮激越，课讲得一字一句不容置疑。谁不听课根本躲不过您的火眼金睛，嘴上并不耽误事，继续讲课，一颗粉笔头却稳、准、狠、猛地落在抛锚者的额头，我简直怀疑您每天在家偷偷练习弹指神功。

高老师，不知您还记不记得，您那时最常穿的是一件蓝色中山服，领子上的风纪扣一丝不苟扣得紧紧的，口袋上别着一支钢笔，一看就知是一位人民教师。

除了扔粉笔头的一手好功夫，高老师另有独门武艺。晚自习或其他老师讲课时，您常在楼道外面，隔着玻璃窗或教室后门上的小孔，总览教室内的学习状况。您这么大一个人，却可以做到瞬息之间来去无声，猫着腰只看一眼，一切动静一览无余、了然于胸。我坐在第二排，有时猛回头，看到您炯炯的双目，隔着玻璃窗，闪着冷峻的光，心里不由得一阵哆嗦。不说别的，光这轻盈得让人完全察觉不到的身手，我觉得您肯定还在家偷偷练习过传说中的凌波微步。

从 1986 年到 2016 年，整整三十年。一切都不一样了，就像人们口中所说的，河东变河西了。

光阴荏苒，时间有脚。您在我心中播下的严谨求学的种子，当时只道是寻常，三十年的时光，却让一切凸显出来，变得神圣而意义重大。

我是第一个离开咱们教室、离开课堂的人。那时候并不懂得，选择那么早参加工作，对我来说意味着什么。

离开课堂越久，越意识到课堂弥足珍贵，越怀念在您的课堂上，和六班的同学们一起听课的美好时光。然而，这种怀念是没有意义的，再深切的怀念，都不可能让我这个在社会上游离晃荡了三十年的人，重新回到 1986 年的秋天，回到神木二中初一六班的教室。

三十年后，我们再次重逢，虽不至于沧海桑田，但确确实实，少年新鲜闪亮的容颜，已经变成中年的衰朽臃肿。

时间变换着年份，年复一年红了樱桃、绿了芭蕉，我还是确信，有些东西是不会变的。

比如，我给您写信的真诚、大家一起怀念过去的深情、同学们见到您的欢欣和兴奋。人与人相逢之后留下来的情感，再久的时间也冲刷不掉，总是在情感的召唤中，回忆起过去的一切，这是我们人类高于动物的尊贵所在。

古话说，一日为师，终身为父。不管时间过去三十年还是六十年，高老师给我们每个人的谆谆教诲不会变，我们深厚的师生情、同学情不会变。

三十年前，“我不知道自己需要从哪里开始发芽，要长成什么样子，开什么样的花，结什么样的果。”

三十年后，我对自己到底能结什么样的果，依旧不是那么清晰，但是我无比清楚地知道，1986年的秋天，初一六班的教室，是我的梦开始发芽的地方。严厉的高老师，是松土浇水的好园丁。

那时，很努力地办过一份手抄报，报纸的名字，我屏息静气地认真写下：《春芽》。如今，稚嫩的春芽，经历过人生的风霜雨雪，虽然没有长成参天大树、栋梁之材，却也热情善良地捧出了碧绿的树叶、遒劲的枝干。这一切，根源都在每一位教过我的尊敬的老师这里。

桃李不言，下自成蹊。一句谢谢根本不足以表达心中的感激，但我仍然要郑重其事地说一声：谢谢您，高老师！

祝您：身体健康、一切顺意、喜乐平安。

此致

敬礼

学生：薛晓燕

2016年12月30日

给自己找个撑船人

十八岁的我对最好的朋友说，真希望现在已经四十五岁。美丽的她立即惊诧地问：为什么？我回答：到那时，一切都已定性，不用再为明天忧虑迷茫。

四十五岁的门槛在不远处等着我跨越，忧虑迷茫如十八岁时一样，依旧横亘在我的心中。可见，年岁的增长，并不能帮助人们清晰地洞见未来。

过去像一张网，罗织着一个人在流逝的时间中，笨拙地腾挪跳跃的所有艰辛。当一个人陷入对过去的回想之中，各种凌乱却鲜活的画面和信息，会随之裹挟而来。

1974 年农历闰四月初八，神木县河畔村，村民王文学的东正房，一盘石头炕上，我来到人世。

母亲这样描述我的出生时辰：天昏黄了，正是农村羊回圈的时间。

我喜欢这个时辰，正如山西散文家玄武老师在诗歌中所言：黄昏是隆重时刻 / 它衔接昼夜，又孑然无依 / 它孤独而拥挤 / 将收尽所有光 / 诸神在黄昏来临 / 下降或上升 / 一一肃穆地隐去。

母亲对我说，把你养到一盘冰冷的炕上，这已经够好了，不然差点儿就养到地里头了。恰逢燕子飞回的时节，顺理成章取名小燕。晓，是我后来自己改的，提醒自己笨鸟先飞。

父亲是一名卡车司机，母亲在河畔村和奶奶一起务农。父母亲结婚特别早，父亲十八岁，母亲十七岁。1953 年农历八月初十出生的母亲，在 1971 年农历八月二十生下了我的哥哥薛小军。当时只有十八岁的母亲怀的是双胞胎，我的另外一个哥哥，由于生产时间过长，生下来就没有呼吸，脸憋得黢黑，连名字也没有，被丢到了野滩。

面对现在皮肤粗糙、身材壮硕、全面长丑了的我，我母亲非常喜欢夸赞我小时候的长相。婴儿时期，母亲归结我有三大特点：俊，能哭，多病。

她说："人家谁都知道，这家人可养下个俊女子了。白森森，圆丹丹，花眼眼，嘴唇就像抹了胭脂一样，红润红润的，这是因为挣脐带子用了红绳绳。接二连三有人来家里看，一有生人看，你就哭，哭完就病一场，折腾得没办法，以后一律不敢让人看了。"

哭得最狠的一次，是远在解家堡乡柳树沟村老家的一位本家奶奶，远路风尘来我家，一进门就大声说："来，让奶奶看看你家的这个女子。"襁褓中的我，从她进门说话开始，号啕大哭，惊天动地，不肯止歇。哭声持续了很久，在隔壁自家院子忙着做饭的我奶奶，听见我哭得停不下来，一口气跑上我家，奶奶边推我家房门，边说："这娃娃今天咋了！"

很神奇，奶奶的话音一落，我的哭声停止了。

这一次大哭，哭下了疝气这个伴随我至今的讨厌毛病。特别是怀孕后期，疝气下来的次数日渐频繁，疼痛难忍。儿子哺乳期结束后，我在神木县开发医院做了腹腔镜疝气切除术，术后仍未能彻底根除，疼痛时常袭来，只得提醒自己可以拿轻，不能扛重，不能走长路。尽管非常清楚后果，但我总是犯规，疝气这个毛病便以一种隐秘疼痛的方式伴随着我。

1975年10月，我和哥哥随父母落户神木县城关镇北关村。租住于现在惠泉路中段南侧的四孔古老窑洞中的一孔。在这孔窑洞中，我们住了四年多。1976年农历七月二十八日，我的弟弟薛小龙出生于这孔窑洞的炕上。五年间，即将二十三岁生日之际，我的母亲侯翠玲女士成功晋级为三个孩子的母亲。

1980年，我家搬到了北关小学后墙西侧第二排的房子里。这是北关生产队村民自己修建的一片集中居住区。前后三排房子，我家是最漂亮的。房顶上排列整齐的红陶瓦，让我家的房子从大路上看，就很显眼。一字排开四间大正房，还有西房、南房、东边是灶台。用水泥抹得光溜溜的小院，钢筋和角铁焊制的带花纹的栅栏式大门，刷上了漂亮的银粉。青砖，木门，带玻璃的窗子，院子西南角还有储存土豆和白菜的地窖。童年最明亮的颜色，最温暖的光芒，来自这座小院的花花草草。

这一年，我因肚疼到不能直起腰身走路，被送进神木县医院。医生诊断：膈下脓肿，需立即开刀治疗，否则恐有性命之忧。主刀医生是县医院的杨云升大夫。手术很成功，肚皮上留下一拃长的丑陋刀口，我的命保住了。当时的医疗手段，手术刀口居然不缝合，每天换药，护士用镊子夹住泡了碘伏的黄色纱布，在刀口里抹来抹去消毒。那个疼呀，我用指甲抠烂护士的手也不能缓解。于是，我就骂。据说，每天换药，六岁的我会变化着各种词语，用最脏的骂人话，愤恨、流利、高亢地骂护士。童年真好，可以肆无忌惮地责骂使你痛苦的人。

写到这里不由得一阵黯然，原来我的厉害劲儿被过早透支了，以致成年后每况愈下，越活越痴傻麻木，懦弱无用，软面薄情，害怕惹人。怪不得我的鲁院同学，著名作家谢络绎曾笑言，说我属于讨好型人格。

1981年秋天，我入学北关小学，迈出短暂求学生涯的第一步。

在北关小学我是一个既笨蛋又聪明的复合型学生。笨，体现在数学、音乐、舞蹈、劳动、体育、游戏、美术。

慢性支气管炎带来的冬季定期出现的咳嗽、疝气，以及手术的影响，导致我的身体有诸多限制，几乎什么都不能做，什么也做不了。不能坐在冷地上，不能跑操，不能耍雪，不能摸冰疙瘩，不能喝凉水，不能吃冻冰海红子，不能吃带着冰碴子的酸碎菜。

我在小学期间有个绰号：老太。

玩各类游戏，双方挑人的时候，赢的一方先挑实力强劲的队友，同学们中间有一个几年不变的原则：末家要“老太”。

少年的我，就是那个不中用的“老太”。玩游戏受歧视，数学特别差。

有时我想，世间若无语文这门课，我的小学生活会是地狱般难熬。

现在我手里珍藏着两个小本本，是1986年在北关小学毕业前夕得到的奖品。一本是北关小学教导处颁发的：奖给语文智力竞赛第二名。一本是神木县科技辅导协会颁发的：奖给智力竞赛第一名。

全县第一名的荣誉，让我大出风头。为此我给北关小学争取到了组队去榆林参赛的资格。我和另外两名男同学孙荣国、白建彪，于1986年的夏天，代表神木县小学生，在教导处李主任的带领下，去榆林参加全地区智力竞赛。十二岁，我在裤兜里揣着一张母亲给的面值十元的巨款，第一次离开神木县境，住进了榆林大街上有名的干部招待所。招待所的饭真心好吃呀，一天竟然可以吃三顿饭，粉条子炖肉，还放的炸丸子。顿时觉得，我的人生理想就是，天天待在这个有好多大圆桌的食堂吃饭。

从榆林回来后，去了一趟我奶奶家。这时，他们已从河畔村搬迁，居住在位于油库路公安局家属院的两孔窑洞里。我奶奶眉开眼笑地说：“这个傻女子还吃劲了，脑子利索的。”我爷爷薛立刚同志，作为县公安局局长，总是在家里也像在办公，常年不苟言笑。这次居然笑眯眯地对我说：“人家说在《榆林日报》上看见你名字了，跑来问我，是不是你的孙女子，我给他说，是了。”

1986年秋天，我顺利考到了神木二中。由于数学极差，之前我一直暗暗担心自己考不上初中。

1987年，父母把北关的房子卖了一万多元，我们搬到了干河南路西59号的新窑洞里，房子更宽敞了，院子更大了。

1988年夏天，神木二中语文教师贺生宇两次来到我家，告诉我的父母，不要着急让孩子工作，最好让你家这个女子继续上学，学文科，考大学很有希望。父母感谢了他的好意，象征性地征求我的意见，我心里动摇了几秒钟，最后还是坚决地回答父母，我想去榆林上技校。

风雨飘摇，家庭暴力不断升级的家，我是一刻也不想多待了。

1988年秋天，我离开父母，去往榆林。看到了荒凉沙滩上榆林地区技工学校破败的宿舍楼，以及一座孤零零的教学楼。进了学校大门，除了这两座楼之外，触目可及只有漫漫黄沙。

宿舍里我年纪最小，但是一点不怕生，报名第一天，帮助大家买饭票、打水，领她们到食堂打饭。到了晚上，昏惨惨一盏电灯泡微弱的灯光下，宿舍里八个女生，七个在哭，以后连续多天都是。她们都说想家了，边哭边说，想上没完，哭上没了。十四岁的我潇洒地劝解她们：哭甚了，家有什么好想的。心里却想：动辄遭人命的家，看不见才好。

舍友们想家可以痛哭流涕地公开表达，而我日日担忧母亲是不是又挨打了的隐痛，却只能深深埋藏起来。

对我来说，技校最大的好处，就是终于可以为所欲为地看各种闲书。此前在家里，我母亲对我看书管得特别严，她认为长时间看闲书不仅会把我的眼窝看成煤窟子，更会把我整个人看成废人。她坚信自己是正确的，坚决反对我在家里看闲书。我就在上学、放学路上边走边看，躲到厕所看，或者晚上蒙住被子，打亮手电躲被窝里看。躲藏总是失败，母亲好几次怒冲冲撕掉我正看得津津有味的书。打压越狠，叛逆心如春草遇雨，滋长得越旺盛，我爱看书的习惯在与母亲的斗争中养成。

我经常在下了晚自习宿舍熄灯后，点蜡烛看书，有一次烛泪流到褥子上，差点烧着褥子。记得当时做了个统计，第一年看了240多套武侠、言情小说。

多年以后，我很后悔，这么好的时间，没去读几本值得阅读的书籍。

当我沉迷在小说中、以为技校就是桃花源的时候，同学李强对我说："技校的校徽，出了技校大门，要别在裤腰带上。"我睁着无辜的大眼睛，惊奇地问："为什么呀？"作为技校教师子弟的李强，鄙夷地看了无知的我一眼，有点恶狠狠地说："丢人啊！人家外面人一看技校的，就知道都是些流氓混混不好好念书的，好人谁来技校念书了。"贺生宇老师说过的让我考大学的那些话，突然在脑海里浮现，阳光灿烂明媚，我的心掉进了地窖。

暑假的时候，我在东兴街上晃荡，在烈士陵园路口，遇到北关小学时期的刘秀琴老师，我看见她，很热情地叫了声：刘老师！她一看我，眼睛一亮，马上问，你现在在哪里念书呢？我嗫嚅着说："在榆林上技校呢。"说完，我紧张地看着她。我清楚地看见刘老师眼里的火苗，像是被风吹了一下，瞬间熄灭了。她哦了一声，没再和我说什么，转身走开了。

我一个人站在阳光刺目的马路牙子上，久久不会抬腿迈步。这时我才真正知道了，技校的校徽要别在裤腰带上，这句话有多么狠绝。我在初中的好多同学，还都羡慕我可以早早参加工作，不用考高中，太幸福了。我被羡慕得常常有些得意扬扬，要是谁能把这颗在马路上被羞耻充满的心，掏出来给他们看看，也许就都愿意好好读书，考高中、考大学了吧。

1991年7月，十七岁的我进入华能精煤神木自备电厂，做了化学车间的一名运行工。开始了违背日出而作、日落而息这种古老生活方式的倒班生活。

1992年10月13日，父亲母亲结束了他们错误的婚姻。我下班回来看到一个空荡荡的家，站在院子里，茫然不知何去何从。雨下得像瓢浇一样，天地间只剩下我一个人，流着眼泪，独自承受着无情冷雨的冲刷。秋天的雨水，打在身体上很冷，十八岁的我被淋得久久缓不过气来。

1995 年 4 月，二十一岁的我和爱人杨小田步入了婚姻的殿堂。不这么早结婚不行啊，父母都要重新组建家庭，再不赶紧把自己嫁出去，连住的地方都没有。

1996 年 1 月，儿子杨润名出生。枕后位加胎膜早破，难产导致血迷，最终母子平安，无比感恩老天让我活着，并赐给我一个健康、漂亮的儿子。

之后，日子像上了发条一样，忙碌地转着。坐在值班室的椅子上，头一低，经常看见自己的裤子上有孩子的屎尿痕迹，赶紧羞愧地悄悄出去到水龙头上拿毛巾擦掉。

生活带着我一路狂奔，容不得半点喘气。总想抽出时间，好好看看小说，静下心来读点书，然而，时间好少呀。

晚上上夜班，白天看孩子。夜间穿越厂区到宿舍楼哺乳，每次都要经过黑洞洞的楼道，伸手不见五指，恐惧让人心跳加速，脚步却不能停下。出了楼道，害怕得太厉害，我就抬头看看月亮，这枚在夜空里发光的星球，似乎可以守护暗夜行路的人。

现在想来，当时自己精力旺盛得简直匪夷所思，岁月多舛，日夜操劳，艰难的日子就那样一天一天走过来了。

1998 年 3 月，我调入了国华神木电厂，当上了化学运行班长。每一天变得越来越忙，经常忙得走路都能带起一股风。一位同事说：把电厂所有女人赶到一个孤岛上，能活着回来的，只有薛晓燕一个。

唉，谁不愿意当一个十指不沾阳春水的女人，可是生活不让啊。

茫茫人海，人在生活中前行，就如小舟在海里航行一般，无法预知前行的航船会把自己带到哪里。年复一年水一样流逝得无影无踪的时间，让我特别害怕在时间的狂流中，自己被冲刷得什么都留不下。人若不能在生活面前保持一种警惕，一味顺流直下，随波逐流，庸常和乏味会很快将他吞没。琐屑的生活日日紧逼，唯有读书，可以时时提醒自己，莫让平庸压迫脑瓜。想给自己找个撑船人，带领生命的小船，到达喜欢的地方。总也丢不开的阅读习惯，帮我找到我认定的撑船人——文学。唯有文学，才可以让我的生命焕发和别人不一样的火光。我热爱我的撑船人，希望经由文学之舟的引渡，让我具有自由的精神和人格，使我走过的路途不至于庸俗苍白、软弱无力、千篇一律。

儿子上小学了，老师布置写作文，题目是《我的妈妈》。他在作文本上歪歪扭扭写下：我的妈妈很爱看书，走路看，做饭看，上厕所也看。

《自学考试报》在2002年12月6日，发表了我的散文《十八岁与自立》。这是我第一次在全国公开发行的报纸上发表文章，收到稿费通知单，激动得握不住那张全世界最好看的小纸片。五十元领出来后，一直舍不得花，在钱夹里放了很久，时不时摸出来看看那张绿色的钞票。

2004年5月，我在榆林市人民政府主办的兴榆论坛任文学版版主，这里聚集了很多能写、会写、爱写的朋友。版主一职，需要花费大量时间和精力来做事，非但没有任何报酬，还时常会受到指责和中伤。为了激发大家多写，我在论坛组织各类征文活动，自己买奖品邮寄给获奖者。对文学的热爱，让一切痴迷出于自然。这段时间是我大量阅读、点评他人作品的阶段，更是我自己疯狂创作的阶段，对着电脑屏幕，我写得很快，写得很多，我的散文创作开启了迅猛生成的阶段。

事物都有两面性，由于快，这个时期，我的散文作品中有很多萝卜快了不洗泥的尴尬。这种尴尬是在过了六七年以后，重读自己的作品时才发现的，当时完全不知，只是不管不顾地往出写。当一个作者面对自己的作品，深深地“悔少作”，那种羞愧的心情，真是无以言表。“文章千古事，得失寸心知。”人最难的，就是面对自己的错误，诚心诚意体会失败的滋味。一次次的后悔之后，苦涩的内心慢慢迎来对自己的宽容，我告诉自己：悔，是成长的标志，是进步的证明。一个作者隔着时光的河流，看自己的作品，没有丝毫悔意，怕是很难做到。对自己有要求的人，会把过去的错误当作修炼智慧和成功的动力。

2004 年 12 月，我调入陕西国华锦界能源公司。依旧是电厂生产一线的工作，辛苦自不必说，月月出粮，让我衣食无忧，想想挺幸福的。女人若无经济来源，何谈精神独立。

2008 年 10 月，我的散文集《万千灯火》由太白文艺出版社出版。正如我在该书的后记中所说："生命中的第一次，常是伴着神圣来临。第一次出书，因了这一份神圣，想把文字打扮得俊一点，害怕丑的文字印成书会吓着人。"

为了出书，为了出的书不至于太难看，我真的很拼。汶川地震后的西安，余震接二连三，人心慌乱。有几晚，干脆睡在楼底下的马路上。那个夏天，除了躲地震，我就把自己锁在屋子里，一遍一遍修改书稿。有时候彻夜不睡，有时候白天忘记吃饭。书桌跟前固定放一块儿毛巾，随时揩去额头的汗珠，还有一杯酸奶，隔一会儿喝一口。爱人在电话里大发雷霆让我迅速回陕北，"出什么书了，命都不要了吗？"

对文字的热爱，帮助我把一切困难都挺过来了。拿到散发着新鲜油墨味道的《万千灯火》，我的眼泪不受控制，畅快地流了出来。对于别人，这本书或许没有多少阅读价值，或者充满这样那样的瑕疵和硬伤。对于一遍一遍过滤这些文字恶心到呕吐、脖子像被掰断都没有停下来、简直豁出命对待的我，这本书拿在手里，珍贵而沉重。

2012 年 4 月，散文集《寻常》由云南人民出版社出版。《万千灯火》《寻常》这两本书分别荣获第六届煤矿文学乌金奖和第七届煤矿文学乌金奖提名奖。

2014 年 3 月 10 日，我在鲁迅文学院参加了第 22 届青年作家高研班的学习，四个月后顺利结业。鲁院的空气带着清新的草木味，每一天都美好如梦幻。离开课堂太久的我，终于重新坐进神圣的教室，怀着一种宗教般的虔诚，聆听老师们精心准备的文学课，简直幸福得无法言说。最开心的是，鲁院让我和志趣相投的人磨合期都不必经过，自然而然成为好朋友，手拉手步入友谊的殿堂。卑微的我，在文字路上艰难跋涉，终于走进鲁院，天天沉浸在春风里，快乐享受身处的世界，那种放松而充实的心情，真的是无与伦比。

闻着鲁院的花香，我在心里无数次感谢一路上给我帮助的所有人，更感谢我自己的坚持。去鲁院读书这么好的事情，轻易地落到我的头上，却因为来自家庭的困难和压力，变得难如登天，那些苦苦争取又狠心别离的日子啊，我只要对自己有一点点的放弃，就不可能坐在鲁院庄重明亮的教室。

来之不易的四个月读书时间，我每天早早走进教室。鲁院期间做了六七本厚厚的课堂笔记，我知道这很笨，真正聪明的人，不会这么事无巨细地做记录，但我除了这个笨办法，不会别的。不仅认真听鲁院的课，暮霭沉沉的傍晚，手握煎饼行走如风，随着拥挤的人流坐地铁，压根儿不觉辛苦的我，在北京城四处蹭课听。先后在北京大学、北京师范大学、首都师范大学、三联书店蹭过楼宇烈、贺卫方、葛剑雄、于丹、顾彬、李山、刘桂生、西川、冯秋子、王家新诸位老师的课。

2014 年，我的写作和发表达到了一个高峰。分别在《文艺报》《中国散文报》《北京文学》《散文选刊》《延河》等杂志发表了散文七篇。四个月，创作了近二十篇散文，有种大爆发的感觉。

我很清楚，自己天赋不高，最要命的是，没有铁一般的意志力，可以管控自己随时随地挤出时间写作。拙，又不能补之以勤，这真是一个令人泄气的事实啊。我常常一边泄气，一边又忍不住暗暗告诉自己：亲爱的，不要放弃啊。

鲁院结业，重归烦琐忙碌的生活。幸运的是，我的写作并未中断，一直在缓缓发力，坚持写作。时常想起庞进老师曾对我说的：不用跑，走下去，就很了不起。无论官多大、名多大，一个作家，最终要用作品说话。

据说，很多人从鲁院回去之后，不会写，不敢写了。我从来没觉得自己有多会写过，但无知者无畏，后鲁院时期，写起来还和之前一样挺放松的。

2017 年，我创作完成了中篇小说和短篇小说各一篇。写下一百多首诗歌。对诗歌热爱多年，终于斗胆写出自己的诗句，那种来自内心的振奋和愉悦，简直令人沉醉。《北京文学》和《读诗》发表了我的诗歌作品，这是对我最好的鼓励和鞭策。目前来看，吾诗未成，不要紧呀，有的是时间，我慢慢往好写就是，时间真好！

很多朋友担心四十多岁又生了女儿的我，会远离文学。不止朋友们担心，我其实更害怕，害怕还活着的自己有一天会彻底放下纸笔，停止对这个世界的絮叨和深情。那样的话，生活得多么无趣啊。

“太阳升起来了

太阳落下去了

我什么时候才能变好呢”

这是一位在河北的深山里生活的九岁男孩，写在墙壁上的三行字。想让自己变好，是全人类共同的美好愿望。明天，就要过四十四岁生日的我，依然不知道自己什么时候才能变好，幸运的是，时间的流逝让我特别清晰地知晓，坚持读书和写作，能让我变好。

舌尖上的美味

所谓美食，不必大鱼大肉山珍海味，总需常吃不厌，吃不着则念兹在兹，不可替代。一个人喜欢的美食，是童年时长期占据味蕾的熟悉味道。这一抹说不清楚却记得清晰的味道，会成为乡愁，伴随飘在天涯的身心。

粉糊糊

粉糊糊是神木的特色吃食，是神木人的最爱，在神木县有很多故事。

粉糊糊是用磨粉面的豆浆发酵之后，加入小米、扁豆或者豇豆、麦仁等物熬煮，最后佐以用热油炝炒过的酸菜或者沙盖。

好的粉糊糊味道微酸可口，咸淡正好，稀稠适宜，米豆绵软。不仅如此，它还是一道穷富通行的美食。家乡神木，不论穷家、富家都可以热腾腾煮一锅子来享受。他们会吟唱：沙盖菜和进了粉糊糊饭，任旁人说白道黑咱也不要管！

如此受神木人热爱的粉糊糊，对许多外地人来说是个异数，怎么努力都难以接受。一个外地朋友在我竭力推荐下，喝了一口之后，直呼什么玩意呀，简直令人作呕，这辈子不会再喝第二口。

原来，粉糊糊与人的味蕾，也有缘分的说法。无缘的话，不光对面不相逢，含在嘴里都会弄出伤别离的大动静。

神木人却不管这些，他们死心塌地爱着粉糊糊。粉糊糊在神木有很多典故，最著名的是：不要小看粉浆饭，吃倒塌财主沈十万。

说起吃粉糊糊的店铺，神木人会异口同声说：到武二宝那里喝上一碗。这已经是共识。二宝把粉糊糊生意做成了品牌，的确不容易。

母亲做的粉糊糊甚是好吃，只是做起来费事，吃起来也就喝那么一碗了事，而且你打不多时就想喝一碗，做得少了不像个样子，总需满满一大锅热腾腾煮了，许多人分而食之，才觉得血脉通畅，有滋有味。神木人隔三岔五总有喝一碗的愿望，所以一般都会选择在店铺里随时喝上一碗。这玩意，你自己待家里，悄没声息喝着，感觉总不对路。很多人吱溜吱溜凑在一起喝得酣畅，才是喝粉糊糊的完美境界。我觉得，这是二宝家粉糊糊卖得快的一个原因。

外地人对粉糊糊的评价，褒贬不一。神木人却压根儿不理会别人的味觉是否能接纳，总将这一窝美味堂而皇之端来招待四海宾朋。国家领导人、中央首长、亲戚朋友，凡是来到神木的客人，都会被神木本地人兴冲冲地推荐品尝一碗粉糊糊。不晓得他们初次品尝会是什么感觉，他们心里对这一碗怪异的粥饭有什么评价。神木人才不管这些呢，就是将自己认为好的东西，毫不犹豫端在你面前。这是我们神木人性格中可爱的一面，总是那么急切地愿意与人分享。

粉糊糊是宽容度非常高的食物，与什么东西都可以搭配享受，山珍美味豆腐酸菜，凡此种种都可以与之一锅子煮了。它什么都不排斥，却无论放什么都难改其本来味道。

这是值得好好玩味的现象，如果做人也能做到粉糊糊的境界，来者不拒，一心接纳，却永不失固有本色，那必然会是一个有着坦荡真心和铮铮铁骨的伟丈夫吧。

蕢荚

单单看这两个字，会觉得很生僻，很多人可能不晓得是指什么，即使是地道神木人。我告诉你，我们满大街的小吃铺招牌上写着的：抿节、抿夹、抿荚、抿尖等字样，严格追究起来，我觉得应该统一成“蕢荚”。

时代变迁，古老的诗意消失得不着痕迹。谁能想到，神木人餐桌上最寻常的一道饭食里，隐含着一个神奇的典故。

相传，尧帝的宫前栽种着一种奇特的植物，每月从初一开始，每天长一颗豆荚，持续到十五。十六开始到三十，又会每天落下一颗豆荚。尧帝观察到这种植物的神奇之处后受到启发，把豆荚从生长到落完这一个循环过程中的三十天，定位为一个月。神奇的中国老祖先，因蕢荚的更换来推定时日。从荚的数量多少，判定是何日，真是既有智慧又有诗意。

荚，豆科植物的长形果实。我们打小吃惯的蕢荚，要精选上好的豌豆，再加以少量小麦磨为面粉作为原材料。这道饭食，妈妈教给我的发音为“蕢荚儿”。神木是儿化音盛行的一个地方，每遇亲切表述，尾音总会拖出一个长长的向上弯的“儿”的发音，说起来松脆婉转，听起来轻松舒坦。

蕢荚是一种将本地土生的粗粮，经巧手婆姨们精心制作而成的面食。磨好的杂面舀一点放到盆里，呈浅淡的黄色，即使只是生面，也有着豆类特有的香气。榆林南面的绥德人的习惯，是将和好的面团放在密布筛孔的特制蕢荚床上，用手掌抿压而下，成一寸来长的小节，弯弯曲曲的。

而我们神木人简化了许多，将和好的面装入一个用木头制作的、底部用薄铁皮打上均匀的孔眼的钵子里，双手挤压而出，神木人有称之为“捏钵子”的，也有照样叫作“蕢荚”的。

无论神木人的做法，还是绥德人的做法，做的终归是一种东西。在这里我愿意将其统称为蓂荚。多么令人遐想万千的名字呀。

待蓂荚下锅稍稍煮一下，浇上预先做好的臊子汤，汤内有鲜嫩的羊肉块、豆腐丁、土豆丁、豆角丁、黄花菜、海带等，并佐以腌韭菜、芝麻盐、辣椒油、香菜、红葱等，吃起来味道变化丰富，却口感清淡不腻，特别是那一股扑鼻而来的豆香味，简直令人迷醉。

陕北人吃面讲究颇多，素有“油荞面、醋豆面”的说法。荞面喜用猪香油熬炼而成的油和特制的老黑酱拌起吃。豆面不光要浇上配制的色彩艳丽的臊子，还要放芝麻盐、辣椒油、芫荽，顶重要的是别忘记倒一点醋，这样吃起来才够味。不晓得别人咋样，反正我是极喜吃醋的家伙，吃面食没有醋，简直无法下咽。

“河出图、洛出书、蓂荚发、芝草生。”这是古人推崇的极祥瑞之事，到我们这一代，无论这一切多么遥远，端起一碗热腾腾的蓂荚在手上，总会莫名其妙感受到有一种微妙的幸福，隔着久远的时空，与我神奇相遇。

山野丸子

毛毛国庆期间自驾青海游，经过甘肃的时候，给我带回来一箱子定西土豆。据说该地方号称是肯德基土豆的供应点，品质优良。试着做菜吃，果然是极品，用神木土话来赞美就是：纯粹一个沙蛋蛋！

面对这么优质品种的土豆，我一下子兴起了做一锅山野丸子来吃的欲望。山野丸子，地道神木本地食品。其名称有好多种叫法，不过总之万变不离其宗。好友小卡和她的广东老公关于山野丸子的一段对话，甚是经典。为方便大家了解山野丸子的其他叫法，原文摘录如下：

“有一次我们去深圳一家陕西菜馆，我点了洋芋擦擦，他吃了一口，我问味道怎么样，哪知那厮拿着筷子在空中比画了两下，说：名字很形象：的确 XX。

我急了，说我们老家叫馒馒丸子，他一听更乐了，看看，你们吃的那才叫‘蛮蛮’丸子，以后你少叫我南蛮子。”

以上这段，我听了之后再不能忘怀，没事的时候总是翻起来，回味他俩对山野丸子的认真切磋劲，边回味边自个儿偷着乐。

话说，某日下班后，我郑重其事地邀请了毛毛和她的小腾来我家吃山野丸子。一番刮皮、清洗、擦丝、拌面、拌调料，并佐以切得碎小的豆角，一起拌匀上锅蒸。待得他们进门，一锅山野丸子已经蒸得热气腾腾，香味四溢。用筷子拨拉拨拉，感觉土豆已经蒸得绵而软，即关蒸锅的火，开油锅，入葱姜蒜煸炒至香味出，下芹菜翻炒，然后将蒸锅里的山野丸子整笼倒入炒锅内，不断翻炒，根据口味加入盐、花椒、酱油等调料，出锅时放入切好的蒜苗、葱丝等，亦可适当加醋。哈哈，一锅子炒山野丸子，华丽丽闪亮登场。

减肥的毛毛终于抵不住我的劝说和美味的诱惑，痛下决心、小心翼翼又盛了一小碗吃得美滋滋。其间她问：“怎么才可以让蒸出来的山野丸子不粘结成硬硬的一团？”我答：“土豆彻底清洗干净才擦丝，擦好不必再过水即可。”当师傅的感觉非常让人上瘾，就顺嘴继续教育她：“炒芹菜的时候千万不可先放酱油和盐，这样，才能保持菜的鲜香，待得山野丸子入了炒锅之后才可适量加此类调料。不然菜色黑黢、味道咸涩，又难看又难吃。”

毛毛边吃，边接受我的教育轰炸，然后一副恍然大悟、窥得天机的豁然开朗状，我心里的得意，不受约束地张扬开来，对于山野丸子的热爱，越发浓烈起来。

黄瓜调白面

超市买东西，看到用竹子做的小小对臼和杵子。一时惊呆，反复把玩欣赏，犹豫该不该买。老公一连声催促，买上，买上，回去捣蒜，做黄瓜调白面吃。

小时候，若逢隆重地吃一餐好饭，妈妈就会嘱咐我，捣一点蒜。那时家家户户都有瓷制的小对臼，配上结实的杵子，专门用来捣蒜。小瓷对臼捣碎的蒜泥，白白的，黏糊糊的，配上陈醋，来两滴香油，异香阵阵扑鼻而来，可以蘸饺子、就排骨、调凉面、拌凉菜。

闻着厨房飘出的美味，幼小的我捣蒜总是风打连忙，动作飞快，雀跃的心，似乎要振翅。急匆匆一阵乱捣，颠颠地跑到妈妈跟前，着急问："好了没？"妈妈看一眼对臼，直接说不行，我只好蹲下又一阵嗵嗵嗵，如是反复几次，才能得到妈妈认可。我的意识里，蒜捣好，饭就可以吃了，当然迫不及待。妈妈看我急躁，便说，厉害的人捣得蒜才会辣，才够味好吃。当时理所当然以为的厉害，就是需要用很大的劲，死命捣，所以每次捣蒜，制造出来嗵嗵嗵的声音，便有些惊天动地。我性格缺乏温婉雅致，在幼时捣蒜时，就露出端倪。

慢慢长大，不再风风火火一味使蛮劲。理解了妈妈所说的厉害，其实就是慢工出细活。不温不火，持之以恒，力量和缓，捣出来的蒜泥当然均匀细致，辣味十足。对应到人生，也是一样，成大事的人，无一不是持续不间断，缓缓发力。

每年夏天，黄瓜一上市，妈妈便会兴冲冲做黄瓜调白面给我们吃。原材料很简单，主料是白面、黄瓜、豆腐，调料是盐、醋、蒜泥、芝麻、几滴香油。担心吃凉面坏肚子，妈妈会放少许姜面。

做法也简单，黄瓜擦丝豆腐捏碎待用，加入调料搅拌，芝麻和蒜泥不妨多放一点。建议选用揪面片，煮好后捞入凉水盆里稍微浸泡变冷，控干水，放到刚刚做好的黄瓜和豆腐拌成的菜里，搅拌均匀，就可以美美享受。

我的一位亲戚，可谓专业吃家，指点我说正宗的神木做法，要具备四点：一是东乡黄油，二是披头芝麻，三是紧边疙瘩，四是紫皮大蒜。哦，这里面的文化真丰富，有待我们慢慢钻研探讨。

总之这是一款非常清爽的饭食，陕北人崇尚厚重口味，大块吃肉，大碗喝酒，菜肴多喜腌制、风干。相比之下，黄瓜调白面的吃法新鲜爽净，简直温文尔雅、意趣清恬。

小时候，整个冬天的菜式基本是腌酸菜烩土豆。到了夏天，来一碗一清二白的黄瓜调白面，立即神清骨爽。妈妈每次并不单纯做黄瓜调白面，她怕我们吃凉面太多不好消化，还会弄一点臊子，然后和成一盆子喷香的汤面，先吃一碗凉面，再来一碗热热的汤面垫底，碧绿的芫荽漂浮其上，好看又好吃。两碗面下去，肚子溜圆，满足感一发不可收拾。

羊肉熬茄子

小时候，对于羊肉熬茄子这道饭食，并不是特别感兴趣，因我觉得羊肉有一股膻气。妈妈总说："憨得知道甚了，羊肉熬茄子，香死王年子。"

也不晓得从什么时候开始，我的味觉一下开窍，品出这道饭食不可抗拒的香，一发不可收拾爱它到现在。

羊肉熬茄子的做法很简单，肉煮熟之后放入土豆，土豆快熟时，下入茄子。豆腐需要单独在另外的锅里舀点肉腥汤，加入调料和盐，煮入味。或者也可将豆腐先放入菜锅和土豆茄子一起煮，待到土豆和茄子绵软之后，再把豆腐盛出来，用勺子将茄子和土豆扎成泥状，再加入豆腐以及一些生的葱末搅匀，便可吃得哼哧哼哧，妙不可言。

说起来简单，做起来方知，一切中国菜的火候，都不是那么容易掌握的。啥时候放土豆，啥时候放茄子，啥时候放豆腐，豆腐放进去后，怎么用勺子搅拌，都需要不断体会，才能掌握最佳状态。

这么简单的菜式，做法却是挑剔的。羊肉必须用神木本地的才能做出那股子香味。我旅居大城市期间，无数次用超市里卖的羊肉做出来的这道菜，总觉得缺了点什么。

不光是羊肉如此挑剔，即便是豆腐，也需要用本地的，才能煮进去肉味，吃着软硬适中、可口宜人。大城市的豆腐，有老嫩两种，老的生邦铁硬，如同嚼泥；嫩的稀烂绵软，放入菜锅便不成形状，似豆腐末。每每吃着大城市的豆腐，便觉得这里生活的人们好可怜，竟然要每天吃这样的豆腐终老。

当然还有葱，本地羊肉最需与本地红葱配合，才能压得住，才能使羊肉的膻腥之气幻化成美味。羊肉与红葱一定是前世私订终身，一旦拆开它们，便会失去它们配合起来不可言传的美好。用城市里人们惯用的白葱和本地的羊肉搭配，万万不行的。你听，羊肉在悄悄告诉你：俺只念木石前盟。

还有茄子，首先你得选用不太老的，否则茄子里一肚子碎碎的籽，会影响这道菜肴入口缠绵的口感。健康专家一再告诫人们，茄子皮是防癌食品，可是我觉得，如果不去皮就放入茄子，出来的菜色便是黑乎乎一锅子，让人了无食趣。茄子去皮之后，出来的菜色便是白白的，带着一点茄子肉的浅绿，煞是提人胃口。

写到这里，需要紧闭嘴唇，怕口水会掉到键盘里，更怕我就是那个王年子，被香死了，可够无辜的！

拌汤

拌汤是我从小到现在的最爱，绝对的百吃不厌。胃口不好、极度疲劳、情绪不佳时，一碗好喝的拌汤在手，三下五除二喝个碗朝天，一切忧郁情绪就会随着大汗淋漓好了起来。

拌汤在祖国的好多地方都有，名字大同小异，味道各个不同。不论走到哪里，见到类似名目，总会要来喝一碗，却找不到打小喝惯的感觉。

与神木紧邻的榆林，他们的做法是加了点羊血进去，改头换面唤为头脑汤。名字挺唬人的，实际的味道，远不如老家神木的沙盖拌汤与我契合。

我与拌汤的渊源，不晓得起于何时。作为经典一直流传的，是在七岁那年，我得了急病，很严重。县医院的权威医生说：不及时手术，恐性命有忧。此时，小小孩儿已被疼痛折磨得不能展腰走路，再被医生这么一说，我倒是不晓得轻重，大人们闻言均吓得不轻，我也从他们忧虑的面目中捕捉到了恐惧。推着我上手术台的那一刻，奶奶忧虑万千地问：老命儿，你想吃甚了？我也同样忧虑万千地答：拌汤。

这个故事在我病好痊愈的日子里，一直被奶奶讲述，直到我成年，她已老得只能坐在炕头，还会常常当笑话讲给我。

嘴馋的我很幸运，我的奶奶、外婆、妈妈都有把饭菜做得香极了的本事。于是，我便跟着越吃越馋，成了改不了的坏毛病。体型也就越来越胖，常常嘴上呼喊减肥，实际吃起来一点也不含糊，吃完，抹抹嘴巴，豪气地想，其实这也是一种福气。

神木拌汤从形式上来说有水拌汤和米拌汤两种，从内容上又分很多种，最经典的便是沙盖拌汤和干咸菜拌汤，干咸菜在内蒙古被统一称作红腌菜，食堂的菜谱里，干咸菜拌汤一般写成红腌菜拌汤。

不足为外地人道的拌汤，有许多名目，沙盖拌汤和红腌菜拌汤，只是辅料的变化引起味道的变化。真正大的差别，是水拌汤和米拌汤，这之间的异同，让我一一道来。

水拌汤简单，也是外地可见到的，比如疙瘩汤、头脑汤，其实都不过是神木人做得不怎么讲究的一种拌汤形式而已。就是用面拌成疙瘩，放到水里煮熟，加入调料或事先做好的臊子，搅拌均匀出锅即可。说得简单，可是实际操作起来，这疙瘩该拌多大是个合适，怎么搅拌才能保证均匀，却也是一个难题。我在我家实地演练，请了许多外地朋友吃拌汤之后，得到他们大力推崇，心下便很得意。来自江西的朋友回去之后，也便依样画葫芦，照着我的样子在家干上了。吃完之后跑来问我："哎，怎么才可以把那个拌汤的面疙瘩弄得刚刚好呢。"我便故作神秘地一笑之后抢白她："看见了吧，应了我们神木人的老话了，眼眼巧手手拙，你倒看见我做得可简单了，学不来了吧。"

她挺谦虚，一个劲问我有什么窍门，我也不好再卖关子，告诉她："其实超级简单，你拌疙瘩的时候呀，把水龙头先拧成一滴一滴往下滴水的状态，然后把面碗凑到龙头底下，接那一滴一滴的水，边接水边用筷子拌，保证你拌出来的疙瘩，大小均匀，薄厚适中。"

她立即恍然大悟了，看着她那样子，我就心里笑。我晓得，这才只是一出，她还会请教我来的。果不其然，尝过我做的米拌汤之后，她再次被地道神木美食征服了味蕾。又在家里如法炮制了一番，吃完津津乐道，她也会做那种米拌汤了。我说："真会了？"她说："哎，就是那个米和面你是怎么粘在一起的，为啥在你家吃的都是一颗颗面裹米，为啥我做的就是米是米来面是面呢。"

一听我便哈哈大笑，我说我们这米拌汤可不光难住你，关于这个米拌汤的做法，那是有故事的。她问有啥讲究，我便开始教她怎么做这米拌汤了。我说："你用的米，肯定是吃剩下的米，你是直接用冷米饭去拌面了，对吧？"

她便惊异地说：“是呀，就是这样的，难道你不是这样做？”

我说：“当然不是，我们神木人做米拌汤，需专门捞一点捞饭来做，实在有剩下的米饭，也可就地取材，但是必须记得要到开水锅里回热，捞起来，沥干水，最好放到铺了面的小簸箕上，先用筷子把米和面拌起来，再晃动簸箕，三颠两晃间米和面便会完美结合，一颗颗珍珠一样，圆溜溜、白生生等待下锅。”

看到她茅塞顿开的样子，我便想起来那个老故事。这个故事被我爱人的四爷爷、神木老作家杨文岩先生，收录在了他的著作《神府煤田故事集》里。故事大概是这样的：

神木古时有一举人，名叫王赐钧，娶一贤惠妻，知书文、通世理。王出任宁夏州官时，家里做饭的大厨是当地平罗县人，年轻有为，烹调技术出众，得到阖府上下赞扬，这厨子便开始心高气傲起来，自大得很，不将众人放在眼里，逐渐地连州官和夫人对菜肴的评价，也是听了好话越发把胸脯挺得高，听到差的就撞碗摔勺子。这还了得，管事的几次想把他撵走算了。州官夫人却说，年轻人经不起夸奖是个通病，以后找个机会开导他一下就好了。

这天州官和夫人吃腻了油肉饭食，觉得啥也不稀罕了，想来想去，就想吃顿米拌汤。这下可把大厨难住了，最后他躲开众人，悄悄问州官这饭的做法。州官笑着告诉他：很简单，米煮熟捞出来，用豆面拌起，搓成一个一个的小圆面疙瘩，然后回锅煮熟，就好了。

厨师听了，马上动手照办，从早饭开始就动手搓拌，一颗米搓完再搓一颗米，眼看晌午到了，才搓下小半碗。这可把他急坏了。夫人听到他一粒粒搓，就觉得好笑，到厨房来对他说：“不用着急，快开饭时，我来帮忙，一定不误事。”

饭时到了，夫人来到厨房对厨子说：“知做不知窍，惹得鬼神笑，拌汤颗粒无其数，粒粒手搓何时了？”说着给小簸箕内舀了一勺豆面，捞进一勺捞饭，用筷子先拌几下，三颠两筛，转眼工夫，无数米粒都成了珍珠般的小面蛋。大师傅一看，终于如释重负，夫人又乘机教导了他几句：高有高的本事，低有低的能耐，万不可眼里无人。从此之后，这个大师傅对人态度就谦和起来，做饭水平越发高了。

写了这么多，我只想说，即使是寻常百姓家里的粗茶淡饭，即使是这最最普通、最最廉价的拌汤，它也是不可小觑的。你想掌握它，学会它，必须要有一颗谦虚的心。而你想享受拌汤在味道上的变化无穷，还必须要懂得创新，大胆尝试之后你会发现，拌汤的味道真的是千变万化，就看用什么材料了。

拌汤本身就意味着接纳，它的可塑性极高，全看你怎么掌握。懂得了做一锅拌汤的道理，无论做什么，都会有所悟，有所得。

凉糕

这是一个吃货横行的世界。有了微信，我愈加坚信。

孔子教导天下人："食不言，寝不语。"圣人一言既出，天下人便视之为中华礼仪，一代传一代推崇遵守。故而，以往的年月，人们只是将属于自己的食物吃到自己的肚子，从来没有吃了什么就立即昭告天下的坏习惯。

自从微信出现，人们就忘记了食不言这个古训。我们无论走到哪里，逮着一顿稀罕的吃食，第一反应不是吃，而是拍照片，拍完再附上文字介绍，然后迫不及待发朋友圈。如今的我们，面对食物，争分夺秒忙扩散，上下求索晒照片。

如果不是想在微信上炫耀自己的本事，我相信到今天，我若想吃一顿凉糕，第一时间还是要依赖母亲，通知妈妈做一顿来解馋。

凉糕与我结缘似乎与生俱来。这是一种我们神木人代代相传的吃食。

妈妈只管一年又一年，固定不变地在我的生日和端午节这两天，变着花样做不同口味的凉糕给我们吃。我从来也没有追问过，凉糕从何处来，何以在神木形成这样恒久不变的做法。我吃凉糕的时候，顺理成章，只管猛吃，不做探究，年复一年吃着妈妈做好的现成的凉糕无比快活。从来也没想过，有一天，在微信上，我的朋友们会纷纷展示手艺，一头扎进做凉糕的洪流中无法自拔。更没想过，按捺不住的我不仅亲自上手，做一案板香甜宜人的凉糕出来，居然还大清早开着车子跑了大半个榆林城，只为将数量很少的小小凉糕送与友人分享。

这翻天覆地的巨变，只因我们进入了微信时代。

微信上不断秀食物的过程，大大增加了我们对美食的了解和热爱。在这种炫耀一般的“秀”食物的过程中，准吃货们已经不满足于只是到处探店，找寻好吃的地方。我们更乐意在家里手忙脚乱、认认真真、老老实实亲手制作。制作的过程当然辛苦，一点一滴全靠自己摸索前进，而当你秀出的成果很难看时，要时刻准备着，在失败时坦然接受来自四面八方的刁钻嘲弄。

好友璐璐在微信里秀出自己第一次做的焦黑硬挺、四分五裂的面包时，守在手机屏幕前一动不动只待看好戏的看客瞬间炸锅。各种嘲笑的话语，子弹一般射向无辜的璐璐。我们甚至说，能把面包做成这样，拉出去枪毙了吧，把伊被子弹打成和这个面包一样品相方可罢休。

哎哟喂，一群毒舌。不过毒舌的力量是巨大的，如此不客气的批评兼恐吓，逼得璐璐再弄一次的时候，面包的样子旧貌换新颜，一时风光无限。

看到别人纷纷晒出自己亲自做成功的美食，引众多吃货尽折腰，隔着手机屏幕我心里如猫爪乱挠。我原本就是个生命不息、折腾不止的家伙，怎么可能错过这大出风头的好机会。

心念方动，欢欣雀跃。众里寻他，目标锁定：凉糕。

凉糕不仅是我幼时颇喜欢的吃食，与我更有不同寻常的寓意。从我出生到现在三十九年间，无论生活多艰难忙碌，无论岁月如何流离辗转，凉糕是妈妈从未间断的亲手为我制作的生日饭食。写到这里，泪珠从脸颊滚下，是欢欣感激的，一滴又一滴。

凉糕用糯米制成。糯米味甘、性温，入脾、胃、肺经；具有补中益气，健脾养胃，止虚汗之功效。

覆盖以枣泥、玫瑰酱、红糖、芝麻的凉糕是一道适合夏天食用的消暑食品，颇受小城神木人民推崇喜爱。清香软糯的雪白糯米，裹着精心制作的深红色的枣泥和玫瑰酱，再均匀地撒上炒得焦黄香脆的芝麻。做成功的凉糕，吃上一口，劲道饱满有嚼头，黏滑香糯不粘牙，清甜而不腻口。特别是扑鼻而来的玫瑰酱独特的香味，令人有坠入美好梦境的沉迷。

每年生日，妈妈捧出的凉糕，那初闻之下的异香，总是紧紧缠绕着、陪伴着我。这餐饭食的存在，让我一生都相信，自己的出生是被母亲异常认可和珍爱的。内心里藏着这样坚定的信念，生命的途中，无论遇到什么，我总是笑着走过。

母亲有一颗热烈挚爱生活的诚心。她坚信世间一切美好的传说，多年如一日，身体力行，将这些虚无缥缈的传言化成实实在在的食物，作为祝福送给我。母亲从不间断在我生日的这天做凉糕是因为她认为，陕北饭食里所有糕，都包含有“年年高”之意，意指越来越好，在我的生日，为了讨这个吉利，她就年年不间断地做一案板凉糕。即使我不在她身边，她也会照样坚持，然后呼唤其他亲人凑齐，分而食之。

那日，璐璐很吃惊我描述的神木人端午吃凉糕的风俗，就在网上搜索，果真看到有记载神木的这个端午习俗，无比惊诧于神木人过端午真隆重。我说，我们小时候都是这样的呀，而且网上其实写得很粗糙了。每年端午，妈妈会为我们佩戴五色花线，说是辟邪。而且她对花线异常讲究，必须颜色亮丽，搭配好看。逢着别的孩子戴了不好看的花线，她都会皱眉头。然后还会在我们的额头、耳朵孔点上雄黄酒，说是驱蚊虫。家里的大门、进户门、窗户上都会系上用花线绾好的菖蒲和艾叶。挂好之后，一时之间，庭院里草木之香四散弥漫，闻之无比享受。我得意地给璐璐说："俺娘每年端午还给俺换新衣服呢。"

现在回想起来无比美好的这一切，当年妈妈给我们实施起来可不那么顺利。上学之后，对于花线、雄黄酒之类，就开始无比抵触，觉得把这种封建迷信的东西戴出去，让别人看见很丢人。于是，就无比坚决地跟妈妈拒绝，可是，好像每次都是革命尚未成功。我哪里能拗过坚信这些东西会保佑我的妈妈的心意呢。

我发现，但凡我动笔写食物，必然会将思绪拉回到母亲身上。确实证明母亲在我成长的时候，做了太多太多好吃的给我。妈妈对于我们的爱，点点滴滴，都贯穿在她做给我们的食物之中。

长大了、变老了的过程中，更加感受到芸芸众生日日忙碌奔波的无非吃、穿二字。我甚至觉得，人人衣食无忧则天下无忧。简单的吃、穿二字，背后其实传递着国泰民安的讯息。所以，我们任谁也不敢怠慢了身上衣裳口中食。

"人心多好高，谐声制食品。义取年胜年，借以祈岁稔。"这是流传于清末时期的年糕诗。妈妈当然不晓得世界上有这样的诗，我却在她年复一年在我生日这天做出的凉糕里，坚定地看出了妈妈盼我前程远大步步高、越活越丰饶的诗心。

疤子碗托

连续灌了两大杯水，灼热的气息毫无退减，反而愈加口渴。夏天最滚烫的一天，刹那间很想吃碗托，而且必须是我们神木人打小就吃习惯的醋汤汤碗托。

有一年，我回神木办理护照，去得太早，在出入境管理大厅的门前反复溜达，百无聊赖地等待工作人员到场。

走到转角处，看到有小朋友吃碗托，碗放在水泥台阶上，娃撅着个屁股，吃得异常专注。这吃相，真真物我两忘呀！

无论我怎么盯着看，人家孩子一直撅着屁股，不遗余力对付碗托和那点淡淡的醋汤，嘴里吸溜着，吃得可欢实了。我在一旁无比艳羡地看着小孩，人家完全不理会我，更不要说请我顺嘴吃上一口。

这孩子对付吃的劲头，太富有感染力。喉咙不由自主做了个吞咽动作，我将目光投射到卖碗托男人的身上。一看到他，我以异常惊喜的口吻对同行的朋友说，这是正宗的老神木卖碗托的人呀。此时正张罗着打碗托的男人，岁月留下的沧桑感十足，却一如从前膀大腰圆，特别是黑色大脸上的疤子点，依旧清晰可见。

哦，疤子碗托，最是少年时吃惯的那一口呀。我在街角边注视着他娴熟的刀法，一霎时恍若隔世。转眼间，一碗又一碗的碗托被快速割成小方块，等待着有缘人前来品尝。

看着这个碗托摊子，和这个卖碗托的男子，我眼神热切，心绪激烈。久别重逢的故人相见，应该就是这眼神、这心情吧。走到跟前，我欢欣雀跃对他说：这么多年，你还在卖碗托呀。他自豪自信，底气十足，稳稳地答我：是呀，四十年了。

四十年，和我的生命年轮同样数目。怪不得，会有恍若隔世的恍惚感升起。生命的记忆，似乎打从记事起就有印象，有个疤子，在神木街上，卖碗托着呢。

童年的夏天，小孩儿手里要是捏住五分或一角钱，就是一笔巨款。冰棍、粉皮、碗托、染成红黄绿三色的香蕉水，到底选哪个，会犹豫好久。常常纠结半天，最后往往会选碗托，因为吃碗托时，可以要求人家多加几次醋汤汤。当年吃碗托，是用做冰棒的竹棍，一头磨成尖尖的，扎着碗里的小方块吃，吃一口，喝一大口以老姜、老陈醋、蒜泥熬成的醋汤汤，浑身上下都觉得酸爽、沁凉、过瘾。

四十岁的我，面对着少年时异常欢喜的碗托摊子，无比激动，却没有三下五除二要一碗来吃。毕竟早春的天还凉，风也大，就这么站在街边吃一碗，已经颇不习惯了。

最主要一会儿还找人办事，这么大个人了，吃得一嘴碗托特有的蒜味儿见人，终究不太美气。心想等一会儿办完事出来，拎一袋回去给壮儿吃吧，匆匆一瞥疤子脸上的小黑点，转身离开。

事情办得太顺利，竟然激动得忘记了带碗托，出来就直接过马路打车离开。走到半路，想起疤子和他的碗托摊子，很遗憾没有拍一张他的照片留念，下次相逢，又得是沧桑的多年之后吧。

一碗托起四十年，这四十年里小城过往的男男女女的记忆中，都会有满脸疤子的男子和他的碗托摊子，以及那一碗满盛着淡淡醋汤汤的碗托。

神木人喜欢吃的碗托，是用荞麦去皮后成为糁子，将糁子于前一日用水泡软，捣成糊状，细滤后舀入碗内上笼屉蒸熟。碗托成品观之晶莹光亮，粉白微青，质地精细，柔软，光滑，细嫩。

幼时，走过老街长长的洋灰街道，在大楼洞向东拐到城关小学门口，才可以买到一碗疤子的碗托。欢欣无比、哧溜哧溜迅速喝完醋汤，厚着脸皮贪婪要求：再来上一点醋汤。疤子也不计较，快速给你加一勺，你觍着脸羞赧一笑，他却又一边大声吆喝，一边利落地挥舞小刀打碗托去了，压根儿懒得理你。喜欢喝醋汤汤的孩子们，加汤的要求会如是反复三四次，几乎都能得到回应。一碗小小碗托，在醋汁淋漓中酣畅地吃着，异常满足的情绪弥散开来。因为可以免费加醋汤汤，就会觉得占了很大便宜，而对疤子心生感激。

吃几口碗托，抬头怯怯地说，再给点醋汤汤吧。你话音一落，他手起勺来，碗里就又是满满一小碗醋汤汤。现在想起这情形，依旧觉得好满足呀！沉浸在过去吃碗托的记忆中时，出租车已经将我带着越走越远。心底只好暗想，下次再见着疤子，一定要不管三七二十一，买一碗尝尝，确认下是否依然是旧时舌尖上那抹熟悉的解馋的味道。然后，要用手机镜头捕捉那张个性十足的脸庞。

疤子的身高和身形，很有威慑力，要是整个墨镜戴上，再配个花衬衫、牛仔裤，有做黑社会老大那种气质，偏偏他一生只穿洗得发灰的蓝色中山装，守着一个流动的碗托摊子，不遗余力在神木大街上做着小本生意，成为小城孩子成长记忆中一道无法抹去的温暖风景。

将近不惑之年的我，又在神木街道的转角处，遇到了疤子，而且他还在卖碗托，心底的那抹温暖不可遏制地膨胀放大，许多少年时的记忆汹涌而出。尽管多年在外栖居，我与这小城，这大街上熙攘的人流，无论离得多远，一直紧密连接着。

舌尖上的记忆，完好地保存在心灵深处，成为乡愁。无论走得多远，那一抹熟悉的味道，会让人瞬间回到故乡的老街巷。

猪肉韭菜饺子

猪肉韭菜饺子伴随着春天，伴随着草色泛青的温暖季节，年复一年，款款走到我的童年。

冬的气息消退，春回大地之时，韭菜总是最先觉醒。在它旧有的根上，越过苍老与荒凉如白发般的紧紧缠绕，努力冒出新芽。如此纤细的一根根、一丛丛在风中柔柔飘摇，忽然一天，身子有那么一点茁壮的意思了，细细的叶子长成了，韭菜的香味浓重了。

这个时候，便是神木人隆重做一回韭菜饺子打牙祭的最佳时期。现在的蔬菜大棚，把一切都搞乱了，韭菜饺子是一年四季随时可以吃的食物。

我却无比怀念，每年春来时，在春风的温暖吹送下，满含激动将一颗颗热热的韭菜饺子，塞进嘴里的那种幸福。

在那个年月，这是一道很美味尊贵的菜肴。吃得起韭菜饺子，是生活富裕的证明。用韭菜饺子待客，表示招待的是很尊贵的客人。平常人家总要等到重要节日，才大张旗鼓操办着吃一回。

在神木，羊肉多用来包扁食，即水饺。猪肉是与韭菜、豆腐、粉条一起做馅包蒸饺。水饺和蒸饺的捏法大不同。水饺没有细致的褶皱，平平地将面皮两端捏合在一起，最美的饺子会被巧手妇女捏成元宝形。捏水饺最紧要是捏严实，保证入水煮的时候不开口。每年正月初一的早晨，神木人家家户户必然要吃像是元宝一样的羊肉扁食，不能捏有褶皱的饺子，妈妈总说：为了一年平安，没有搅扰。

有了正月初一的扁食垫底，以后吃饺子怎么个捏法，就没有禁忌了。所以神木人做猪肉饺子的时候，发挥了极大的巧劲。饺子边缘捏得匀匀的、细细的、端端的，一个个褶皱精巧细致，非常巧妙好看，似一条小小的鱼。妈妈说胖人捏的圆饺子，瘦人捏的细饺子。我听了之后，便常常把饺子捏得细长细长的。

蒸饺子有讲究，往蒸笼上摆放时，要等里圈的饺子都放好了，最后才把外圈的饺子填满。我常常是一圈摆满了再放一圈，妈妈就说，这样放不对，要留个口口，以后做事才不会自己把自己围住，做什么事都要先想好给自己留下出口。

我以前总觉得妈妈唠叨，讲迷信，简直太没文化。等我明白妈妈对我的所有不经意的嘱托，都含了很深的文化，这个时候，我也老了。这世界上很多东西，总是经过岁月的积淀，你才能理出头绪来。

成家之后，我也喜欢钻入厨房，大动响器做美味的神木饭食喂饱老公和儿子。一个女人亲手制作的简单饭食里，饱含着人生的诸多意趣，比如爱、思考、分享、宽容、尝试。

不知名的年夜菜

之前回忆儿时的春节，引起情感涌动的，只有母亲用皱纹纸亲手糊的红灯笼。今年，我强烈地怀念一道不知名的年夜菜。

这才晓得，吃了这么多年，居然连这道菜的名字都没弄清楚。从我很小很小的时候，小到自己也不知到底是啥时候开始，每年的大年三十晚上，都能在爷爷家吃上这道菜。

脾气暴烈却精于烹调的爷爷，从年三十的下午，就开始沉着冷静地烹制各种菜肴。待我们吃过晚饭，从北至南穿过小城，来到爷爷家，会有一大桌的年夜菜肴等待着。山珍海味齐齐亮相，所有人最期待的，却是那款年年不变，看上去朴素简单却耐人寻味的菜。

这道菜用料很普通，做法也简单，但是颇费时间，要一直精心掌握火候。明明是很寻常的一些食材凑在一起烹调而成，我却在别处从未见过这样的吃法，我父母也从未做过。似乎这世界上，唯有爷爷掌握了这门技术，据说这种吃法是他自己研究出来的。所以每逢我问菜名时，得到的回答往往是自创菜、绝招菜、乱烩菜、祖传菜、拿手菜等似是而非的菜名。问了几次也没有确切答案，我这个爱问为什么的人，后来就只顾闷头吃，不再琢磨菜的名字。

如今，爷爷去世已五年。我总觉得没有吃这道菜的时间，比五年久远许多许多，久远到可怜的我，已忘记了菜的准确味道。整个春节，无论餐桌上摆着什么菜，品尝的时候，我都会不可避免地想着爷爷的菜，想着此时若是吃着它，嘴里的感觉会是什么样。然而，无论我怎么想，终究无法靠想象让嘴巴品尝一道菜，越是想不清楚，却越要想，我觉得我快要疯魔了。

爷爷的拿手菜出锅的时候，我们往往会欢呼。这是一道冷热皆宜的菜，通常会用很大的盆碗，热气腾腾隆重盛放上桌。吃的时候不像别的菜一样，一筷子一筷子夹着吃，而是直接找一个碗，挖半碗菜进去，稀里哗啦一通吃。喝着酒，吃着菜，一家人相互逗笑聊着家常。多病的奶奶坐在炕上，瞅着春节联欢晚会在荧屏上红火热闹，高兴地招呼我们吃这吃那。这样的氛围，时间飞奔得特别快，别的热菜随着时间推移会需要回锅加热，这道菜你完全不必担心，尽管让它冷却，冷了之后再吃，又是一番风味。想想真是奇妙。

属于爷爷的这一道菜，此生再也吃不到了。想到这里，在春节这个皆大欢喜的时刻，我的眼泪不受控制地滚滚而出。摘下眼镜，用手背抹一抹湿润的眼眶，却怎么也抹不干。特别是夜晚休息时，拉灺屋里的灯，听着远处烟火次第绽放的热闹声音，想起很多再也无法享受到的东西，内心里深深地难过着，似乎有很多被谁亏待了的委屈。

更为遗憾的是，当爷爷活着的时候，我以为可以永远在年三十的夜晚吃到这道菜，并未去学习这道菜的做法。而现在，我只知道，是用猪肚切细丝，加入粉条、豆腐条、豆芽菜一起炖制而成。放什么调料，食材入锅的顺序、火候、时间控制，尽无印象。这道不知名的年夜菜，此后的日子里，会在我记忆里永久保存，却再也吃不到了。

爷爷弯着腰，略微侧着威严的脸庞，拿着铲子，很平静地认真对待着锅里热气腾腾的菜肴，这样的形象遮蔽了他曾留给我的可怕坏脾气印象，水汽氤氲中迟缓地移动的身躯，灶火边认真烹制的身影，在我心里化作一股暖流汩汩流淌。

这一年的春节，当人们说起年味儿的时候，我心里刻骨铭心的年味儿，就是爷爷的这道菜。这永恒不变的味道，驻扎在我的心间，每个年三十的夜晚，让我疯狂地想念。

干馍片儿

在鲁迅文学院学习期间，幸福列队而来，各种各样的美好纷纷找上门。于贾宝玉而言，最幸福的事情是天上掉下个林妹妹。对我来说，鲁院时光最幸福的事情是天上掉下个王若楠。

我们班很流行一句话："若楠的眼睛会说话。"这只是若楠看得见的美好中的一个方面而已。她的优点太多了，有的可以看见，有的则不一定看得见，需要用心感觉。总之，她这个人太好了，她到底有多好，一句半句讲不明白，你得跟她慢慢相处，感受她一言一行给人带来的舒服和惬意。

美好的若楠，吸引我这个吃货的一个重要原因是，她特别热爱美食。某天，她强大的胃忽然吃坏了，连续几天无法正常进食。她小心翼翼地对待吃饭这件事，还是不管用，吃啥吐啥。黄昏的余热里，我一个人着急忙慌去药店给她买了吗丁啉和藿香正气胶囊，倒了热水，把药放到她床头，嘱咐她记得吃掉。可用药几天后情况没有任何好转。我建议去医院，她执意不去。女人啊，好可怜的，尤其是平时无法控制自己的大吃货，好不容易捞到可以迅速瘦下去的机会，才不乐意赶紧好起来呢，胃难受虽然很痛苦，但是她很享受自己变瘦的事实。这丫头被自己的胃折磨得脸色可不好看了，还成天美滋滋呼喊着要瘦成一道闪电，劈死我们。瞧把她给嘚瑟的，中彩票似的。效果确实很明显，她瘦下去的速度相当快，没几天，肚子瘪瘪的，下巴尖尖的，眼睛更加水汪汪的。

比起她，我算是上了点岁数的家伙，实在看不下去年轻人糟害自己的身体，去医院她又不去。人逼急了，办法就自己往出来跳。灵光一闪，我就想起了我们陕北人笃信的调养胃口的圣物：干馍片儿。

想到就做是我的人生准则。随即拿出手机，点开微信对话框，理直气壮喊朋友出来听信儿，对着手机屏幕高呼：给我寄点干馍片儿来。

有朋友真是好啊。啥事都不需要多饶舌，简单明了提要求，她们都能给你用最短的时间办得妥妥的。每当我把一个个难题、一个个要求交给朋友，就会感慨，人生在世啊，朋友弥足珍贵。那些没有朋友的人，日子该有多乏味无趣啊。

干馍片儿很快就收到了，我迫不及待想让若楠吃一口这土得掉渣的食品。打开快递包装的过程，漫长得令人心烦。我要两袋，朋友给我整过来五袋。这种朋友你跟她说谢谢都会觉得特矫情，所以就啥都不说了。

我怀着献宝的心情，屁颠儿屁颠儿地撕开包装袋，拈了一小块干馍片儿，乐呵呵递给哈尔滨姑娘若楠，觍着脸紧张地等待着她的评价。她咬了一小口，张嘴就说不好吃。我不服气，又给重庆姑娘西叶吃，西叶说，真吃不了。安徽的尘舞说，太难吃。她们三个的态度，对我来说，简直就是兜头一盆凉水扑过来。我不信，拿了一块亲自检验。很好吃的呀，是我们小时候耽迷的那一口，酥酥脆脆，除了麦子自然的味道，没有任何让人不喜欢的杂味儿。多好吃的东西呀，她们怎么就这么不待见呢？她们的评价，让我的心情真的像霜打的茄子一样，一腔欢悦瞬时委顿。

朋友不就是要有福同享有难同当的嘛。怎么她们几个就享不了我提供的这口福呢。我的心情一时很难转弯，我们陕北家家户户代代相传、人人钟爱的调养胃口、充饥磨牙的绝对绿色食品，在鲁院的宿舍遭遇的滑铁卢，比我本人不受欢迎还令我泄气。

我就纳闷了，竟然还有不爱吃干馍片儿的人。我还是不死心，反复向她们苦口婆心推荐，絮絮叨叨诉说这个东西对胃确实有好处。说了半天，我再也说不出啥新奇的词语来描述，反正从小到大我们被灌输进去的观念就是，这个东西对肠胃不好的人大有裨益。

有福不能享的痛苦折磨得我无法平静，我压根儿不管她们的冷淡反应，自己一个人赌气似的拿起一块往嘴里塞，夸张地咬出很大声音，迅速吞咽。吃完一块又一块，吃完一块又一块，接连吃了好几块都不愿意停下来。她们三个在旁议论说，这个东西太干了，不能吃太多。我赌气一般生硬地说，我们打小就吃这个长大，天天吃都不出问题，才没事呢。有人说喜欢“护犊子”的人挺自私的，身在北京的我，咋就对我们那地方的一块干馍片儿都这么维护呢，我这心胸也太狭隘了吧。我才不管呢，狭隘就狭隘，我觉得这是好东西，就想与朋友分享，这心情挺正常的嘛。我想要的同享的快乐，不肯出现，我有啥办法呢？我没办法我就闷头自己吃，这个谁也不能阻挡吧。

不管我怎么不愿意接受，一方水土养一方人的差异，在一件食品面前被放大的这个事实，清晰无误地标明了我们各自的来路。作为朋友，灵魂可以在一天天的相处中契合得无比紧密亲近，胃口却坚定固执地将我们分出彼此。我们每个人一生都深深迷恋的，无不是自己儿时熟悉的那一抹味道。自己熟悉的那一抹幸福味道，由遥远地方的人去品尝，人与人之间无法跨越的沉重悲哀，就会忽然冒出来，斩钉截铁告诉你，谁和谁都是不一样的。

是的，我们都是不一样的。想到这个事实，心情顿时释然。不一样多美好啊，正是如此，世界的模样在我们眼里才是纷繁多姿，人与人的相逢，才会神奇美妙令人期待。有些福，真不能同享，这固然有种快乐无法传递的尴尬。可是，比起我们能够相逢这个伟大事实，这种小尴尬多么不值一提。

七月十五大面人

桃仁杏仁瓜子仁，七月十五大面人。这是我打小就熟知的顺口溜，一进农历七月，这顺口溜就会在人们相互交谈时，顺口出来溜一溜。

七月十五捏面人是陕北的传统，我小时候左邻右舍家家户户都少不了这个习俗。头天晚上拿老酵子早早地把白面和好，平时吃面条用的是黑面粗面，而细细白白的好面粉，妈妈会偷偷地攒起来，到七月十五跟前，珍重地从柜子里面取出面袋，小心翼翼尽数倒入一个粗陶瓷和面盆，面袋子要反复抖动，确保没有面粉滞留在袋子里。装面的袋子用完之后也是有大用的，浆洗干净了，还要当作旧床单的补丁。现在的孩子们，哪里能想到，那时候家家户户的床单，中间已经用得薄薄的可以透光了，也不会扔掉，而是拿一块装面的布袋子拆洗出来的老布，用缝纫机缝在旧床单上，继续用。我妈妈的嘴里老爱念叨一句话：新三年，旧三年，缝缝补补又三年。

和面是一件力气活儿，特别是七月十五蒸面人人的面，满满的一盆子，更是需要出很大的力气，而且因为这面是好不容易攒下来的精粉面，数量又多，更要严阵以待，酵子放多放少，融化酵子的水温，和面的水温，皆需严格控制。我家左邻右舍的妇女，内心都很清楚，一年一度的捏面人人，其实包含着婆姨们之间相互比拼展示的意思，所以大家很热衷于将蒸出来的面人人在邻里之间互相送来送去交换着吃。这样谁家的面人人捏得是歪是好，一目了然。巧婆姨面对自己的作品，总会在心里漾起一阵阵骄傲自豪的愉悦感。这愉悦感是家庭妇女在繁重的劳动中的精神信仰，有了这份愉悦感，那些苦苦煎熬的日子，那些受死受活做不完的营生，似乎也不那么沉重了。

等面发好了，需要认真地进行碱大小的试验。试碱之前，那块面团被揉得柔软细腻光滑，上手都能感觉到，这是一块可塑性极强的面。在一大块面的各个点，分别揪一小块儿面，确保试碱的面是均匀分布在这块面上的每一处，才能保证试验出来的结果具有代表性。揪出来的各个部位的面，在手掌上火速揉成一个圆圆的面团，放到已经开锅的笼屉上，盖上盖子，蒸几分钟，开盖，拿出那个蒸熟的小小馒头，先看颜色，碱大了发黄，碱小了不白；再掰开闻味道，碱小了一股酸味儿，碱大了一股碱味儿；看完，闻完，再放到嘴里尝味道，碱放得正好好的馒头，入口暄软，满嘴麦香味儿。

我小时候，最爱吃蒸馒头蒸面人蒸包子之前，为了试碱大小蒸出来的那个小小的馒头，但我妈总不让吃，说是小孩儿，个子没长开，吃上这种碎碎小小的馍馍，个子就再长不大了。

碱试验好，就能开始捏面人人了。在这之前，大案板上摆着剪刀、大切刀、小水果刀、梳子、细棍棍，以及药铺里买来的一半红一半黑的圆圆的相思豆，两个酒盅盅里装着红色和绿色的食品色素粉加水调成的红水水绿水水。

捏面人人讲究迅速行动，时间久了，调好的碱就跑味了，而且大锅小锅都烧开了，捏得慢了又费炭又费水，家庭主妇才不会那么任性地不计较这些小事儿呢，她们很计较，因为大家都是穷日子过出来的，很多东西已经深入骨髓。

考验手艺的时候到了，婆姨们一个个在案板上大展宏图，她们的手像是被上帝亲吻过一样，又像被魔法师的魔杖点化过。一块面团在她们手里揉一揉，搓一搓，再放到案板上，拿起水果刀左面切一下，右面切一下，尾部从中间一分为二，基本造型就出来了，接下来是捏鱼鱼、雀雀儿、马马、兔兔、爬娃娃、猫咪咪、毛猴猴还是蛤蟆蟆，就看每个人脑袋里灵光一闪的一念之间了。拿梳子压一压，留下的纹路就构成了手手、蹄蹄、爪爪，再用剪刀剪出细细尖尖的一个个小刺或者羽毛。剪子剪大一点的地方，中间形成的距离，就构成了嘴巴。面人人的眼睛，就是用那又红又黑的相思豆点上去的。还可以将面搓成各种长条，再卷成一朵花放在面人人的肚子上。那造型，那气质，立马就精致了许多。

在陕北有一个规矩，平日里不能捏面人儿，我是说真的用面捏成人的形状，这是不行的。平日里可以捏鱼鱼、雀雀等各种动物，可以叫面鱼，或者面燕，但都不算真正意义上的面人人。只有在农历七月初一到七月十五这段时间，这个禁忌才解封了，人们不仅可以捏各种动物，而且最主要的是可以捏面人人了。那可是真的面捏的人人，有男有女，区别就是女的有辫子，男的没有辫子，肚皮下缘往往还有个明显的性别标志。捏的小一点的男男女女是面人人，体积往大放，那就不是面人人了，那叫大肚罗汉。

捏好的面人摆到案板上，数量差不多够蒸一大锅了，就揭开锅盖，拿切刀横着铲起一个面人人，端端正正摆放到笼屉里，锅底冒出来的蒸汽再烫手，你也要稳住身形，稳稳地把面人人放到笼屉里，摆放的间隔，也是有讲究的，又要保证面人人蒸熟之后体积变大互相不粘连在一起，还要把每个空间都利用好，不能明明能多放两个，你给少放了两个。总之，每一个环节，都在考验着一个主妇的心智，会不会过日子，都是从这些琐碎得不能再琐碎的细节里得出来的。

面人人蒸好了，揭开锅盖要迅捷麻利，锅盖拿得慢了，水蒸气从锅盖上滑落下来，会打湿热气腾腾的面人人，如此，品相就难看了。趁热，徒手，一把从冒热气的大锅里抓出面人人，放到用高粱秸秆纳的盖子上，晾一下大气，赶紧端起酒盅盅，红的点完，再上绿的，一霎时，白森森的面人人上加了许多红绿相间的圆点点，视觉效果立即充满喜悦，一种红火热烈的幸福情绪，悄悄地在面人人周围蔓延，停留在捏面人人的巧婆姨的眼角眉梢，久久不肯散去。

童年的我，总是被住在我家一个巷子里的巧手婆姨们的巧手手给对比得很受伤。我每每惊叹于她们的手好灵巧的时候，就会对自己的笨手手很无奈很自卑。她们会做布鞋，会纳鞋垫，会剪窗花，会绣花，会捏面人人，会缝衣服还不算，基本还会自行裁剪，她们既要到地里干活，回到家里还要喂猪喂鸡，还要给一大家子人做饭。那时候的做饭，那是劈柴打炭都要自己上手的。做完饭，收拾完灶台，还要坐在缝纫机上或者炕头做针线活。我的妈妈就是这样一位妇女，她似乎永远在忙碌。我常常一觉醒来，还能看到她在踏缝纫机。即便是这样日夜操劳，依旧不影响她对每一个节日都隆重对待。她对节日重视的唯一体现就是，做好吃的。清明吃鸡蛋饼卷凉菜；五月端午包粽子，做凉糕；七月十五捏面人人；八月十五到土炉子上打好多好多又香又甜的圆月饼；十月初一炒豆豆；过年备办年食子，还要亲手糊一个鲜艳夺目的大红灯笼挂在屋檐下。

写这篇文章之前，我刚刚吃掉了一个面人人，这个面人人是我妈妈今天专门送到我手上的。不是她捏的，是买来的。因为知道我回来转身就走，她赶紧出去买了几个给我送来。要是我不是这么着急走，她一定会摆开坛场捏一回面人人。尽管她已经六十八岁，但似乎并不影响她对吃食东西的无比珍重之心。

一个面人人下肚，诞生了这篇关于面人人的文章，也算对得起这个面人人了。

愿我们每一个人都能明白，只有爱你至深的那个人，才会年复一年、专心专意地把每一种应季的好吃的，眼巴巴送到你手里。

油茶鸡蛋

一大锅油茶面炒好了，我迫不及待铲了点，放到一个小锅里，加入冷水搅拌一下，开火，等锅烧开的时候，从冰箱里取出一颗土鸡蛋，在碗里刷成黄灿灿的蛋液，锅烧开的时候放点盐，沿着锅子四周，缓慢倒入蛋液，等蛋液翻滚着烧开，在油茶锅里漂浮起来，就可果断关火。

从橱柜里取出一个小瓷碗，盛一勺油茶鸡蛋进去，为了加速冷却，迫不及待对着碗噗、噗、噗，吹几口气，拿个小勺子，郑重地舀一勺，对着勺子，再噗、噗、噗，吹几口气，勺子伸到嘴边，张口一喝，一大口滚热却不烫嘴的油茶鸡蛋，带着新鲜牛油和焦黄葱花的浓郁香气，再加上面粉天然的麦子香味，以及鸡蛋花柔软细腻的口感，在口腔里演绎出熟悉而真实的幸福味道。

嘚瑟是我死不改悔的脾性，刚好有个朋友在微信和我聊天，我就跟她嘚瑟开了。

嗨，你爱喝油茶吗?

我刚刚炒好的。

喝的话给你拿点。

牛油油茶。

一口气在微信里掐出以上四行字。然后等着她回信儿。

我婆婆经常炒。

家里常备。

尤其是冬天早上一碗油茶鸡蛋。

她也是一口气打出三行字，在第三句后面，直接跟了个色色的眼冒红心的表情。我赶紧接话：是了嘛，冬天早上一碗油茶鸡蛋，属于神木孩子的隐秘幸福。

思绪回到小时候，冬天的清晨，我在奶奶家铺满红地毯的炕上睁眼醒来，看到奶奶端坐洋炉前，留给我一个并非有意却挺得很直的脊背，她正在认真地刷一锅热气腾腾、香味扑鼻的油茶。老旧的窑洞被这炉火周围袅袅婷婷上升的油茶味儿充满，玻璃上的冰花，晶莹地演绎着令人惊诧的神秘故事。我伸出小脑袋，身体缩在被窝里，吸了吸鼻子，油茶香味儿被我吸了个正着。一时之间，心神安宁，眼前静谧却蒸腾着人间烟火的一切，引导着我这个顶着一头乱发，经常急慌慌手脚不停歇的孩子不敢轻易乱动，生怕打破了这份充溢着油茶香味儿的、人间最平凡却也最珍贵的安宁祥和。

记忆中神木人最集中做油茶的日子，是在每年的八月十五左右。这个时候，天气转凉，喝油茶不用担心会上火。主妇们在家里准备好做月饼的面和馅料，拿到支起了土炉专做月饼的人家，这是个忙碌又热闹的集中为人们打月饼的地方。打出来混合着芝麻、花生、红糖、玫瑰酱、面粉和胡麻油等各种原料烤熟后、散发出扑鼻异香的月饼，小心翼翼拿回家里，把品相好的用牛皮纸或者干脆就用报纸包好，打发孩子给长辈、兄弟姐妹、左邻右舍挨家挨户送过去。那些缺个边的，少点角的，挤压出裂痕的，就留下来自己家里孩子们分开吃。吃月饼的时候，最好配上一碗新炒的油茶泼鸡蛋，简直是童年时期最奢侈的享受。

油茶鸡蛋，常常是作为月饼伴侣出现在我们家的餐桌上，喝一口油茶，咬一嘴月饼，那滋味，真的就像人们每次吃到好食物时口口相传的那样：给个县长也不换。

如今的人们，因为害怕发胖，已经逐渐远离油茶鸡蛋这款陪伴过童年的美味。而我，在这个冬天，因为舍不得丢掉几块肥肥的牛肉和牛油，先是炼出来一碗闪耀着黄色光泽的明亮牛油，接着又炒熟一锅子面粉，再用牛油炝炒葱花至金黄色，泼到面粉里，仔细翻搅之后，做成了一盆油茶面。

已经连续三天了，我的早餐，一成不变的就是一碗油茶鸡蛋。端着碗喝得酣畅淋漓的时候，思绪总是飘向童年，飘向那个墙壁被炉火熏得略微发黑的窑洞，那里珍藏着太多温暖幸福的记忆。

羊肉泡馍

羊肉泡馍是西安的美食。虽然也是陕西人，但我老家陕北和西安的距离约七百公里。在我童年时期的陕北人的日常饮食里，并没有泡馍这道饭食。所以泡馍并不是我打小就留在舌尖上的美食，而是长大之后有了走出去的机缘才接触到的。

第一次带儿子吃羊肉泡馍，是2007年，在西安吴家坟陕师大旁边的一家小店。十一岁的儿子第一次面对一碗羊肉泡馍，对这种把白面饼子和羊肉以及木耳、粉丝、豆干、黄花菜放到一起，一锅煮出来，放在一大碗里，端到桌上的吃法，表示很惊奇。随着大碗端上来的，还有三小碟，里面分别装着糖蒜、蒜蓉辣椒酱、香菜。另外还有一小碗，里面盛着热汤。风卷残云般干掉一大碗热气腾腾的羊肉泡馍，儿子抬起手抹了一下嘴巴，不疾不徐地说："是谁发明了这么好吃的东西，一定要好好感谢一下人家。"第一次吃，我儿子坚定不移地爱上了羊肉泡馍。

和几位朋友一起吃泡馍，一位朋友说：吃泡馍的精髓在于，手里拿着一个馍，慢腾腾、细致认真往碎掰馍，一定要有耐心，一定要掰碎。大冷的天，朋友几个围坐一桌，边掰馍，边聊家长里短，在掰馍的过程中，闻着一碗煮好的泡馍端上来之后的味道，整个店里都氤氲着一种热气，那是幸福的气息。

另外一个朋友告诉我，吃泡馍的秘诀是，泡馍端上来，千万不要拿着筷子乱在碗里翻，不能把碗里的食物翻个底朝天，吃的时候要一层一层拿筷子扒拉，扒拉到啥就是啥，这样吃，粉丝才不会乱作一团，味道才不受影响。

我常对朋友说，来西安不吃一碗泡馍，简直就觉得白走了一趟。所以每次到西安，无论天冷天热，我总要找地方认认真真吃一碗泡馍。泡馍是一种让我可以毫不犹豫就把减肥的宏愿抛诸脑后的美食。

如今的我，掰馍的耐心越来越有，越来越愿意把吃一顿泡馍的享受时间无限延长。朋友说：厨师会根据一个人掰馍的情况来决定，是认真做一碗泡馍，还是敷衍着做一碗。馍掰的碎，颗粒最均匀的那一碗，会得到特别的优待，厨师会使出看家的本领，认真把握火候，做出自己水平最高的一碗泡馍来。因为厨师能从你掰的馍，看出来你是个吃泡馍的行家，看出来你是一个真心热爱吃泡馍的人。既然遇到真心热爱的行家，他也就不会藏私，不会糊弄，会打起精神让自己的厨艺和你掰的馍完美结合，成就一碗品相和味道上佳的泡馍。

看似粗糙的一老碗泡馍，被一个个奔放粗犷的西北人，吃出来这么多精细讲究的经验，大家对吃，可真是舍得花心思呀。

一直都以为，对吃舍得花心思的人，自有其可爱的一面，坏不到哪里去。所以对于那些在吃吃喝喝上积累下很多私密经验的人，我总是充满敬意。阅读也是，我最喜欢看作家们写吃东西的文章，那些把食物写得很美好的人，我总是在字里行间捕捉到他们的可爱。

腐乳岁月

腐乳这种吃食，在我生命中出现得比较晚，并不是童年时期味蕾上难以忘记的那一抹记忆。与腐乳结缘，是离开神木去榆林上学的日子。那个满地黄沙、破烂得连围墙都没有的学校，一日三餐，全是馒头，早上馒头加稀饭，中午馒头加汤烩菜，晚上馒头加更稀汤的烩菜。和雷打不动的馒头一样的是，烩菜的内容和味道也是一成不变的，土豆、酸菜、豆腐、粉条，就这几种，别无其他。我记得那时看《平凡的世界》，孙少平学校灶上的菜，内容和我们学校的几乎一样，我真怀疑，路遥先生当年也许曾到我们学校体验过生活，抑或，在二十世纪八十年代，榆林所有学校的菜都是一样的。在这种情况下，如何有滋有味地吃馒头，就成了考验一帮初离开家、看什么都新鲜得要叽叽喳喳一番的孩子们的最大命题。

先是在学校门房的小卖部里买了四川涪陵榨菜，不得不说，榨菜也是在这个时期才第一次出现在我的生命里。之前在家里，秋冬之际都是吃自己家里的妈妈用萝卜、包菜、芹菜腌制的泡菜，榨菜这种东西压根儿没有机会出现在我家的餐桌上。买来榨菜，迫不及待撕开包装袋，把一个馍从中间分成上下两半儿，然后把榨菜挤进去，用两片馍一夹，两手一捏，张开大口直接一吃，嗯嗯，极其夺人味觉的咸味儿，脆生生的口感，唇齿之间略带的辣味儿，比灶上的稀汤汤烩菜强多了。

榨菜吃了一段时间，就腻了。又换成一种天津产的蒜蓉辣酱，夹在馍里吃，鲜香的辣味混合着浓郁的蒜味儿，再加上口味更重的咸味儿，成功地俘获了我舌尖上的味蕾。

蒜蓉辣酱吃了一段时间，又腻了。这回买回来的是一瓶子王致和大块腐乳，于是成就了我和腐乳的第一次相逢。拧开方形玻璃瓶上的红色塑料盖子，一股说不出来的陌生而奇怪的味道攻击了我的嗅觉系统。再看那过分浓郁的红色，大块腐乳周边包围着的黏糊糊的汤汁造成的堪称诡异的视觉效果，一时之间，我这个对吃向来生猛不忌的家伙，竟然一手捏着一个馒头，愣怔在那里，不知下一步该如何是好。

愣了片刻，想起这是花钱买来的，甩甩脑袋，马尾辫子左右晃荡起来又落在后背，管他三七二十一，拿勺子舀出来一小块儿腐乳，放到掰开的馒头里，极具耐心地用勺子把腐乳均匀涂抹到两片馒头上，用力一捏，眼睛一闭，一副英勇就义的表情，张开嘴，啊呜一口，吃到嘴里。缓慢睁开眼，仔细品味舌尖上的味道，首先是咸咸的味道，其次是滑腻腻的触感，再咬一口，仔细咀嚼，似乎有一股古怪的香味在味蕾之上跳跃起来。嗯嗯，很奇妙的一种感觉，我无比确定地在一块腐乳之中品尝到了一种迥异于平常食物的味道，品尝着嘴巴里繁复浓郁的感觉，这种略有点古怪却也奇香曼妙的滋味，立即控制了我的味觉神经，让我当机立断爱上了这复杂不明的味道。完全没有想到，初次相逢，我与这种看着暧昧不清、混沌难明的玩意儿居然一见钟情。后来，我还不遗余力地开发出来一种吃法，把一个馒头掰开，均匀地给上下两片涂抹上豆腐乳，再豪横地夹进去一个刚刚剥掉外壳、看着白嫩嫩泛着清冷光芒的水煮蛋，手上稳稳地发力，把圆润饱满的水煮蛋压成一个扁扁的形状，嘴巴张成老虎口一样，一口咬在馒头上，哎呀，甜甜的麦香味儿，腐乳浓郁的异香，再加上揉碎的蛋清和蛋黄美妙的香味儿混合在一起，简直就是舌尖上奢侈的盛宴。我毫不客气，三下五除二，一个二两面的馒头，眨眼之间就从手里猛然消失，迅速跑到胃里撒欢儿去了。

有一种说法，陕西是一个馍夹一切的世界。陕西人能把世界上的一切夹在馍里，形成让人欲罢不能的美味。当然这个馍，其实是一种饼。而我们陕北人说的馍，不折不扣就是白面馒头。当时我们学校一个馒头二两面，而我一天可以吃八个馒头，简直和那个食量大如牛的姥姥有一拼。每天八个馒头，仰仗着榨菜、蒜蓉辣酱、腐乳轮番上阵，吃得风生水起，所向披靡。

很多人说，青春就该无悔地张扬，等老了才有坐在摇椅上吹牛的资本。我现在才发现，一天八个馒头，就是我吹牛的资本。可惜，那样的日子一去不复返了。

酿茄子

日课写作群里的醉江南同学写了一篇《饭焐茄子》，在蒸米饭的同时，把一个茄子放在电饭锅里一起焐出来，然后拌着酱油吃。据她介绍，这是绍兴人传统美食中最常见的一种吃法。

无巧不巧，诗人图雅在朋友圈里发出一张蒜泥茄子的美食图片，她说："我的蒸茄子是这样做的。小时候最爱吃它。母亲说：茄子拌饭，噎死光蛋。"

我在评论区给图雅老师留言：我妈说，"羊肉熬茄子，香死王年子。年子在陕北话里就是傻子。"

在号称没有一只羊能活着走出去的神木，茄子的最佳吃法就是和羊肉、土豆、豆腐一起热气腾腾做出一锅羊肉熬茄子，关火之后撒入葱花和香菜，搅拌均匀与米饭同吃，唇齿间充斥的美味让人回味无穷。

羊肉熬茄子我已经专门写过美食文章记录。今天既然和茄子这么有缘，那我就推荐另外一道神木传统吃食：酿茄子。

各地都有酿茄子，基本都是茄子切片儿，放肉馅，裹面糊，油炸。在我们神木，这种吃法叫作炸茄盒子。

神木人的酿茄子是一道甜食。做法如下：嫩嫩的长茄子，洗净之后去蒂，削皮，切成五六毫米圆形薄片儿，盆里打鸡蛋，加面粉，搅拌成均匀糊状，茄子放到面糊里，两面都沾上面糊，放到油锅里炸至金黄捞出。盘子下面铺上一层红糖，放一层炸好的茄子，撒上红糖，再摆一层茄子，继续撒红糖，如是反复，摆一层炸茄子撒一点红糖，直至把炸好的茄子都装到盘子里，上蒸锅蒸十分钟，关火，取出，酿茄子就做好了。

用筷子拿一块被热气蒸得绵软香甜的酿茄子，蘸一蘸在盘子底下安静窝着的明亮黏稠红糖汁，呼、呼、呼，对着筷子上金黄灿然的食物吹几口气，这是为了晾一晾热气，害怕烫着嘴巴。缓缓地放一块酿茄子到嘴里，油脂的香味跳跃蒸腾中，面糊裹着的茄子软糯如绸缎，带着红糖甜腻的气息，入口即化，又香又甜。香喷喷，油津津，甜丝丝，软绵绵，四者合一在嘴巴里引发的感觉，正是令舌尖上的味蕾最为欢喜的奇妙味道，人的大脑皮层会在这种甜香美味的触发下，瞬间产生出一种难言的快乐因子，正值饥肠辘辘之时，甜蜜味道引发的快乐从口腔出发，熨帖五脏六腑，使人心旷神怡。

吃酿茄子，配上一大盆汤面，最好不过。手擀的细面条，现杀的羊肉做成臊子，里面再放些切成丁的时鲜蔬菜，加点本地黑豆磨制的豆腐，一大锅色泽缤纷、香气四溢的臊子就好了。面条捞起后放到臊子锅里，加两勺清面汤搅拌均匀，根据个人口味，撒入韭菜、蒜苗、葱花或香菜，关火，盛碗，上桌。

大快朵颐吃酿茄子，吃到嘴里起了腻，胃里还干飒飒没有饱腹感，这时候来一碗羊肉臊子汤面打底，汤汤水水一到胃里，说不出的舒徐、泰然，会让一个吃货真切地沉溺在某种幸福美满的奇妙情绪中无法自拔。

吃饱喝足，咂着嘴巴，想起只在书里见过的那道奢华隆重的茄子菜，《红楼梦》中凤姐儿给刘姥姥搛（夹）的茄鲞。

直吃得刘姥姥说：“别哄我了，茄子跑出这个味儿来了，我们也不用种粮食，只种茄子了。”

听罢凤姐儿细细念叨了一遍这茄子的烦琐做法和奢靡配料，惊得刘姥姥摇头吐舌说道：“我的佛祖！倒得十来只鸡来配他，怪道这个味儿！”

一个吃货，读书读到写好吃的，必然食指大动，恨不得赶紧寻来尝个鲜味儿。可惜，这道菜肴太过精细，在陕北闻所未闻，更不要说找来一品，尽管一门心思惦记着，也只能长叹一声作罢。幸好，神木还有羊肉熬茄子和酿茄子这两道菜，亦可细细品味到茄子的鲜香美味。

幸福就在一粥一饭的用心对待之间。学会做饭，就是学会爱自己，一个爱自己的人，必然是幸福的。

学车记

2004年，我在神木县店塔镇上班。刚一开春，驾校的人就到我们单位推销，欢迎大家去他们那里学习开车，他们的噱头是，这次不报，以后就涨价呀。

我们几个人都心动了，相互商量着说那就报上一起练习吧。因为怕涨价，我比较超前地与几位男同事一起，进了驾校。

后来，再没听说过，驾校还需要上门招揽生意的，都是抢着排队报名去学习。

那个时候一个培训班人不多，学员们并不热衷于练习，我们几个都不是很主动去练车，常常需要教练骂着才露面一次。现在听闻，所有驾校练车需要排队，才觉得我们那会儿练车条件太好了。

至于我，就更加不稀罕练车了。对开车这事儿，有着天然的门里出身自会三分的自信，我一门心思认为，开车就根本不用练，那基本是坐上去就会干的事儿。

记忆中好像一共去练习了三四次，去了也没怎么上车。练车的地方是个土窝子，总是黄尘乱阵令人不喜。教练特别凶，眼神凌厉，据说还敢打人。

偶尔去练车，总是听到其他学员担心考试过不了。有一个女人已经是第三次参加驾校班，总是过不了，导致她压力超级大，于是频频在教练跟前示好，有时还会当着众人的面，很明显地撒娇。一个农村中年女子，为了讨好教练所做的努力，多少有点令人不屑，可又钦佩她为达目的不惜力量的劲儿。

还有一个姓朱的五十多岁的男人，也是铆着一股劲必须过。前面那位女人和这位年纪大的学员，是我们所有学员里练习最认真的，也是被教练训斥最多的，各种凶喊对待，还是没长进。可能是心里憋着的劲太强悍了，以致神经太过紧张，反正他和她开车时特别严阵以待，却经常各种状况频发，感觉挺吓人的。那个朱姓男子有次用了蛮牛般的劲，皮卡车手刹杆都被他掰断了，教练暴跳如雷骂他："开车又不是种地，你还想把汽车拆了呀？"

我从来不愁过不了，打心眼儿里觉得到考试那天肯定过呀。开车这件事情，看着就很简单嘛，还能难住人呀，根本不需要紧张。

仗着自己贼肥的狗胆儿，第一次上车在圈圈里转了几回，就敢忒嚣张地直接开到店塔镇的公路上溜圈。我们教练总是对我超级不放心，我练车的时候他常常坐副驾驶，阴沉着黑脸，眼瞅着路面，粗黑的大手放在手刹上，随时做好拉闸制动的准备。教练是个虎背熊腰、脸黑皮糙的爷们儿，再加上时常没有好脸色，他每次站到你跟前，身边就好像突然冒出个包公、李逵之类的人物。

有次我们教练要去乡政府，问我敢开上去不，他肯定以为我不敢，想灭我气焰。没想到，我二话没说，蹭一下窜到驾驶室，毫不拖泥带水就起步出发了。中途与一辆载重大货车会车，他嫌我太靠路边上了。别的，就没指责什么。不一会儿，就看到乡政府大门了，教练说，就前面了，你准备停车。他大概以为，这个指令发出，我脑子接受之后再反应过来，也有个时间段，这样就可以刚好停到大门口。可我一听他说准备停车，哧一下，就把车给停下了，而且还熄了火。此时，离乡政府大门还有一定距离，教练阴沉着本来就很黑的脸下车，车门子一甩，悻悻然说：“停得八扁担远，还得我走了。”

每次练车，我的二杆子劲儿却让我们教练特来气，他一看见我，就把眼睛瞪得像铜铃一样，凶巴巴的。后来，教练不知怎么晓得了我爸的名字，就不再凶我了。我爸开了几十年车，在神木老一代司机圈里，无人不知。知道了我爸驾龄比他更老之后，教练对我的二杆子劲儿就平淡对待了。他开始常常发愁地给别人说，就担心谁谁谁家的那个女子，她要过不了，可咋办呀。看到我更是反复强调：我就愁你了。

教练的担心，我觉得有两个原因：一是我的技术实在不靠谱，用教练的话说，连路也掐不住，咋敢开上跑来了；二是我要因为技术臭过不了，导致拿不上本子，我爸估计会嘲笑他。我爸曾对教练说，你连我的女子也教不过的话，你还当甚教练了。我们一家人在开车这事儿上，都有这种超自信，天然地以为，我们理所当然会开车，即使不会开，那也是你教得不好。

于是，我的存在，把我们教练愁得呀，我觉得教练的脸越来越黑了。

教练常发愁，想给我好好教，可惜偏遇到我这么个一股二劲的家伙。好不容易来了给教一回吧，一上车就超胆大、愣劲儿开，叫去哪儿就敢去哪儿，开得七歪八扭压根不管，下车来表情还常常牛气十足，根本不管教练口上念念有词碎碎叨叨说些什么。

临上考场前，我们教练还在发愁，他认为，就我那两下，根本就没有一点儿可能过关。

移库倒库开始了，我上场了。别人考试时都淡定待在圈外看着的教练，悍然冲进考场，手势加话语给我指挥，回轮，打死，这样的词语，一个劲吼喊着。考官不叫他给我说，教练根本不管。历史证明，凡是二杆子都自带三分底气。教练隔空喊话，我完全照样子做，这使得我在考场上移库倒库简直如有神助，一气呵成三把两下就给弄完了。这么顺利的情况，直接发生了。我自己得意扬扬，还准备再移一把，方显英雄本色。我们教练黑着脸，慌忙过来敲窗户说：“蹭蹭往下走，还想做甚了。”他太知道，时间一久，我必然会漏了底气。

我们班那批学员中有个老驾驶员，是平时开车最熟练的，因为紧张，移库倒库弄了两次才过关。像我这种一回就过的，简直牛气得不像话。我当时觉得教练眼神都恍惚了，脸上是完全不相信的表情。他根本不敢叫我在车上多待一下，果断把我轰出驾驶室。我下车后，看到站在一边等待上场的学员，紧张得几近疯魔，脸色都变了，百思不解。他们干吗要紧张，这么个事嘛，紧张啥了。

路考的时候，各种上坡路、下坡路、拐弯儿路，我应付得手忙脚乱状况不断，坐在副驾驶位置的考官百般揶揄，反正他说他的，我开我的。尽管他面色严厉各种说教，想让我开得好看点，可我依旧各种歪歪扭扭乱开，那个交警考官的脸一阵比一阵黑黢黢。但是整个过程我没熄火，没抛锚，所有规定动作都勉强完成。临下车那个交警考官说：“昂，这就算过了？这么个样子就敢开上车满大街跑呀？”

他将我好抢白了一顿，怒气冲冲一甩车门，扬长而去。

哈哈，他一下车，我立即乐开了花。我知道，尽管把他脸都气绿了，可是他也没有理由不给我发本本。

2005 年，家里的车买回来，我直接开上就是跑，起初开车上路脖子僵直，坐姿铁硬，开得那叫一个慢慢腾腾。但是很快，一脚油门下去，速度欻欻见长。为了跟我家杨先生抢着开车，我一屁股抢先坐上去，他毫无风度硬要拽我下来，我扒住车门框死活不下去，惹得我们单位恰好路过的同事哈哈大笑。刚学会开车那个稀罕劲儿，真是挡也挡不住，就爱在车上待着呀。油门一踩，速度上来，风驰电掣的感觉好令人心醉。

后来经过各种小摩擦、小碰撞之后，车开多了，就慢慢老实了。

现在想起来，会觉得特别后怕，那时候那样傻大胆居然没出事故，确实是天照应着。感谢老天！随着时间推移，我由最开始练车时的傲慢不羁，到刚会开车上路的如履薄冰，再到沾沾自喜速度飞快，直到现在严格遵守规矩宁慢勿快，重新回到小心翼翼。我想，我终于才算一个合格的司机了。

现在，刚开车时那种踩一脚油门享受提速的情况彻底改变了。我家的车，连续五年零违章，真是一个好公民呀。

记得有次我三爸开车，我坐车。他开车特别缓慢，超车的嗖嗖嗖一辆接一辆飞驰而过。我说，这些人也是，技术好也不能开个奥拓还超奔驰了。三爸很严肃地说，开车哪有技术好坏，不出事故就是好技术。此话由他嘴里说出来，顿觉分量很重。我爸和我三爸在神木县城仅有少数几辆车的时代，就开着大车跑长途，是神木县城响当当的好司机。我记得同样意思的话，我刚买车的时候，我爸也说过，他告诫我要慢点。开了那么多年车的爸爸和三爸都觉得，不出事故就是好技术，这话简直如同真理。

毛毛很惊奇地说，你竟然对开车不感到畏惧。我说，从来不畏惧。我记得我和我哥在很小的时候，可能还在小学吧，有次我爸没有拔车钥匙，我哥溜上去就开了，我忘记自己是站在地下看着了，还是也跑到驾驶室去了。反正当时特别惊心动魄，随便一弄车就开了，还没等我们为此感到兴奋的时候，想让它停下好像就不那么容易了。那个恐惧呀，快要害怕死了，眼看要撞上房子了，心都提到嗓子眼上了，突然间又鬼使神差停下来了。那次我哥被训得很惨，我也有份儿。从那以后去驾校学习，我就没敢私自动过车，但是心里一点儿都没怵开车这个事儿，从不觉得开车是啥难事儿。

不过，我开车转方向盘的架势，我爸和我三爸根本看不上眼。比起他们那个时候既开车又修车的本事，我们现在这基本功太稀松了。

时间真快，拿到驾照十几年了。现在，对于开车，我早已没有曾经的激情飞扬，有的只是唯愿一路平安的谨慎。对于所有开车的朋友，我要郑重地送给您一句话：不出事故就是好技术！

魔高一尺道高一丈

侄子用 1 分 20 秒的时间，拼好三阶魔方的六面，看得我和壮儿就地着魔。

去北京休假时，我们直冲到西单文化城，一人买了一个喜欢的魔方，喜滋滋地回来。从此，娘俩开始并发魔怔。

壮儿在北京期间很忙碌，学街舞和吉他的间隙，每天无论多累，都会玩一会儿魔方。我也一样，逛街、做饭、收拾屋子、洗衣服的空当，不由自主会窝在沙发上，辛苦拼凑着手里的小小魔方。

我大概天生属于玩不了这东西的家伙，学得那个费力呀。每每纠缠半天毫无所获，有时候会急得气吼吼的，有时候又把自己憋得闷闷不乐。旁边看的人都觉得遭罪，杨先生无数次用看似劝慰实则嘲笑的语气说："咱不学了，不会这个东西也不是缺点，没事，学不会也不咋，咱不学了，真的。"

瞧这苦口婆心的劲儿，真不愧我给他送的封号：唐僧。他循循善诱劝说的架势，似乎真担心我让这魔方给整出啥毛病来，因为他太知道，我这块料，有多么的笨。

自学的路上弯弯多，自己一个人折腾，虽然不嫌麻烦，不怕花时间，但是拼了很久，总是弄不出所以然来。壮儿比我强，上手挺快，比我领先拼出好几个步骤，但是也只能止步于第二层，再玩不下去了。至此，他在神木跟他舅妈学习的招数已经全要尽了。虽然他比我领会的快，但是他只会闷头自己干，叫他给我教，他就教不了，嘴里嘟囔的意思是嫌我笨，教也不顶事。真是人心不古呀。可见，笨孩子遇到的学习困难还真不是一般的少呀。比如郭靖，每练习会一个招式，那得有多难呀，可人家照样当大侠不误事嘛。

从北京回到榆林后，依旧日日拿起来转两下，总也找不到突破。壮儿还认真地跟同学学习了公式，回来给我写在纸上，他就依靠那么简单的几个字的公式可以自如旋转，可我不行，那个公式简洁到让人发疯，什么文字解释都没有，就是一个连一个，没完没了写满左和右加和减的公式，数学不好的孩子伤不起呀。看到这么强悍的公式，以我的理解力，我只好就地止步，反复只玩先前学会的那一点点。

也真够凑巧，终于弟弟一家来我家做客，可算让我找到老师了。于是，吃饭的时候，我就着急忙慌说，吃完饭，咱啥也不做，就教魔方。呵呵，我压根不管他们来榆林只待一天，更愿意去外面转转，生生拉着弟媳妇在黄昏时的屋子里，很认真地学上了。其间侄子又给我们表演了几次，他现在四阶魔方也已经玩得不在话下，目前迷恋的是花色魔方，眨眼工夫就可以变出一个花样了，对此，我只有看傻的份儿，根本不可能看一眼就会的。据弟弟说，侄子克克现在凭这一手玩魔方的本事，已经在学校和他们小区出尽风头，克克玩魔方的阵势，看得那些小孩简直要顶礼膜拜了。

我想这是肯定的，我这样的老家伙，这么笨，在克克同学表演绝技的感召下，都一头扑进魔方里学了个不罢休，那些小孩子，见了他眨眼之间变出来的一个个新花样，岂非只有缴械投降。

临渊羡鱼不如退而结网，还是回到我的学习中来吧。从晚饭后到夜里 12 点多，我一直跟着弟媳妇学，发扬我多年来坚持好记性不如烂笔头的优良传统，边学边做笔记，而且是她说的时候我做一遍速记，等到她说完，我再把刚才做的速记整理一遍，重新誊写出来，再一字一字跟弟媳妇对照一遍，确认无误后，再把记下来的文字对应到魔方上，自己操作演练一遍。直到确认所写的每个字，以及我对每个字的理解，对应到魔方上的操作都是正确的，才进行下一步骤。

我这种学习的架势，令侄子克克和我家壮儿颇为不屑，他们嘴上不说，估计心里一定嘀咕，这么个大老人家，这么笨，这种人是怎么活到老的呀。不过娃们没敢明说，他们只是看了一会儿我的实际操作就扭身回卧室看电视剧去了。是呀，看我一遍遍记录，再对照操作，还总出现理解歧义，一遍遍又要重新核对，一个步骤反复无数遍才能理解，每个人都会觉得特别累吧。弟媳妇说，她给克克教的时候，好像没咋教，说一下就会了。壮也是，轻描淡写就鼓捣会了，为什么到我这儿就这么费事。天赋呀，我只能说天赋这玩意在这方面太不照顾我了。

我也不管这么多了，完全不在意他们每一个人的表情，只是抓紧机会趁弟媳妇在我家，做好记录。我的想法是，只要记在本子上，化成文字的表述，理解了这些表述，那么无论实践操作多难多烦琐，我都可以自己一个人对照笔记搞定的，是呀，老师不可能总守着指点你的，我要抓紧，留下文字记录，一切就有迹可循了。

我学得昏天黑地，完全忽视了时间的推移，我也不管他们来我家怎么住，也不给他们找被褥，也不管谁在哪个屋住，也不给他们找一次性牙刷，其间我依稀听到弟弟问牙刷的事情，依旧置若罔闻，我压根儿忘却了尘世中的俗事，被小小魔方的魔力笼罩得透不过气来。

恰逢那天壮儿把自己关在书房给同学写毕业留念很久很久，我当时想的是，等他写完，一定找机会偷偷看看这家伙给人家写了些啥，我是多么迫切地想知道个究竟。好奇害死猫，而我常常觉得自己天性属猫，绝对可以被好奇害死。何况是我娃的小小隐秘，那更是有天大吸引力。可是魔方封杀了我的好奇心，等我逐字逐句把所有记录在本子上的步骤弄懂的时候，已经累得神魂颠倒，没有正常思维了，早把偷窥这茬子让人兴奋的事情忘到九霄云外了。第二天起床才想起这码子事，可人家孩子早把东西搁书包里背着上学去了，那个后悔呀。

早晨，我恶习不改，继续懒觉，弟弟一家从来没有睡懒觉习惯，人家早早起来拾掇上了。我抬了下眼皮子看见才 6 点，苍天，这是一家什么人呀，习惯太不好了，起这么早干吗呢。我也不搭理他们，一翻身，继续睡，根本没想过应该起来给弟弟一家准备点早餐，尽点主妇的义务。他们一年也难得来我家住一次，我这表现忒不厚道，距离贤惠二字差太远了。

等我睡到点起床的时候，他们已经出去溜达了，我在等他们回来期间，又开始了我艰辛无比的魔方拼凑工作。他们逛回来，一进门，见我这个阵势，弟弟惊呼着说："哎呀，这世界上的事呀，真是不怕笨，就怕认真了，这么认真学上还能学不会了。"他数了数我做的学习笔记，长达十页之多，数毕，大笑着说："怕死人了，写下这么多了。"

之后的几天，我每天牺牲掉午休时间，对着笔记本苦练技术，晚上，不看书，不看电视节目，就是一个人坐在沙发上，死盯着茶几上的笔记本，然后，不停旋转着手里的魔方。每次都是转得手腕子酸乏无比，眼睛昏花麻木了，才去休息。

哈哈，果真是魔高一尺道高一丈呀，这天中午，我一下开窍了，全部融会贯通，可以离开笔记本自由发挥，把三阶魔方的六面全部拼成了。我那个喜悦呀，激动得一个人在床上嗷嗷怪叫，也不怕影响隔壁邻居，真是的，太不淡定了。我管不了那么多，反正本人可以对付这超难对付的家伙了，开心死了。手忙脚乱调出手机上的秒表，进入计时阶段，许是太兴奋了，计时开始后，连续两次操作失误，无法按照学习来的固定套路继续拼下去，只好自己宣布计时失败，重新来过。

功夫不负有心人，调整了一下激动的心情后，继续计时，哈哈，这次有了，4 分 30 秒。呵呵，比起侄子的记录，这是多么垃圾的速度呀，可是比起我自己这么多天的笨拙探索一无所成，这是多么值得炫耀的记录呀。

通过学习转魔方，我理解了魔高一尺道高一丈这句话，这里的魔，就是你在生活中遇到的所有看起来难以完成的事。道，就是你的认真坚持，只要不放弃，假以时日，终究会是认真执拗不放弃的“道”，降服阻挡你前进的所有“魔”。

小小魔方，让我泄气，让我无奈，让我急躁，让我抓狂。可最终，通过努力，也是这个小小魔方，让我欣喜，让我开怀，让我愿意相信，所有笨拙都有法子拯救，只要你足够虔诚，足够努力。

我们青春正年少

腾讯公司在空间写日志的信纸上打出文案：童心未泯是一件值得骄傲的事。

不禁自问自答：未泯吗？是的。骄傲吗？没有。继续未泯吗？不要。那要怎样呢？盼望心灵持续成长！

心灵成长，是我一直奢求而不得的事情。

四十多岁的人，所渴求的竟然是心灵成长，尤其是我这样在生活中大鸣大放，总是发出咋咋呼呼的光和热的家伙，明目张胆说出“心灵成长”，未免矫情。

朋友眼中的我，貌似万金油或狗皮膏药般有用，只我自知，那颗年过四十岁还在成长的并不强健的心，是多么的粗鄙潦草。万处有用的油膏，终是没啥正经用处，一些不打紧的地方，随意涂抹三两下，随即抛诸脑后置之无用。

过去那么多的年岁中，我还常常为此沾沾自喜。随意涂抹一下，就会雀跃兴奋，觉得自己好有用好能干。于是不遗余力，冲锋陷阵，奔忙跳跃，以为只有如此，才是价值所在。甚至觉得自己高人一等，会在心里瞧不起不肯在琐屑之处狠劲出力证明自己的人。甚至自得地昭示：我就喜欢出风头。

就如幼年时捣蒜一样，我以为做人做事要一往无前向前冲，前行的路上大幅度、猛动作、出狠劲，才是厉害。

时光飞逝中，慢慢懂得，那些并不急屁火烧、风打连忙、匆促奔走却啥事不误的人，才是真正的厉害人。

开始羡慕优雅安静的孩子，羡慕天赋聪敏的孩子，羡慕轻易拥有才华的孩子。总之，我常常特别眼红那些不用力就可以出类拔萃的人。

久而久之，心里恍然形成一个概念，出类拔萃的人，似乎总是不需要咋用力，就可以得到所想。朋友评价某人："苦吟诗人。"听话听音，我由此反复琢磨，是不是百般熬煎方有所成的，总不是大器。

那么，什么是大器呢？举重若轻、泰然自若、不费吹灰之力而折戟沉沙、扛鼎开山？

再后来，看到这样的句子："大器任天真。"难道，大器其实就是天真？所谓的赤子之心，就是大器之心？

人人都说四十不惑。我一定是太笨了，年岁越大，困惑越多。

反反复复追问自我，清晰认识到，造成这一切障碍的，只有一个原因：在不断流逝的岁月中，我的心智，并未随年岁增长而日益增长。

想到这里，不禁一愣。谁来告诉我，这是真相吗？真相竟然是这样的？

如此一来，那些年少轻狂的岁月，那些鲁莽热情的举动，那些狂放不羁的言语，那些盲目肯定的自我激励，那些一字一句点滴成文直至成书，更甚至一而再不可收拾地成了两本，所有这些曾经自以为是的一切，都是错的吗？如果不错，它们的意义何在？为何当时以为踏踏实实一步步走过的岁月，在回头望过去的时候，竟然这么不靠谱。

细思极恐，冷汗涔涔。我不知道自己怎么了。我更不知道，该如何面对这心灵的困境。是不是书看多了，是不是字写多了，是不是因为文字而产生魔怔了？这些意识冒出脑海并日益强烈，是在2012年冬天，或许是受世界末日传说的影响？

百思不解，轻轻告诉自己，远离吧，远离那些心心念念的文字。老天生我，只是一个迟钝的孩子，不够资格去碰触文字的王冠。

2012 年末，我对文字的热情一下子被这个冬天的冷空气冻结。内心偶尔会欢喜这份热情的消散，更多的时候会为离文字越来越远而苦恼、纠结、自我质疑。

算了，算了，我要的只是平静安详的一天又一天，何必费那个劲和自己过意不去呢。

于是，一天又一天，叫嚣着将精力四散抛掉，生活过得百般忙碌，却焦灼不堪。

某天看到 2013 年星座运势说：2013 年，是双子座心灵成长年。简单的几个字，我又魔怔了。真的有这么灵光的星座运势吗？我内心左冲右突的各种问题，将我的心灵搅扰得自己找不到解决方法的这段时间，其实，我将迎来心灵成长吗？

看到"心灵成长"四个字，心中涌起无边的感恩之意。感谢老天这般厚爱眷顾我，让我衣食无忧，让我爱的爱着我，给我健康身体。如此弥足珍贵的情况下，竟然这么巧合，在我的心里被疑惑和问题填满时，在我心灵前进的路上遇到阻滞时，在我不得其解胡乱用力时，借星座运势告诉我：其实这一切，不过是心灵成长的诱因而已。

真的可以长舒一口气，可以不着急了，不必费思量了。需要做的，只是静静观照自我，寻找并记录心灵吉光片羽一闪而过的丝丝缕缕的念头。

"自我认识只有过程，没有结尾。"

"自我觉察是世上最困难的一件事。"

"认识自己并不需要摆脱关系，活在孤立的状态里。你不能借由遗世独立的修行来认识自己，也不能借由心理咨询、与僧人谈话或是阅读一些书籍来认识自己。"

“若想真的认识自己，就必须在行动中、互动关系里觉察自己。”

“若想发现自己的反应是什么，你的心必须保持警觉，敏于观察。”

这是克里希那穆提的《生命之书》上的话语，翻译者是胡因梦。在我的心灵充满问题急需成长之际，在星座运势预言我将取得心灵成长的可喜变化的一年，我读到了这本书。对这一切，我只好说，缘分天定。

“你必须如实地认识自己，而不是希望自己能变成别的模样，后者只是虚而不实的理想罢了。”

“自我认识就是在每个当下发现自己的动机、欲求、思想和偏好。”

克氏的话语拨云见日。原来，我的烦恼在于我的内心不仅总是不能认识自己的真相，而且一直喜欢臆想真实的自己，竟然会觉得与真实有别的其他模样才是最好的自己。这么多年，费很大力气去追求一种别的模样，以期世人的认可和欢喜。殊不知，最好的自己就是真实的自己，虚而不实的理想你如果一定想要，你的内心必将混乱困惑，你的心灵必将离真相越来越远。

“毫不扭曲地了解自己的真相，不论美或丑，善或不善，便是美德的开始。”

已经大半年一个字都没写出来过，在那段令我无比困惑的思维困顿时期，我原本以为，或许，我将不再去触碰文字。而此刻，忍都忍不住地写下了这么多絮叨的话语，果真要走在成长的路上了！这真是令人开心的事实。

原来，人们口耳相传的四十不惑，是说，活到四十岁，你才会突然对自身，有了求证的意愿，你不再被那些虚妄的理想蒙蔽，你只会对真实的自己感兴趣，那些人们所宣扬的价值标杆上高高挂起的东西，随着时间推移，影响力越来越微弱。

心灵的重压忽然消失了。我知道，所有的路，还是要踏踏实实一步一步坚持走，才会越走越宽。那些举重若轻的聪明人，并不是天生的，一定在我不知道的时间和地方，苦苦奋斗过，才可突围而出。

慢慢变好

厨艺实践，摄影小“秀”，花草种养，散步探美，购物败家，剧集寻觅，花样百出是我很长一段时期的微信朋友圈状态。

芝麻大的动静风风火火一通微信上传，把自己忙碌得跟陀螺一样，唯独断绝了与文字的联系。书都很少看了，更遑论去写。文字是我一生挚爱，永不言弃。以为会越写越顺手，越写越放不下，何以行年愈老，却无以为文？面对亲友追问，我豪爽一笑，告知他们，现在老了，不愿意总去乱写了。大家总是惋惜加鼓励，敦促我去坚持。其实我的回答里，有着一种骄傲的洒脱自在。

以前，每每遇到这样的时候，会焦急郁闷催促自己。现在，我不仅学会了温柔平静对待自己，还可以清晰明朗对待我的爱。对自己，对所爱，愿意顺应自然，随性为之，不强求，不迷茫，不怀疑，不急躁。愿意慢慢来，多么美好的转变和改善。

感知到自己的生命逐渐变得更加美好，是一件令人欣喜的事情。时间推移，肉身的毛发皮肤骨骼都在衰败，认识到这个事实是在十年前，我为此悲哀郁闷。现在来看，那时候我还稚弱，不具备发现自己、挖掘自己、完善自己的能力。现在我晓得，时间的推移中，专属一个人的精神花朵，会一小朵一小朵不断续地恣意绽放，真切地感受精神方面的成长，是最快乐的时刻。

让生命在本质上获得快乐的方法，唯有宽容。时间的流逝教会我们，宽容这种美德，首先要从自己开始。学会宽容自己，对别人的宽容自然而来。时间的流逝中，别人看我依旧头发蓬乱、言语急切、形容憔悴、步履匆匆，似乎一切都粗糙如初。只有自己知道，有些东西变得不一样了。四十多岁渐渐苍老的皮囊里，有些美好正在萌芽，而我更知道，这份美好不需嘈嘈切切念叨给旁人听，属于自身生命本质的秘密，该当由自己时刻珍藏。

“天地不仁，以万物为刍狗。”以前看到这样的文字，总是悲哀于生命如草芥般微弱无助。年近四十，再去反复读这样的句子，竟然找到生命的欣喜。天地不仁，而我可以对自己充满仁慈。天地弃我，我不自弃，天奈我何。我想，这才是圣人想告诉我们的道理。对自己的仁爱不能仰赖天地，因为天地不会平白送你想要的，天地视你如万物一样，不偏不倚。你想要什么，你需自己去争取。尤其是仁爱这种东西，每一个人只有自己能给予自己，期待假手他人或天降福报，那么等待你的命运可能就是被弃之践之，你的心必将终生流离无所，摇摆难安。所以，拥有天赐的仁慈，这是我们自己的权利，与天地无关，与旁人无涉。你的心想要仁爱，只能由你去努力，去创造，去感受，去获得。

“夫天地者，万物之逆旅；光阴者，百代之过客。而浮生若梦，为欢几何？”李太白的这一天问，惹得多少人郁郁寡欢，看破浮生，看穿尘世。我想，太白想告诉我们的是，当我们明白了万物如逆旅，人似过客，浮生若梦的道理，快乐就容易得到了。他的意思大概是，你管他几何不几何，抓在手里先乐呵。于是，为欢几何的天问之后，李白继续写道：“古人秉烛夜游，良有以也。况阳春召我以烟景，大块假我以文章。会桃花之芳园，序天伦之乐事。”诗人得到的巨大快乐，我们也可以得到。阳春年年向我们昭示醉柳清风之美景，我们也可以如太白一般，召集兄弟姐妹们抒发天伦之乐事，可红尘中有几个人，愿意让自己从中感悟到快乐呢？我们更多人更愿意像黛玉一样，对着满园春光哀伤连连。黛玉若懂得浮生若梦，或许她的哀怨可以小一些，再小一些。既然连生死都如醒和梦一样，还有什么放不开、舍不得、看不透的呢？还需要哀叹感慨，抱怨郁闷吗？

生命的过程中，有些人始终是欢乐的，而有些人却怎么也快乐不起来。看到怎么也不愿意让自己快乐的人，真是令人无比心焦，却无从帮助。亲爱的，快乐的事情，真的只能依赖自己。想想吧，尘世中所有的得失，放到宇宙的角度去看，其实人人都在浪掷浮生。既然整个人生索性不过是一场大梦，何必蝇营狗苟锱铢必较耿耿于怀？何必念念不忘执着不醒闷闷不乐？

我愿意时时提醒自己从容安静，遵守天道；聆听内心，珍惜所有；不疾不徐，慢慢变好。

一个小小保送生

孩子进入初中，开始有了正儿八经的年级排名，如此一来，学习成绩一目了然。这样的排名对所有孩子来说是好是坏，我难以下结论。对于我家壮儿，似乎是个好事，因为他超级好面子，不希望被公布出太差的成绩，于是每次考试都会严阵以待。

我记得壮儿初一第一学期期中考试的成绩，排名是全校第 293 名。面对这样的排名，我也不晓得到底意味着好还是不好。心里暗自琢磨，榆林的孩子都学习这么好呀，我一直以为转学到西安上过两年小学的壮儿，到小学毕业时学习已经彻底“抓起来了”，这次考试我才知道，其实我娃依旧很一般，有那么多孩子成绩好过他。

开家长会的时候，老师说只要一直保持前 300 名，中考读榆林中学是没问题的。我才知道，前 300 名，已经是老师眼里很不错的学生。壮儿的想法不一样，我一直说自己是乐观主义者，事实证明他更是。我为有那么多孩子的成绩超过他而感到紧张。壮儿想的是，自己竟然比那么多同学成绩好，一个年级差不多 1300 名学生呢。初中阶段的第一次考试排名，给我和他的感受可谓完全不同。我感觉有点儿受挫，以为从陕西师范大学附小毕业的他，回到榆林成绩一定会很好。他却感觉到巨大的激励，他说，一直觉得自己学习不好，所以就没好好对待学习，这一下考得那么靠前，看来以后还可以更前面一点。

有了这个想法，他后来的成绩一直处于上升状态。初二期末，撇下他一人在家应付学习、生活，我去安徽旅行，帮忙开家长会的同事电话里告诉我，我家的壮儿是全年级第56名。那一刻，我简直不敢相信这是真的。

终于有这么一天，我这个妈妈也可以因为孩子的成绩扬眉吐气了。壮儿生性胆小谨慎，幼时特别怯懦害羞，性格内向。他这样的性格，让我在小学低年级时完全没有重视成绩，我想着让孩子快乐成长强过成绩单上的分数。故此，壮儿小时候遇到学习困难，我压根儿不在意，总觉得那么小的孩子，能愿意待在陌生而庞大的学校里，跟一群性格迥异的孩子通过自己的努力去认识、交往，完成基本读书任务就很了不起，学习成绩真的是顶次要的事情。

有了这想法，我对壮儿的学习放得特别开，稀里糊涂，疏忽管理，没有尽到一个母亲应有的责任，等到孩子五年级的时候才忽然发现，学习已经成了他的大困扰，他因此整个人毫无自信。有次我路遇小学老师，问及成绩，壮儿面有愧色，低声迅速说自己学习很差。

那一瞬间，他羞愧而苦涩的表情击溃了我。

于是，急匆匆做决定，向单位请假，去西安联系学校，租房陪读。中间迂回曲折颇多情节逆转，各种考验煎熬，都不能阻挡我坚决的心。2007年的夏天，我终于开始有板有眼地对待孩子学习这个事情。壮儿在这一年的秋季，由神木转到西安上学，我也由此开始和孩子一起面对在异乡为异客的生活。

后来，每每思及，我总在心里默默感谢老天，让我及时发现自己的失职，当机立断，认真弥补。

初中毕业被保送到百年名校榆林中学读高中，这对我们全家来说，是一开始压根儿不敢想的事情，那是尖子里挑尖子的啊。初二下半年期末成绩出来，踏实的种子在心里滋生出嫩芽。

初三开学伊始，壮儿的梦想很明确，保送上榆中。这个理想，他只是在心里想着，并不敢说出来，怕做不到被人嘲笑。保送生一律都上榆中的火箭班，嚯，这名字，给家长和孩子多大的压力和动力呀。我和他爸虽然不断鼓励他，但是私下里合计，照孩子的情况，上第二阶层的奥赛班应该是有把握的，火箭班的话，怕是不可能。尽管如此，我们还是不断为他加油。最关键的是，他自己那么愿意为此努力，夜夜学习到很晚，也不发火，不埋怨，总是很有劲儿地乐观对待堆积如山的卷子、练习册、作业本。

看着在深夜的灯光反衬下壮儿愈加瘦弱的身影，趴在桌子上全神贯注地写啊写，我就有落泪的冲动。真是辛苦了！

天道酬勤。到了真正保送考试的那天，我已经吃了定心丸了，觉得这样学，铁定能考上。我也是这样对娃爸和娃说的，父子俩都特别不敢确定。尤其是娃爸，自己把自己紧张的，在孩子考试那一天简直坐卧不安，坚持送到学校，还在学校门外毫无意义死守着，似乎这样才能平息一下自己紧张的心。中途孩子们休息去厕所的时候，他看到壮儿的身影在院子里闪出，平时挺有教养的人，居然不顾保安阻拦，直接冲过围栏，进入学校试图找到儿子，给儿子以鼓励，最终失望而归，因为孩子们马上就又回教室了，保安也把娃爸给轰出来了。

娃考试这天，我依旧死不悔改睡懒觉，坚信我娃可以考上。睡足了起来，听他讲述在学校经历的遭遇，简直想嗤之以鼻，大笑三声，终究没笑出来，可怜天下父母心呀。

我拍拍他的肩膀说，你淡定，肯定能考上，考不上你问我来。人家反而嘲弄我盲目乐观。

结果很快出来了，当然是如愿以偿。成绩公布那天，壮儿竟然因为嫌弃成绩排名偏后，郁闷地张口说："这么差的成绩，还不如考不上。"我的那个老天，这叫什么思维，男人家这么纠结是准备闹哪样，我直接冲他骂了一句狠话，这才老实了。

第二天，他就很开心地享受胜利果实了，简直晃荡得令小区其他孩子羡慕嫉妒恨。看他逍遥的样子，我心想，这会儿知道还不如考不上的想法多么可笑了吧。考上，多么美好的事情呀，要是考不上，你娃这会儿还夜夜奋战着呢。从四月末开始，别的同学夜夜苦学，他早已捏着红彤彤的录取通知书，过着潇洒自在学街舞、学吉他的惬意生活了，比其他同是初三的孩子多享受整整两个月假期。

壮儿他们几个通过保送考试的孩子，每天傍晚在小区里自由自在玩耍，影响得我们小区其他初中孩子，强烈向往以后也要参加保送考试。

这一次保送考试的顺利通过，是壮儿人生的第一个如愿以偿。我家也有一个小小保送生，想起这事儿就觉得倍儿开心。付出总有回报，此话千真万确。

高山安可仰

2013 年 7 月 2 日，中国作家协会发表公报：经中国作家协会书记处会议审议批准，2013 年发展中国作家协会会员 473 人。现予公布。

长长的名单里，见到了我的名字。同期入会的有新疆的李娟、天津的王小柔，她俩都是让我捧读文字，顿生欢喜心的作家。

这是第三个年头坚持申请加入中国作协，心里告诉自己，这一次若再不成就死心。没想到，在我心底以为自己无法跨越这一门槛的时候，忽然传来了好消息。愿望真的实现时，那些耳熟能详的作家名字，对照出自己的渺小。

高山安可仰，徒此揖清芬。笨拙地在文字的路上一直走，除了无法言明的与生俱来的热爱以外，更有神秘力量的隐秘暗示。

风景秀丽的西湖北山，栖霞岭北麓的修竹茂林之中，有一个地方叫作黄龙洞。1999 年冬天，我无意中来到了这里，纯粹是游玩的性质。据说这里曾是晚清“西湖三大道观”之一。古树森然、修竹葱翠的幽雅景致中，有一处叫作“投缘池”的所在，标明了可求财缘、情缘、姻缘、文缘、仕缘、子缘这六种缘分。

从未求签占卜过命运，总是抱持不可相信的态度。大家都说挺灵的，选一个缘问问吧。不知出于何种原因，在六种缘分中，懵懵懂懂地选择了文缘，而且抽得一个上上签。签文共十六个字：学道穷经，不负双亲。朝夕辛勤，必有大成。

此后，每逢文字上有所完成，有所进步，哪怕特别微小琐细的提升，都觉得是来自天意的指引和鼓励。这份签文让我无比清晰地确知，像我这样资质愚钝、资历粗浅的人，朝夕辛勤是唯一出路。

在很早的时候就看清上天为我指明的奋斗方向，这是我的幸运所在。不幸的是，我并未朝着这个方向做出夜以继日的坚持和努力。过去的岁月里，朝夕辛勤于我而言是神明放在举头三尺间的良好愿望和美好蓝图，虽然清晰可见，付诸行动时，却被拖沓延宕、荒废空度替代。

“当你的能力支撑不起你的梦想时，你就该静下心来，回到学习。”抄在笔记本上送给儿子的一句话，对我更是恰当的需要。2013 年最后一天，轻轻告诉自己，持续学习要成为此后岁月的恒久追求。

“谁教会你那些文字，你把它们发放 / 到这世界上来，使我们激动？/ 就连我们的子孙也将读它们 / 怀着相同的感觉和温暖。/ 你在哪里找到这些文字，它们虽然 / 在我耳中好像第一次听到那样回荡 / 却似乎并非完全陌生——/ 我们的心灵一定是在另一生中认识它们。”

希腊诗人卡瓦菲斯的诗歌引我共鸣，对文字的热爱，确实是心灵来自另一生的认识，而这份热爱将会绵延至我们的子孙，这是多么温暖的激励。

十几岁的时候，常常在心里默默对自己说两句话，第一句是：过去属于死神，未来属于自己。第二句是：我之心灵未必伟大，但我时常提醒自己，莫让平庸占据自己的脑瓜。

感谢上帝，让我安然走过所有的凄风苦雨。而今，已过不惑，我知道，过去和未来都属于自己。我更知道，如果不进行搏斗驱赶，平庸时刻占据着脑瓜。“最成功的教育，是使受教育者终身自我教育。”日日重复的时间中，但愿自己能常常想起这句话。

“岁岁年年常扈跸，长长久久乐升平。”这是上官婉儿对平静祥和生活的向往，源自于她一直处在波诡云谲的宫廷之中。陋室降生、粗糙长成、平凡微小的我，更愿平安如常。

克制是美德，而我的内心严重缺乏这样的美。希望自己可以回到初心，驱赶平庸，克己修行。

未来的日子，祈愿与世界温柔相待，与自己欢乐相处，与时间甜蜜相守。与人相交要迟于言说，敏于听教。克服懒散拖沓，坚持谦虚自律。注重健康，管住嘴，迈开腿。

有要求就会有希望，有希望就不怕每一个未知的明天。感谢时光，我已亭亭，不忧不惧。

生活在此处

岁月的河缓缓流淌，看似平淡无奇，然而有些不一样的变化，却如河流中的涟漪一样悄悄涌起。

对我们来说是反复权衡之后的自然选择，却令许多人费解。2013 年 3 月，在北京工作三年多的爱人，回到榆林，开始了一家人天天在一个屋檐下的寻常生活。现在的我们，午餐可以每天都围在一个餐桌上吃。

很多人对这样的选择表示质疑，毕竟，帝都的繁华是多少人的梦寐以求。孩子他爸无比坚定，毫不动摇，选择了归来与家人厮守。知道自己想要什么，想摆脱什么，并为此坚持，直到达成所愿，这是成熟的标志。

在生活的锤炼下，面对新的道路，很庆幸我们做出了趋于平淡的选择，只因为珍惜在一起的每一段时光。

好友小卡听闻我们选择在此处开始新步伐时，认真地对我说：你是被上天眷顾的人。

是啊，终于可以不用各自守着一个家，茫然度过每一天。终于结束了让我耿耿于怀的同心而离居、忧伤以终老的尴尬。

我在心底亦是暗自反复庆幸，毕竟，这世界上有那么多的男人放出去之后，就像断了线的风筝，再也不会被拽在手中的那根线所牵引。看惯世间分分合合的剧目，上天恩宠，给我一个回到身边陪伴过日子的男人，“妇”复何求。

电影《生死朗读》有这样一段台词：“没梦想，没故事，什么都没有，当我讲这一切时，我发现一个道理，莫过于永远珍惜对方。”

而我写到这里也发现了一个道理，珍惜对方莫过于天天和他在一起。年深日久的婚姻，无论品质如何，在一起时难免磨损和擦碰，可这点磨损擦碰，比起每次醒来你都不在的悲哀，又算什么。

平淡、安静、踏实，执子之手与子偕老，抵得过所有的繁华。简单、寻常、从容，现世安稳岁月静好，抵得过岁月所有的消磨。

放浪于外，回归内心；在小地方，过小日子。这是《新周刊》2013中国年度新锐榜的年度生活家所推崇的生活方式，竟与我们的选择巧妙地契合。

真是英雄一丈夫

作为一名庸俗而琐碎的妇女，虽曾遍读天下武侠小说，却终究不能仗剑天涯。家，就是我最大的江湖。有道是江湖处处无穷景，半世红尘老岁华。这篇文字，记录发生在我的家里面凌乱而有趣的江湖趣事。

音乐暴击

某年，某月，某日，容忍了好几年我动不动在家里扯开破锣嗓子高喊两声、制造噪声的怪腔怪调唱歌行为，某先生终于忍无可忍，全面出击。

某先生武功境界高，不像郭靖那样使蛮力，呼呼两招亢龙有悔结束战斗。他是太极高手，不屑重拳出击轰然有声，他擅长无招胜有招，四两拨千斤。

我正唱得兴头上，那叫一个引吭高歌，因为身在城市，歌声倒是没有振林樾，跑调却跑得达到无法无天的境界了。某先生一脸微笑，轻踱方步，悄悄走到亮嗓子的我跟前，好心好意神秘兮兮地说："我现在知道你咋样唱歌，才能让人听不出来跑调了。"

竟然有如此好事，我顿时收腔抱拳，尾音还绕梁着呢，一脸尊崇急忙问：“那，难，那，要咋唱才使得？”

本来伶牙俐齿的女人，因为急切，竟然口吃了，这答案，我是真心想知道。

“以后唱歌的时候，把门窗关好，钻到被子里面，把自己的脑袋包严实了再唱。”他说完转身就走，留我一人在原地，一脸凌乱，呆立良久。

又过了几年，壮儿和我去北京小住，这期间壮儿学了几天吉他。每天父子俩得空就切磋琴艺，满屋子叮叮咚咚，抑扬顿挫。琴声遍屋的高雅，历来和我关系不大，我只是很本分，做一个女人在家应该做的事，每天周而复始打扫屋子、做饭、洗衣服。毫无怨言地把有音乐才能的一大一小两个雅人顺手弄得乱糟糟的物品，一样一样悄悄整理好。

他们摆弄音乐的时候，我已经如此低调内敛当隐身人了，某先生依旧不放过我。我和壮儿结束假期，返回陕北的前一天，收拾行装时我手忙脚乱，一点都不温婉地把吉他往袋子里装。某先生站得笔直，双手叉腰，意兴盎然对壮儿发话：“这下好了，回到榆林，你可以想怎么乱弹就怎么乱弹了，反正你妈妈听不懂。”

瞧，人家完全不用与我正面交锋，轻轻松松指东打西，就可以捏着我的软肋得意扬扬。

优雅败露

我新启用的一把牙刷，很不幸和某先生的牙刷弄成了一模一样的颜色。先生很生气，后果很严重，气势汹汹质问：“为什么用一样颜色的牙刷，怎么区分呢？”

我正在卧室跪在地板上，一丝不苟擦洗木地板，慢条斯理回答：“好认，好认，我那个上有字呢，好像是拼音。”

他在卫生间慢慢地读："yǎ xuē。"

我说："看，看，看，有字了吧，这个就是我的牙刷，意思说得很清楚，是给优雅的小薛用的，不是给你用的呀。"

我这样粗莽的家伙，竟然擅自贴上优雅的标签，某先生出离愤怒了，不过人家境界高，不会像我一样，遇到观点不合，就立即暴跳如雷、上天入地、倚天屠龙。他斯斯文文地说："你这个人呀，基本没啥缺点，除了不优雅。我吗，基本没优点，除了有点优雅。"

又一次好端端遭到暗劲袭击，这次不光点我软肋，还点了我哑穴。也怪我自己，哪壶不开提哪壶，偏偏拿优雅跟自己套近乎。

失眠

有那么一段时间，严重的失眠困扰我。我自己也没想到，当年号称睡神的家伙，有一天会被睡眠这事儿难住。每天，每天，无法安睡，情绪暴躁，点火就着。

任由我上蹿下跳折腾了数天的某先生，终于按捺不住，瞬间爆发，情急之下也不打太极了，破空掌嘶嘶有声，劈面而来。

"我就想不通了，失眠都是文化人得的病，因为要思考重大问题。你说你，一个没多少文化的人，还尽做些有文化的事情。"

我一听，很憋气，张开口，又无言以对。而且被这么冷酷刁钻一抢白，我的失眠症居然好些了。是呀，一个粗人，还好意思说自己有失眠这么高贵的文化病，明摆着自己找抽嘛。

女文人

自从我的散文集《万千灯火》出版后，这可好，某先生可找着揶揄我的话茬子了。

我们发生战争，他被我撒泼耍赖逼到无路可走无话可讲，逼急了就来一招撒手锏，直接将我的嚣张气焰打压。

每逢对峙到了白热化阶段，不管我们的争执所为何来，他总结陈词的腔调总是如出一辙：“文人是难打交道了，特别是半吊子女文人。”

我瞠目结舌的当口，某先生果断结束战斗，华丽丽转身，昂首而去。

演讲

到目前为止，我参加过两次正式的演讲比赛，两次都获得我们公司第二名的好成绩，两次都差点被某先生嘲笑死。

我第一次参加演讲比赛时，他从一开始就万般阻挠，不愿意我登台出丑。每天都反复强调一句话：不要拿自己的短处，跟别人的长处比。

他认定演讲这茬子事，是我的短处，我却偏偏不藏拙，要在大庭广众之下自曝其短，在他看来简直匪夷所思。

多年来我与他斗争，早已形成坚定明晰的战斗理念：他说可行的事，我就不做；他说不行的事，我偏去做。

所以，他越嘲笑，我越全力以赴。偏偏还让我取得演讲比赛第二名的成绩，这事儿我着实得意了很久。我总以为，经此一役，某先生肯定再不敢在这事儿上找我碴了。

谁承想，时隔一年，我又被部门指定参加演讲。某先生依旧有话说。这次，人家不说什么长处短处了。他反复对着我唠叨：厂里那么多新来的年轻大学生，应该让人家这些小姑娘去呀，每次都是这么老的你，一成不变戳在那里演讲，你就不怕别人审美疲劳呀。

我虽然对他的话语一概当作耳旁风置之不理，可毕竟这种唐僧式的碎碎念唠叨太过消磨人，每天耳濡目染，渗透力确实强大。后来，我就真的再不敢接演讲这个茬，想想别人会审美疲劳，不寒而栗。

天气

“今天，终于晴了，不过这地方的晴天，就像只有十分之一那么晴。”某先生在电话里这样描绘成都的天气。

哦，这是哪门哪派的？有这样子讲话的吗？

工科男的抒情，看似精准，实则胡扯。要用什么仪器测量又用什么数据比对，才可以得出十分之一的结论？有些人呀，他就愣是不明白，对于抒情这种不靠谱的事情，表达得太靠谱了，肯定行不通。

转念一想，天这么大的事情，居然也能随手拿出一个数据来印证，这份豪气本身就很诗人。自愧弗如！

综上所述，可以看出来，我的战绩糟糕得一塌糊涂，几乎屡战屡败。我总结自己失败的原因是：动不动一蹦三尺高，明火执仗，你来我往，导致每次失败收场。某先生深懂谋略，潇潇洒洒，顾左右言他，出其不意，一举攻心，灭我威风。真正是谈笑间，樯橹灰飞烟灭。

可这丝毫不影响我的战斗热情，强势出击，见缝插针，一接到战斗信号，就随时出招，根本没有一点温良恭俭让的意思，这让某先生很头疼。

他常常想不通，怎么就遇到这么一款冥顽不灵的，每当我张牙舞爪、上蹿下跳，他会无奈地、深深地感慨：要是当初娶了谁谁谁，肯定乖乖的，悄悄的，哪里像你。

嘿嘿，原来他也有挫败感呀。哈，嘿，哈，快使用双节棍！

如此看来，我的战斗激情一定要维持终身才好。这样，他即使打小仗取得胜利了，终究无法彻底爽快。因为，我竟然终其一生，拒绝学乖。

我告诉自己，无论打得过打不过，这仗我总要轰轰烈烈地跟他打下去。就像某位作家老师，屡次缠着棋高很多着的丈夫下棋，遭到嘲笑，头一拧气象万千地说：棋艺不高，也要下到你头疼。

一日为师终身为友

人生的奇妙之处在于，你永远不晓得，下一刻，会有什么样的人和事，闯进你的生命里。

多年以后的一个丁香花开的春天午后，当我试图整理初见水飞的瞬间，我能想到的词语就是：闯进。

这个女孩真的是闯进来的。当时我在办公室忙着，公司还处在尚未发电的基建期，我所在的部门叫作生产准备部，我的办公桌在部门的最犄角旮旯处。她忽然闯进来，问一些事情，戴着一顶奇怪形状的毛线帽子。完全忘记了我们到底有过咋样的对话，只清晰地记得，我俩的交流不止用嘴说，还用手势比画了半天。回想遥远的一刻，空气里弥漫着一种无法捕捉的混沌光影。

后来，这个叫作水飞的女孩被分在化验班，成为我的班员兼徒弟。说实话，喊她徒弟的时候，我内心很忐忑，仔细想想自己实在是没教给她什么东西。要教的那些实验步骤啊、操作方法之类的，她统统都会。那时候，厂里的年轻大学生，都在传说着我这个徒弟，脑瓜特别利索。大连理工大学毕业，化学和英语专业双学士学位，这样一个才华横溢的徒弟，很给师傅省事，也因自己没有什么可以教她，多少令人有些泄气。

世上的师傅也不是白给的，毕竟有些什么，她还得跟我好好学。比如，她完全找不到现场的取样点。比如，她跟着我在汽轮机、锅炉房转一圈，从零米层再到几十米高的各个取样点再转一圈，一直转一直转，几圈下来，我啥事没有，她早已晕头转向、苦不堪言。锅炉洗炉期间，取样化验各种操作特别频繁。有一天，这孩子很认真地对我说："薛工，真的撑不住了，走得太多了，脚上起很多泡了。"我强忍住自己嘚瑟的想要笑出来的小心眼，一本正经说："年轻人呀，不是走得多了，只能说明你走得太少了。"

看出来了吧，我这个所谓的师傅，其实只是比她体力好点，熟悉系统些。其他的，仪器操作、数据计算、结果分析，全部不如她。我一直对学习优秀的人有着崇敬之情。所以，我嘴上不说，内心里对这个动辄就能外起脚泡的年轻人，暗暗佩服。

而她对我这个年纪大把，经常蹬着一辆载满沉重仪器的三轮车穿过整个厂区，不觉疲累，依旧唱着跑调的歌曲、讲各种版本笑话给她听的女人，心里面也是一样的佩服。

这样一来二去的互相服气，气场就很和谐了，友谊的小船妥妥地稳健向前。现在的我们，早已不在一起工作，却越来越契合，常常不嫌牙酸地相互热烈表达感情。

"我有时候会想象天使是什么样子的，如今历经人世，才明白在你最无助的时候出现的那个人，就是上天派来的天使。晓燕姐，前同事，现姐妹，一生的师傅。浑身正气，一颗柔软心，被我们称为行走的正能量。"

这是她发在朋友圈里的句子。

"唉，总是遇到这样子专注地对我好的人。我表面上各种炸天的炫耀，内心里却常会自问：何德何能？感谢命运给我一个好徒弟，好姐妹，好朋友。"我在朋友圈里这样说。

人世间的很多事，就是这么任性地、巧合地发生着。在这丁香绽放的春天，亲爱的，请接受我对你的虔诚祝福和期望：平安健康、自由自在。

伴我一生的正能量

我常常对阿三说：文学的路上，你是我导师，是我的指路明灯。这么火热的话儿，她似乎不敢接受，每次都推三阻四不愿应承。真是的，即使谦虚是美德，也不能抹杀明摆的事实呀。

遇到阿三，是我文学之路的转折点。之前，只是一个人没有目标、没有缘由地热爱阅读。动手写文字这件事情，对我来说模糊而遥远。强烈喜欢写在纸上的文字，却从没有试验过自己拿起笔写下来。

好友阿三，带我走上了在文字的路上写下去的旅程。

如今一晃八年过去了。和她相识，竟然真的有八年这么久。八年后的今天，我的手上多了两本书。虽嫌稚嫩浅薄，毕竟算是收获。从小到大，看进去那么多的书之后，我竟然真的写出了自己的书，这事儿千真万确，又似梦似幻。一切的缘起，因为生命中多了一个阿三。

第一次看到“正能量”这个词语，亦是因为阿三。她发来最近阅读的书目，其中有一本《突然就走到了西藏》是艺人陈坤的作品。我马上在当当搜索到这本书。陈坤说：“我突然认清了自己来世间的使命。我来这个世界上，是要做一个推动者，也是一个同行者。”简介里的评论文字说，这本书里，陈坤要与读者分享正能量。

我相信，人与词语之间，也是可以瞬间产生联系和情愫的。正能量这个词，电光石火间就进入了我的语言系统。事实上，正能量表述的意思是我们很熟悉的东西，我们几乎被含有这个意思的书籍和人物包围。名著是因为传递正能量而成为经典；伟人是因为向世人发出了巨大正能量而被世代仰视。

站在我书架上的《与神对话》《活法》这些立志于教会人们如何更好生活的书籍，其核心宗旨，均是向读者传递正能量。我们熟悉的意思，被高度概括成正能量这三个简单的字，这让我受到了一些震撼。

感谢我的震撼，这说明我算是一个对语词有着敏感心的人，所以，才会在一刹那间，对一个词语产生一种欣喜的情绪。好的东西，人们总是愿意据为己有，好的词语也一样，我希望拥有它，拥有正能量这个词涵盖的意义。

两周前读《女心理师》，毕淑敏写道：你和别人的交往，也是能量的交换。有一些人，会面之后会让我们衰弱，对这样的人，你要远离。但书是好的，是正面的能量。你看它们，就像吃进一些补药，不一定爽口，但绝对有益。

这段话让我的身心放松了好一会儿。一种澄明安和的心绪，蔓延在四肢百骸。

我在这种安静的情绪里，洞见了文字的价值，明确了自己一直书写的动力所在。我对阿三说：我的文字，远远不够美好深刻，但是浅显、直白、普通的字眼里，传达的是正能量，这是我自信的基础，也是敢于一而再拿出来示人的底气。明知不够好，还是斗胆拿出来，是因为内心知晓，这里面有正能量，至少不会让人受不好的影响。

我说完这些，阿三没说话，我自顾自继续说：我对万事万物的基调是虔诚，感恩，尊敬。真的，一片树叶子，努力长出来，让咱看到时眼前一亮，这就是咱的福气。我常常觉得自己很有福气，可以享受那么多好东西。我也觉得世上永远是美的事多于丑的事，好的事多于坏的事。

屏幕上，忽然飘来她斩钉截铁的回复：对，正能量。

原来这个词语也进入了她的语言系统。这真是我们的福气，同时期感受到美好引导。

欢天喜地回答她：我喜欢正能量这个词。

话匣子打开，就难合上，我又对阿三唠叨说：世事不管多坏，人类其实一直是往前走的。我是个盲目乐观者。但我觉得乐观就应该是生活的态度。

说完这句话，我觉得轻快了许多，哦，原来本质是这样的。之前的我，内心其实一直很疑惑，为什么明知自己文字远远不够美好，却总是和盘托出。对此我给出的答案是，自信心爆棚到胆大不识羞的家伙，才敢这样。

正能量这三个字，让我有一点点认清自己。是呀，文字的好坏，思想的深浅，都可以慢慢修炼的。但是能量传递是正还是负这个事情，却是评判你为人和为文价值的终极考核体系。

如果你发散的是正能量，即使文字平淡，思想寻常，亦有它简单、真实的美好一面。那些穿插在字里行间自由跳跃的正能量，会润物无声地给人向上、向前、向光明看的影响。

反之，如果你发散的是负能量，即使你文字优美，思想深刻，亦是需要警惕的，这些文字肯定会潜移默化地给人向下、向后、向黑暗看的影响。

都是影响，好的还是坏的，差之千里。好影响的结果是成就，坏影响的结果是摧毁。

我郑重其事对阿三说：我觉得一个人有责任向周围发散正能量，一个人也应该努力用自己的智慧去汲取更多的正能量。

屏幕上，阿三立即对我竖起大拇指。她总是这样，我只要露出一点点的好来，都会毫不犹豫大张旗鼓地赞美鼓励我。

原本就很自得自恋的那颗潦草浅薄的心，常常因为拥有她的赞美而愈加变得轻飘飘。嘚瑟是我生命最原始的本能，一不留神就现原形。任何话题，都可以万变不离其宗，描绘出自得自恋的脸谱，然后才定格落幕。

阿三嘲笑我常常自得自恋，还不待见别人自得自恋。

我狡辩：刘亚丽老师在诗歌朗诵会上说过，同样是吹牛，有些人就吹得可爱，有些人就吹得讨厌。

唉，我们沾沾自喜的，其实别人都有；我们深恶痛绝的，其实自己尤甚。

对于任何一个人来说，要想活得好，活得轻松、快乐、自由，宽容是必需的品格。你宽容，最大的受益人永远是你自己；你狭隘，最大的受害人也永远是你自己。

以后，我要时常提醒自己：别人身上的优点，你或许没有；别人身上的缺点，你身上一定有残余，只是你自己不愿意承认罢了。当我这样想的时候，我告诉阿三：和你聊天能激发我的思想，境界立马不一样了。这就是指路明灯的作用，很强悍的作用。

阿三回复：你真会抬举我。

真的不是什么抬举，我们之间，有时候共鸣其实并不多，想法和选择总不一样。

比如，我们聊起严歌苓的《小姨多鹤》，我悲哀地说，我喜欢小环，可毛毛喜欢多鹤。

阿三平静地说：小环亲。多鹤美。多鹤其实更苦。毛毛是真心热爱艺术，她还喜欢画画儿。

这么跳跃性巨大的话，是阿三断续说出来的，在我这里却是正本清源、拨云见日。我一下子看清楚我和毛毛以及我和阿三之间，骨子里的原始气质，或者更专业一点的说法是内在动力的不同。我注重生活，她们注重艺术，所以我觉得小环亲，而她们觉得多鹤美。迷雾般的真相就这样锐不可当水落石出，喜好不同是内在不同导致。

阿三是导师毋庸置疑，而我这个学生，显然也足够聪慧，否则，怎么可以领略到这么断续说出的几句话里的真意呢。

不同的选择，不同的思想，导致我们之间经常会有碰撞，正是借由这些碰撞，我可以清晰而深刻地看清自己。阿三这盏明灯，并不指给我向外行走的终南捷径，却总是不知不觉指引我向内察看，并顿然自省。此刻，我想为双赢鼓掌，为正能量顺畅传递和接收喝彩。

我的班主任白老师游学澳大利亚，发电邮同我简单讲述那边的情况。我回信时，不由自主就扯到阿三说的话，说完，我问白老师："阿三在我书里频频出现，你应该不陌生吧？"

白老师回信说："阿三大名在你的书中可是高频词，焉有不知之理。"

感谢阿三，八年来不断带给我正能量。我也相信，我一定也有属于自己的正能量给她。不然长期只是接受或输送的一方，肯定很乏味。有进有出的平衡，才是最好的状态。平衡的基础是互动，只有双方都用心投入，游戏才会一直好玩儿。

我和阿三之间的游戏就是这样，我们互为舞者，使对方眼睛一亮，我喜欢和你在一起的我自己，这是我想对阿三说的话。也希望，以后的日子，会有人，愿意诚恳地对我这样说。

选择

“选择并不是在好和坏之间，那样的话太容易了，是在两个坏之间选择一个不太坏的，或者是在两个好之间选择一个更好一点的。”这是印度电影《为爱毁灭》里的台词。

“又到一年清扫时，希望这次，可以改掉舍不得扔东西的毛病，将家整理得清净些。”我在朋友圈写出这句话时，有人回复：“恋恋不舍的旧东西是试图触摸到的回忆。”

就是这个原因，以至于面对很多东西，每到年末都要犹豫半天，做一个选择。年复一年，每年都选择继续将它们放在原处，一件一件，再次留下来。这么多年，怀着一份敝帚自珍的心情，那些和自己哪怕只有一丝一毫微末关联的微小物件，岁月的流逝中，随我四处迁移，几度搬家，被我一以贯之以各种舍不得的心态保存下来。这些不值钱却占据大量房屋空间的东西，四处堆积，近乎泛滥。

又到岁末，我该如何选择。

清晨醒来在床上辗转思考，留存这些东西的意义何在。其实再怎么值钱的珠宝文物，也不过是些身外之物而已，更何况，我不忍丢掉的其实都是转手他人就一钱不值的东西。它们的意义，无法以一个现实价值来衡量，时光流逝，我所保留和看重的，是岁月无情冲刷中，自己能拽得住的、微不足道的、曾活着的证据。一遍遍问自己，这些证据有用吗？仔细想一想，真是毫无用处。这些东西的主人，最珍贵的我自己本身，在岁月的冲刷中，一天一天失去很多很多，近四十年的生命路程急速前行中，不知不觉间除了躯体衰老难看之外，心灵更是伤痕累累，越来越多的丑陋、苍白、麻木、无耻的东西占据堆积，渗透身心。这样一场注定是惨痛的消磨，并且必将全部消亡的生命过程中，随手扯下的时光证明，简直微乎其微不堪一击，怎么可以抵挡得住岁月之河匆匆流过的激烈冲刷和侵蚀呢。

痛下决心，2013 年，坚壁清野，凡是藏起来无用也不会再用的东西，一概清理掉。接下来的生命之路，越来越苍老难堪，失去健康，失去活力，艰难的后半场，我将选择甩掉过去所有得到或未得到的一切，甩掉过去自己紧紧抓住的那些证明，轻装上阵，坚定地奔赴我的未来，我的衰老和死亡。

尽管已经决定，要亲手丢弃那些伴随自己几十年时光的东西，依然会犹豫不舍、割肉般疼痛。轻轻告诉自己，你已不再年轻，带着那么多证据上路，费心费力，多有不便，选择卸下一些无关紧要的东西，一定是明智之举。三十而立，四十不惑，该是丢弃迷茫无助青春印迹的恰当时机了。

2013 年，虚岁四十的我，会不断提醒自己，不要再质疑、埋怨个人得失，风流云散，所有得到或失去，不过都是瞬息之间的变化而已。

上中学的时候，每天上学、放学的路上，会看到一户人家考究的大门，石头制作的门楣上刻着清瘦挺拔的四个字：虚怀若谷。我每天经过，都会琢磨，这四个字是什么意思，无数次独自思索的结果是一脸迷茫。再后来，辗转流徙，不再记得那段岁月，那条小路，那四个清瘦的字。

饭做好了，壮儿还没有放学，隔着结冰的阳台上的窗玻璃，眺望空荡荡的小区马路，盼望儿子的身影出现。就在这个瞬间，我站在八楼俯视大地，那四个字，在脑海里冒出来。多年前无法理解的词语，不再高深莫测不可揣度。虚怀若谷，其实就是随时放下，清空自己，随时记得自己本质上就是一个像山谷一样空荡荡的存在，没有什么好炫耀的，也没有什么好忧伤的。

山谷一样，坦荡地呈现自己；山谷一样，虚心接受山野的风，头顶的太阳；山谷一样，爱恋属于自己的卑微孤寂；山谷一样，静看沧海桑田世事变幻。

用自己欢喜和舒服的方式，诚心诚意对待这个世界上的所有的人、事、物。对过去不再执迷留恋，对未来不必恐惧无助。我想，这应该是一个不坏的选择。

礼物

关于文艺气质的测试题，有一道题目：你喜欢的早晨是什么样子？备选答案好几个，阳光灿烂、烟雨蒙蒙、雪花飞舞、早餐飘香。

毫不犹豫选择了阳光灿烂。选完，疑惑了一下，是不是因为心底阴霾过多，才会如此义无反顾。

四十二岁生日的清晨，苍穹淅沥，远影渺茫，新生的树叶兀自碧绿鲜亮。湿漉漉的五月细雨，洒落在芳草嫩绿的空旷之地。雨所带来的凉意，使得沐浴更衣的打算，轻易就被说服却步。

“造物主是至大的，也是至小的。日常生活的微末细节，与人类生命中的重大事件同样神圣。”轻易找到理由放下洁净自己的念头，其实隐喻深远。越活越宽容，这后面隐藏着偷懒。偷懒的后面是些什么？倦怠、麻木、接纳、退却、忍受、注定、陷落、承认……穿越如此多的形态，顿感饥肠辘辘。临睡前明明偷吃了一大碗方便面的。果然，人类即使蜷缩在黑夜包围的被窝，能量消耗并不停止。

“光景不待人，须臾发成丝。”发一条朋友圈，向这个等待我醒来的世界，道一声早安。人与人、人与物、人与时光和天气、人与语言和文字，所有的相逢都有深意。卫生间转了一圈懒得洗澡，重回被窝，与李商隐的《北青萝》相逢："世界微尘里，吾宁爱与憎。"

当生命快要穿越半个世纪的隧道之时，或许，会有来自天意的礼物降临。"无论玫瑰，无论雪花，无论海洋，/ 一切盛开终将凋落，/ 存在的唯有两物：空虚 / 和被描绘的自我。"读贝恩的诗句，遭遇一瞬间的空白袭击，艰难地挣扎，告诉自己，不该就此陷落。

即使世界是空的，一定有些什么可以被触摸和留下。这是应该坚信的，也是我想要送给自己的礼物。

"枉则直，洼则盈。"心甘情愿承认和展示这个洼下去的空之时，那个盈才有可能到来。尝试放空，向往中的自我，或者说自性，才有可能被描绘得实在而妥帖。

"可否将你比作一个夏日？"

"邂逅所得，亲近所得。美得不可名状。这世界定然有慈悲，有懂得。当你和所有人逆行，当你和一朵花深情凝望，我永远都不孤独。一座山，一条河，一丛摇曳的草，一朵陪你不眠的花。不说话，她们懂你每一个心思。"

在梦境里，在书籍里，依稀听见大师们在耳畔轻轻地说话。他们的话语，也许与我有关，也许无关。他们说他们的，我的心仍将继续在我的胸腔里，谛听跃动的密码，这是我自己的事情。我盼望自己聆听的功能不要丧失得太快，我更盼望能够在宁静中获取一切。

"在我身上没有痛苦，直起腰来，我望见蓝色的大海和帆影。"米沃什的《礼物》，我很喜欢。

一切神祇和礼物，一切庇护与恩赐，需得努力自求。或许，有一天，属于我的蓝色大海和帆影，会在这缥缈的世界真切地向我走来。尽管日渐衰老，还是愿意相信，只要足够诚心正意，在这微尘世界，会有闪耀着光芒的亮片，坚定地环绕在每个人的周围。

从薛晓燕到衔泥堂

微信公众号系统提示，公众号运行满一年，可以申请修改名字。这可太好了。当初申请公众号时，并不懂游戏规则，看到名称一栏，顺手输入自己的大名。申请成功之后才知，公号名称叫薛晓燕，紧挨着的作者名再写个薛晓燕，这次第，给人印象直接就是薛晓燕很二。

早想修改公众号名称了，无奈系统并未显示可以擅自修改。看到可以更名的提示，顿时觉得这看不见摸不着的网络系统，真是好贴心呀。

我立即兴冲冲跑到群里喊了一嗓子：大师兄，二师兄，三师弟，师傅大人，速来帮帮我老孙，哦不，帮帮我老薛，取个公众号名字呗！

尘舞同学性子最急，第一个蹦出来，留下三个字：俏燕儿。

这可真是的，人家是取公众号名称，又不是取个人昵称。

为了使本次取名靠谱一点，我神色一凛，认真地告诉她，俺们老杨祖上曾有过一个店铺，名叫谦益长，要不，我用这个得啦。

这时，我们班主任大人踱着方步走来说：云秀轩，燕栖堂。

我一听，赶紧接话："好！就大人说的这个吧，如此堂而皇之的名字。"

大人不紧不慢又言："堂是正房，朝南，所以燕子喜欢在堂屋上筑巢。”

有文化真可怕，看看我们大人这学问，就知道京师大学堂硕士不白给。

我火速点开微信公众号账户，申请改名。输入“燕栖堂”三字。系统哗啦出来一片红色的字，提示说：名称与平台内已有名称重复，基于账号名称唯一原则，请重新提交一个新名称。

我一着急，用表情符号在手机屏幕先是哭了三声，然后问我老师：“大人，咱们能告他们侵权吗？”

“栖燕堂。”俺们大人接着面不改色说：“有困难，找老李。”

“关键时刻，老李的链子在野外放着呢。”我嘴一撇回答。

按照大人指示，我把栖燕堂输入系统。哗哗，那一串红色的字，面目丝毫未改，又跳出来啦。

我此时真的要泪流满面了。我们老师大人也一改平静，怒斥：“谁啊这是，专跟我对着干！”

气氛眼看要陷入摩拳擦掌的激烈之中。历史的风，总会在关键时刻轻轻吹起，掀开新的篇章。

若楠同学左手捏着几颗无为特产李老奶奶花生米，右手端着一杯正山小种红茶，哼着歌儿，想着火锅，慢悠悠地走过来了。只瞅了一眼我们的会议记录，朗然曰：“衔泥堂。”

边说着，她还边往嘴里丢了一颗花生米，嘎嘣一声脆响之后，若楠口吐莲花般吟诵：“旅食惊双燕，衔泥入此堂。”

她背诗的时候，我可没闲着，系统接受了衔泥堂之后，红色的字没出来。哇，成了！

我满怀崇拜地问：“这诗句出自哪里？”

若楠同学品了一口茶，淡淡地说：“杜甫，《双燕》。”

尘埃落定，掌声响起。

此时，我们大人昂首挺胸越众而出，慷慨陈词："起名字是本群一大项目，挺好！文学也是久久为功的事业。"

哎呀，我的那个小心脏呀，简直受不了如此"高大上"的压力。这总结，放到会堂说，照样响亮。用到我这刚定名的衔泥堂，简直余音绕梁袅袅不绝。

系统告诉我：当前账号名称修改为衔泥堂将在2016年10月19日正式生效。

从明天开始，面朝大海，春暖花开，小女子我也是一堂之主啦！

2016年10月19日一大早，我们大人亲自截图为证，告诉我，公众号已自动进入衔泥堂模式。我以为事情到此就结束了。谁承想，这事儿，还有下文呢。

11点13分，居然收到来自深圳的外企高级白领小卡同学贺电，全文如下：

燕衔泥　入华堂　高飞碧云里

这调子定得多高，我的那个小心脏呀，再次被惊喜充满啦。

现成的对联，眨眼之间华丽丽地写好啦。上联：衔泥入华堂。下联：高飞碧云里。横批：久久为功。当然，我也很清楚，这横批若是让张尘舞写，她肯定会说：小鸟加油！

感谢为我加油的人，感谢持续阅读的人，感谢坚持打赏的人，感谢你们爱我！看，说得多顺嘴，要是有什么奖，尽可以放心颁发给我，保证发言致谢不掉链子。

写给二十一岁的儿子

亲爱的壮儿：

早上醒来，我想起你小时候说的几句话。这几句话，让我被无限柔软的一种情绪，填充得满满当当。

昨天是腊八节，今天是你二十一岁生日。

二十一年前的腊八节，是你的预产期，也就是在这一天的清晨，怀孕的我醒来发现内裤和褥子一片潮湿，我羞耻地以为自己尿床了，没敢声张，起来照旧去吃早饭。吃完饭，实在没忍住，就悄悄告诉你奶奶尿床的事。你奶奶一听完，连忙说，这是破浆啦，哪是尿床了，赶紧去医院。

当时你爸爸在保定上学，我们两个女人惊慌地收拾好东西，由于过度的紧张，我现在完全回忆不起是坐了什么车，怎么从家里去到位于东大街的神木中医院的。

住院后，就是漫长的等待和疼痛。整个过程漫长到，我在生产的精疲力竭中哀伤地认为，我的命，到此为止了。

腊八节的早晨 7 点多，去到神木县中医院，腊月初九的晚上 7 点 28 分，你降临人世。这 36 个小时，我到底经历了咋样的疼痛，其实现在真的也记不清楚了，只记得大出血让我昏昏欲睡，我哀求着说，让我睡一会儿吧。你外婆抱着我的脑袋一声声叫喊，不敢睡，不敢睡。她说，你不是瞌睡了，这是“血迷”，一旦睡过去，人就完了。确实，折腾了太久，那种撕裂般的剧烈疼痛，完全不存在了，我的意识里，只有想沉沉睡去的愿望。写这一段好难呀，我摘下眼镜哭了四次，才写到了这里。

我的意识越来越模糊不清，你大概终于等到老天特意安排好的降生时辰，慢悠悠地来到了人世间，却不会哭。接生的王丽芳医生是我的婶婶，一屋子人紧张得不敢说话，她迅速捉住你的双脚，倒提着你，用手掌拍你的后背，一下两下，她也紧张起来，但是没有停下来，还是继续拍。满屋子无比紧张的寂静中，一声嘹亮的婴儿啼哭，让众人紧憋在肚子里的一口气得以呼出。

产房兼病房里，进进出出的医护人员频频开门导致很冰凉，因为你的哭声，房间温度骤然上升，所有的寒冷、绝望、剧痛、恐惧，因为你的啼哭，统统被驱逐。

放松心情的人们，开始称赞你俊美的长相，他们惊叹于刚出生的你，就睁着亮晶晶的带双眼皮的大花眼。这时，我的劲儿也回来了，居然用手臂一撑床板，就坐起来，对大家说：“来，我看看。”她们把你抱到我的眼前，那么小小的一团。果然，作为一个刚出生的婴儿，你的眼睛乌黑、闪亮、溜圆，双眼皮清晰好看。并不像老人们以前说的，生下来几天之后才会睁眼。知道吗，你是一个一出生，就会睁大漂亮眼睛打量世界的宝宝，这个事实令我每每想起来就觉得无比骄傲。好吧，回到开头。你说的这几句话，其实我早已重复过无数次，但是今天早晨一醒来，涌进脑海的还是这几句话。

“小白兔，你看你可爱不？”这是你人生中的第一个长句子，这句话从十四个月的孩子嘴里说出来，我惊喜得不敢相信。你的表达如此清晰准确，满含着喜悦和柔情。我为此好久都沉浸在一种无法自拔的柔软情怀之中。

“妈妈，星星是月亮的孩子。”某个夏夜，我抱着你在你奶奶家门口的大院散步，你抬头看到月亮旁边，有一颗亮晶晶的星星，这句话张嘴就来。时至今天，我看了很多诗集，熟悉很多诗句，但我依然认为，此生，我最深切感知到的动人诗句，就是你在不到三岁的时候，在夜空下，在我的怀抱中，随口说出来的关于月亮和星辰的绝美表达。

“我要我妈妈了。”这一句，在你三岁的时候，整整说了一天。一遍接一遍，整整一天，就这一句。这是你第一天上幼儿园的全部语言。边哭边说，站着不动，地方不挪，句子不变，不停哭，不停说，整整一天。

“妈妈，我们这样是不是就是相依为命？”2018 年，你在西安上小学，汶川大地震过后，人心惶惶。我决定给你矫正牙齿，刚戴上钢丝套，没法吃饭，加之西安燠热天气的逼迫，你开始发烧。我给你请了假，你在床上躺了一天，太阳落山，光影昏昏，一屋子浓重的闷热和惨淡中，你悄悄问我：“妈妈，我们这样，是不是就是相依为命？”我的眼泪一下子就涌出了眼眶。当时，我竟然找不到一句合适的话来回答你。是，或者不是，好像并不简单。

如今，你竟然二十一岁啦。那个让我依恋、让我感动的小男孩，是一名身高 180 厘米的 211 大学大二学生。一年两个假期，你总是风风火火跑出去和同学聚会见面。我一直很鼓励你出去和同学们交往，也很高兴你在逐步建立稳固的朋友圈。说实话，内心悄悄地还是会有儿大不由娘的小失落。盼望果子成熟，成熟了又怕果子离开枝头，苹果树的忧伤，大概是每个妈妈的真实心境吧。尽管害怕，但哪个妈妈又能阻挡孩子们越走越远的坚定脚步呢？所以，我的壮儿，尽管不舍，我还是更愿意，在离开我目光的地方，你能如鱼得水，开心快乐。

现在，正是你的一生最美好的时刻。大学四年，将是你人生版图上最值得记忆的时光。依旧要强调，多去两个地方：图书馆，运动场。读书启智，锻炼强身。坚持做好这两件事，你的人生列车，无论行驶在什么样的轨迹上，总会有所收获和成长。

还有六天，你就要放假回来了，说实话，最近一段时间，我天天掰着指头，计算元月 12 日还剩几天。妈妈想你啦，迅速回来，好让我再整一大锅子羊骨头。真的，看你吃肉，绝对人生享受。

壮儿，生日快乐！一定要记住啊，有生的日子天天快乐。

你的妈妈
2015 年腊月初九于榆林

2017，诗意的一年

夏天，和若楠站在萧红故居东侧小房前，窗下一片葱茏的绿光。一种叫作洋菇茑的植物，叶脉之下藏着一颗颗如初生婴儿脸蛋的果实，托举着梦里早就出现过的明媚光辉，娇媚的绿意中闪出萧红那句：“天气一天暖似一天，日子一寸一寸都有意思。”

站在这片绿意中，想起数月前，在我的梦中，绿油油、光闪闪的不知名神秘植物，温柔地将一份天赐美好，存留在我的脑海。

欣喜中醒来，我用诗歌留下了这个梦，要是没有诗，这么好的一个梦，在时间的冲刷下，必然忘记。就像沈浩波老师讲课时说的：“诗歌能留住诗意，忘掉了的事情是不存在的。”

2 月 13 日，我写下这样的诗句：梦见一排嫩绿的葫芦 / 比水饺还小 / 整整齐齐悬挂在藤蔓上 / 比苹果绿还嫩还浅的颜色 / 闪耀出柔软明亮的光芒。

五个多月后，7 月 18 日，大红的太阳在头顶倾泻下炽热的光，敞亮的庭院里，一株蓬勃劲直的洋菇茑，碧绿通透的枝叶间悬挂着梦中的绿色果实，温柔坦诚地冲着我乐，如微风吹过湖水，在我心中漾出细密的波纹。抬头看着笑吟吟的若楠，这日子，果真一寸一寸都有意思。

2017年，是我写诗最多的一年。粗略数了一下，超过一百首。古人早就告诉过我们：博观约取，深婉不迫。很羞愧，我没有做到。总是着急忙慌地将内心的一闪念化作诗句，仿佛故意反道而行。

转而又安慰自己，一辈子很长的，即使再笨的人，再差劲的诗，只要坚持写，写久了，总会慢慢变美好的。我对自己轻轻地说“不急，慢慢来。”时光沉默不语，似乎接受了我的好意。

此刻，坐在12月珍贵的阳光里，回想自己用蛮力写诗的这一年，被诗歌折磨得找不到方向、情绪失落时，西叶诚恳地告诉我：“诗歌永驻于灵魂里，而非偶然的感慨里。诗，更多的是向上和向美。诗要是成为情绪的宣泄物，就不高级了。要成为一个好诗人，只要你心里坚定地明白自己，想怎样表达，想表达什么。”

总是这么好运，得到朋友们真心实意的爱。写到这里，一抬头看见对面楼房的墙壁上，明灿夺目的阳光放射出令人痴迷的热情，恍惚间，湿了眼眶。

未曾谋面的朋友说：“人生百年，每一年都很重要，从无主次之分。”2017年，写诗之外，还有一件很重要的事，就是我对自己写小说的能力，生出了极大的信心。这信心的火焰，是一位在微信上开设文学写作课程的老师帮我点燃的。

她说：“我要开小说实战课程。”

我问：“我可以参加吗？”

她答：“那你现在写一篇我看看。”

我用了五小时，写出了一篇六千多字的小说。

看了我交的作业，她说：“好了，你去报名吧。”

小说是个力气活，考验的不仅是写作能力，更需比拼写作者的意志力。尤其是对我这个“终日空抱鸿鹄志，到头却做乌鹊声”的家伙来说，自我管控的意志力习惯性不在线。

为了逼迫懒散惰怠的我一直写下去，老师对我的鼓励堪称不遗余力。夸奖的话语，一概用了夸张的手法。我简直被她夸赞得不敢开口说话。她用自己独有的戏谑腔调说：“为了让你写，人家不惜跪舔。”

这样深厚的一份期许，我要不好好写，真是不知好歹。

新年的日历马上就要启用了，每年的年底，我总被一种懊丧的情绪笼罩，悔恨自己虚度。现在，我学着温柔地对待这个叫作薛晓燕的人，我告诉她，在这个世界上，你和一棵洋菇茑一样，不必高大，不必常绿，不必人人皆知，只需要在恰当的时间，诚心诚意捧出自己小小的果实，偶尔路过的人看在眼里，会心一笑，就是岁月对生命最美好的馈赠。

我们养花，就不孤单

没有一双沾满泥土的手，就不会有一树的花开。给一些水仙泡水，把一棵百合埋到泥土里。春分刚过，静等花开。在这个孤单的蓝色星球，人总得期待点什么。

3 月 22 日，我发布了上面这条朋友圈消息。

四分钟后，榆林女诗人居次留言相问：哪里买的？我也想来两盆。

我回复她：单位统一活动，在办公室养着，一个月后要晒花，看谁养得最好看。

居次发来两个大哭的表情，后面跟着一句：你们单位真好！

同事李娟随后留言："同志们快去捡路上的小石子呀！"我问她："哪里有？我需要白色的或者纯黑的。灰蒙蒙的不要。"她说："你要求太高，路上的都是灰蒙蒙的，还在泥土里嵌着呢。"

面对一株株包裹着希望的水仙花，最初的我，拥有一颗骄傲挑剔与热烈期望的心。接下来的日子，我无论去谁的办公室，总会瞅瞅他们的水仙花。

党建部的水仙颀长挺拔，财务部的水仙油绿明亮。

而我的水仙，打从一开始，就面呈菜色，嫩黄柔弱有余，精气神不足。水仙可是最具阳刚清冽之姿的花朵，怎么到我手里，就弱得跟黛玉似的呢，我不禁隐隐焦急起来。

我学她们的样，把我的水仙花从办公桌搬到了窗台上。她们还说，每天需换水；好吧，我也照做。不仅换水，还每次都给加上一种绿色液体，据说可以使植物肥壮有力。逢着周六日休息，还不忘嘱咐我们部门值班的同事，一定记得帮忙换水。

4 月 4 日，怀着一种隐秘的喜悦之情，拍下了我的水仙花冒出的两朵娇嫩花苞，同时担忧着她们是否能绽放出天鹅绒般华美神秘的花朵。

4 月 8 日，我在朋友圈贴出：敲黑板画重点，手把手告诉你，遇到一朵花开，得是有多么难。清明节放假前，当时我有预感，等待我的可能是一朵兀自开过又独自老去的花。果不其然，羞答答的水仙静静地开了，又悄悄地谢了。《唐诗三百首》压卷一篇告诉我们："花开堪折直须折，莫待无花空折枝。"面对一朵软软下垂的水仙花，就像看到了快要奔五的自己。金缕衣尚无，少年时已过。人生何能尔，收拾旧山河。

山东小说家薛广玲回复了三个掩嘴而笑的表情。我对她说："女人在春天容易矫情，尤其面对一朵开过的花。"她迅速回复我："发现你太可爱了，保持这种心态，不会老。"

李雁敏说，还是不要折了，静静等待老去也是一种美。

韦炜说，人生总有晚晴天，也需抖擞旧精神。

王静静调侃着说，这哪是水仙啊，简直就是昙花好不好，人家工程部的根正苗红，现在还坚挺着呢。

湖南女诗人邓朝晖说，我已经对自己的年龄麻木了，记不住。

这些精彩闪亮、俏皮可爱的评论区留言，让我顿时有一种往来无白丁的富足感。瞧瞧这些女人，一个个十足的文艺。

面对一朵凋谢太快的水仙花，我想说的是，其实养花和养娃一样，你不仅仅需要用心付出时间和精力，更需要了解她需要的是什么，太过精心的管控，反而有可能削弱她的生命力。

在图书馆，遇见幸福

第一次去神木图书馆是 2012 年，我将自己刚出版的散文集《寻常》送到图书馆作为馆藏书籍。将书交给工作人员，办完交接后，我进入图书馆随意浏览，刚走了几步，就在摆放整齐的书架上，看到了我的散文集《万千灯火》。那一刻，洒满阳光的图书馆，安宁而热烈，我的心充满幸福，这是人世间最美好的相遇。

2020 年 5 月 6 日去图书馆，是为了领取“最美书香家庭”奖。多么美好的奖项，得知获奖，惭愧大于兴奋，自己读的书，实在是太少了。尽管惭愧，还是通知妈妈和我一起去领奖，我想让她高兴，我想给她平凡的生活带去一抹亮光。妈妈听说是领奖，平时就热爱打扮的她，一袭蓝色长连衣裙，外套黑色风衣，一双亮白的皮鞋，精心化了妆，整个人显得精神奕奕又沉稳大气，丝毫不见刚做大手术不到一年的萎靡气息。比起她的认真对待，我的一身休闲衣裤，实在是相形见绌。主持人特意邀请妈妈和我一起上台领奖，我看见她激动中带着紧张，为了配合拍照，尽量露出笑容，却有一点不自然的羞赧。从颁奖台下来坐到椅子上，妈妈很高兴，迫不及待发微信，将我们领奖的照片告知她的亲友。看着妈妈忙碌地拍小视频发在她的微信群里，安宁而热烈的幸福之感，又一次在我的心中蓬勃而起。我在心里默默感谢图书馆工作人员的贴心善意，感谢他们将登上领奖台的荣耀送给一位平凡而伟大的母亲。

妈妈的快乐感染着我，让我想起 2014 年 3 月 24 日，我在北京第一次走进国家图书馆，安静幸福的氛围中，在图书馆坐了一天，一整天都在读诗，厚大的笔记本上抄录了满满十五页的诗歌。我在笔记本的一侧写下几句自己的闲散心得："回到图书馆，阅读变得神圣而激情。阅读是需要仪式的。读诗要在图书馆。呼吸、咳嗽、喘气、换气，卑微而克制，像从遥远的土地冒出来的草芽，尽量不打动什么，只是悄悄地冒出来。"

当天的日记，有一段我是这样写的："闭馆的时候才知道，静悄悄的图书馆里居然潜伏着这么多读者。人流全都涌到出口，好壮观。观察了下，看上去像大学生的年轻读者占了十之八九，一时觉得欣慰。尽管这个社会每天都会出来乱纷纷的新闻，还是有这么多人，选择了坐在图书馆读书，这有多么幸福。"

"我们来自虚无还将回到虚无。/ 因为爱 / 我们学会了微笑 / 和哭泣。/ 其余的，都从指缝一一滑过。"这是诗人施施然的诗歌《我们都是卑微的灵魂》。坐在图书馆读书的时候，那些一一从指缝中滑过的爱与时光，似乎可以重新回来，我们的灵魂不再卑微而虚无。

跑步这件事儿

2021 年 5 月 30 日，艳阳高照，天空蔚蓝，于我而言，这是一个难忘的日子。不仅因为我穿了最吸睛的艳丽橙色衣服，自称整条街最靓的仔。最主要是我参加了迷你马拉松的五公里跑，而且居然顺利完赛。

尽管只是微乎其微的五公里，对于一个跑者而言，基本就是不值一提的鸡毛菜。然而，就是这微不足道的五公里顺利完赛，对我的意义，简直可以说无比重大。

我是一个自幼体弱多病的人，很小的时候就有支气管炎，咳嗽如二十四节气，在我的童年总是准时准点如约而至。婴儿时期就患上的腹股沟疝气，至今仍未根治，这更让我从小到大不能跑跳，不能负重。不仅如此，很小的时候，做过一个在肚皮上留下巨大刀口的手术，更让我的少年时期变得孱弱如纸糊的灯笼。读书时我几乎没怎么跑过早操，甚至体育课也基本都是请假，学校里的其他体育运动项目更是丝毫不曾接触。

一个从小到大、直到老都完全不运动的人，一个几乎没有任何运动经历的人，居然在年近五十岁的时候，顺利完赛五公里跑，我的心里简直乐开了花，不，简直炸开了一挂鞭炮花。

两个多月过去了，那串鞭炮花，不时地在我的心里噼里啪啦炸响，让我的心情，随时有趁势飞起的轻盈和激荡。

“身体能量的释放是大脑活跃的开始。”今天看到的这句话，让我想要赶紧记录一下，关于跑步这件事儿，以及我在跑步时，那些大脑里冒出来的、一闪而过的思想的泡泡。

五公里迷你马拉松开跑之前，我的心情一直是忐忑的。空如白纸的经历和经验，让我生不出一点点完赛的信心。用手摸了摸疝气所在之地，默默祈祷它不要来捣蛋。明知有这样那样的禁忌，我却执意要跑，我就是想试一试，在跑步这件自己最不擅长的事情上，我的天花板在哪里。

我曾经最看不惯各种和自己拧巴的人，总觉得万事顺其自然即可，何必非要和自己过不去呢。所以，多年来，我笃信，跑不动就不要跑。

改变我固有思维的是疫情。当疫情来临，全民封控，整个春节，都只能在室内左右徘徊，当专家们一次一次强调自身免疫力的重要，我曾经坚持的跑不动就不要跑的理念，轰然坍塌。

就这样，我的跑步起点是从客厅开始，终点是到卧室结束，日复一日的循环往复。疫情封控期间，我在双手秀美食，双脚丈量自己家的实用面积中安然度过。

2020年的夏天，我第一次看到了，什么是汗水掉在地上摔成八瓣儿的视觉效果。我像一个机器人一样，一遍一遍奔跑在红色的跑道上，一滴一滴的汗水从头上滑落，那带着我生命热气的水珠，溅落地面的一瞬，大地似乎被这热气腾腾的汗珠，砸出来一声隐秘却清晰的声响。

不得不承认，我喜欢这样的自己。我喜欢在烈日下奔跑，已经很累、却不肯停歇的自己。我喜欢这样执拗地奔跑，压榨身体内部的汗水向外涌出的自己。似乎那一刻，我是一个任性的、被人宠溺的孩子，获得了一种以一己之力与某种巨大力量对抗，却绝不认输的神秘勇气。

所以，当我顶着烈日，挂着号码牌，踩着水泥路一步一步奔向终点的每一分钟，我深深地喜欢着此时此刻，和这个拼尽全力、不肯停下的自己。

跑步中途，每经过一公里节点，都有一个提示牌，好多参赛选手去拍照留念。我远远望着他们摆各种姿势，却一步都不敢停下来，我太知道我自己的能力了，即使全力以赴，依旧有可能无法在规定时间完赛，如果再搞这种半途停下来拍照的事情，必输无疑。

深知自己在跑步这件事儿上有多么笨，多么低能，却又强烈想要完成跑步这件事，我只有一个信念，不管太阳再怎么毒辣，膝盖再怎么抗议，我必须一步都不停，跑下去。

越到后面，越难以坚持，越不敢有片刻松懈，膝盖反复以疼痛抗议，我只能用一步一步不停地跑、用一种持久固定的姿势，让肌肉和骨头不再互相对抗。我忍着疼痛，没停一步，硬生生地把膝盖从一开始就爆发出来的矫情抗议压回去了。当我感受到膝盖对我的妥协，我的整体速度和呼吸节奏不敢有丝毫变换。就这样，我像一台过了调试阶段已进入正式运行的机器，一直跑一直跑，注意保持自己的节奏不能紊乱，让双腿的动作固化为一种机械式频率，生怕一换频道，娇气的膝盖再来抗议。

跑步时刻的专一、不受外界任何影响，让我想起了自己的写作。两者之间，何其相似，这使我豁然开朗。我一直坚持写作，虽然慢，虽然各种阻滞，却一直不肯停下来。这么多年的坚持，是源于对自己笨拙、低能、无经验、无学识的深刻认知。我太知道自己微弱的本事了，我太清楚自己懒散的本性了，一旦停下来，像我这样一无所长的家伙，就真的什么也不是了，就真的只能在生活的沉重压迫下，在绝望中大口喘气，而找不到一条出路。

胡思乱想中，离终点越来越近了，太阳洒下来的光越来越强烈，很刺眼。担心汗水掉到眼睛里引起刺痛，我眯缝着眼睛，继续跑。

一个大转弯的地方出现在眼前，很多人都离开马路，跑到人行道上，这样的话，无疑抄了一大截近路，而且人行道上有树荫。

我只想了一下，就果断放弃了近路，继续老老实实奔跑在阳光炽烈的大马路上，转一个弧度很大的圈。

我这样做，一是害怕人行道和马路之间的高度差，会让我保持着的节奏和气息变乱。二是不想给自己的完赛打一点点折扣。既然是五公里，那就不要搞半点虚假。

我的诚实，其实无人知晓。但我自己知道，这就够了。

终点到了，人们围在赛道两旁欢呼。看到著名摄影师大雄先生，我向他挥手致意，他果断摁下快门。

晚上，他发来照片。照片上的我蓬头乱发，皮肤油津津汗腻腻，橙色的短袖像火一样，灼烧着我，使得我的脸庞也像在燃烧。如果以美颜照的标准来看，这张照片里的我，简直要丑死了，我却非常喜欢，这是我赢了我自己的最好证据，这是生命不屈服的最佳姿态。

跑步这件事儿，真是一件了不起的事儿，让我以一种和自己对抗的全新方式，认知自己，肯定自己，超越自己，喜欢自己。

我是神木人

刚刚读完一篇文章《这是神木人》，其中写道，一名曾在神木工作的外地人说："神木人还有一个异常鲜明的特性，如果你与榆林其他十一个区县的人相比会发现，神木人很自信，他们有很强的归属感，很多接受我们访问的外地人都称，神木人都'以做一个神木人而自豪'，而且这一点神木人也很少掩饰"。

事实确实是这样，我在榆林，经常以一口太过标志性的神木口音被高度识别，别人往往一听我张口，就笑眯眯地问："神木的？"

我比别人笑得更厉害，回答："嗯，神木的。"

别人说："神木人说话有意思。"

我说："嗯，是了吗，可有意思了吗。"

别人说："神木人都可有钱了。"

我说："嗯，可有钱了，不过不是都，也有没钱的。就像我。"

别人哈哈大笑，我也跟着笑。然后，就可以很愉快地开始聊天了。

这是我作为一个神木人在陌生场合和人打交道的日常开场白。好像不亮明自己的神木身份，就没法进入对话状态。

仔细回想了一下，很多重要场合，自我介绍环节，我都是以土生土长的神木人作为话题的启动按键。在鲁院的第一节课堂上，在电视台的演播大厅，有幸给别人讲课的课堂上，无论是在陌生还是熟悉的环境，我从来没有掩饰过自己的神木人身份。

神木人这三个字，是赖以自豪的重要标识，神木人常常敢于将这三个字在任何场合毫不保留地和盘托出。

像我这样的七零后神木人，最熟悉的风景莫过于二郎山和窟野河。我小时候的神木，能称为楼房的满大街只有稀罕的一处，叫作服务大楼，其余建筑，就都只有一层。家家户户住平房、小独院、四合院、大杂院，反正再穷苦不堪的人家，都有一个院子，勤谨人家和倒塌人家的区别，无非院墙的齐整或颓败、大门的崭新或破旧、院子的利整或杂乱。当然对我妈来说，院子里种的花长势如何也是一个硬指标，连两钵钵花也营务不好的人家，简直没法与之过多交往。

那时的神木人，每天过着开门见山的日子。我们只要推开家门，一仰头，二郎山就会映入眼帘。吃饭时，我们端着一个大洋瓷碗，圪蹴（蹲）在墙根底大快朵颐，狼吞虎咽。抬头看一眼二郎山，把嘴巴里的饭咽到肚子里，低下头拿筷子火速往嘴里扒拉几下，再抬头看一眼二郎山。总之，吃一碗饭的工夫，我们都能张望好几回二郎山。

二郎山乍看形如笔架，再看状似驼峰，细看犹如一柄惊天神匠铸造出的有参差不齐刀锋的大刀，静默肃穆地横亘在县城西侧，日日夜夜聆听着窟野河由北向南持续奔流的淙淙水声，山上的一草一木一沙一石自有灵气，经年累月中以温柔庄重的慈悲心，俯瞰着小城的人们在四季变迁中经历着属于自己的悲欢离合。

二郎山在幼时的我眼里，是用来赶庙会的，赶庙会是为了吃好吃的。庙会上叫卖的好吃的，让人惦念的有很多，比如羊肉扁食、羊肉肉馍、三鲜粉汤、绿豆粉皮、荞面碗托、酿皮子、香香甜甜软滑爽口的藕粉。还有各种应季的水果：红着脸的黄杏蛋蛋、皮薄糖大的沙瓤西瓜、扑鼻子香的小瓜，以及玉米吹成的空心棒棒。再不济买上一兜兜瓜子儿，边走边瞧着一眼望不到头的人山人海，旁若无人把一颗颗瓜子丢在嘴里，享受唇齿之间弥漫的葵花瓜子的油香味儿，幸福到飞起，走过路过的空气里都充满甜香可亲的醉人气息。

窟野河是神木小孩免费的大型野外游乐场。夏天，我们在河边拿着石头片往河里扔，打无数个水漂也不觉得累。清凉的河水漫过膝盖的温柔触感，让我们久久地站在河水里不愿离去。我们常常结伴站在河里要水摸鱼，腰弯下，手伸到河水里，敏捷地一把握住一条细细的手指长的小鱼，小鱼还没来得及在我们这些淘气鬼的手里摆动几下，就被直接塞到嘴巴，一口咽到肚子里。我常担心的生吃活鱼、鱼儿会把我们的肚子当成养鱼场、从而繁衍出一肚子鱼的情形并没有出现。水里玩够了，就赤脚站到岸边不停踩踏湿润的泥沙，踩着踩着，就会踩出一个大水坑，这种游戏用陕北话美其名曰：害淖泥泥。玩累了回家的时候，会顺手抱一大团黏湿的淤泥回家，然后坐在自家院子里的水泥台阶上，专心致志地摆弄出一件一件的泥塑作品。我家窗台上常会出现一长溜飞机、大炮、火箭、汽车，这是弟弟的作品展示。明知有一双被人鄙视的笨手，这种要手艺的事情我自然不干。笨手笨脚并不影响我全心全意投入玩泥巴的事业中，我会把手中的泥巴团捏成一个粗糙的碗状物体，然后倒扣着泥碗，朝水泥地猛地一摔，随着巨大的“咯叭”一声，随之而来的是四溅的泥点。这个玩法，叫作：打响咯叭儿。这是我妈最为痛恶的游戏，尽管被各种怒骂，我依然乐此不疲，日复一日在大太阳下摔着自己的响咯叭儿。比起安安静静制作泥塑的弟弟，有点讨人嫌，猪过来都想瞅我两眼。

冬天的时候，窟野河是我们的天然冰场。一群精力旺盛的孩子，在凛冽的寒风中，像星子散落在明净的夜空中一样，散落在河水冻结而成的晶莹冰面上。风吹得头发肆意飞扬，鼻涕胡乱飞流，手上的冻疮又破开一层皮，这些都阻挡不住我们在宽阔的大河上滑冰打擦擦的步伐，身子趔趄，随时摔倒再爬起，没有一个人会哼哭一声，我们玩起来疯天疯地，与矫情扯不上一点关系。要是再有一个自制冰车，两把冰锥，简直就可以潇洒来去，纵横驰骋窟野河两岸，羡煞一众只能徒手踩着冰面打擦擦的小伙伴。

给小孩们带来无穷乐趣的一山一水，大人们嘴里说起二郎山和窟野河，却总是被一言以蔽之：穷山恶水。是呀，那时候的我们确实穷困。我举着一个白面馒头在我们巷子里走过，这么平常的一幕，能把我们巷子里的小朋友羡慕得三十年还忘不了。三十年后她说："那时候你那个馒头实在爱人了，我天天想，哪一天，我也要抓着一个白森森的馒头，漫不经心穿过那条巷子，让别人都看看。"

那时候，谁也不曾想到，有一天，神木人会富得闻名遐迩。满大街的奔驰、宝马、霸道、路虎并不是炫富，只是富起来人们的日常配置。人民币随着煤炭乱冒，到处都在流传着富起来的神木人各种版本的炫富行为，谁都不会想到，三十年前，一个小孩举着一个馒头在神木的小巷子里走过，就可以做到完美炫富而毫不自知。

1984 年 10 月 18 日，《人民日报》发表《陕北有煤海，质优易开采》。这是后来人们说起神木煤炭大开发时代到来的重要里程碑。那时候的大部分神木人对于此消息意味着什么，浑浑噩噩毫不知晓。1984 年，我十岁，对于煤炭的印象就是：烧火做饭用煤炭；垒猪圈用煤炭；院墙塌了找不到石头，也挑一块巨大煤炭救急；天阴雨湿，巷子里没有脚踩的地方，大门外就撂出一疙瘩煤炭踩上；大年三十的夜晚，家家户户的院子里，必然会有一个用煤炭垒得状若尖塔的四四方方火塔子，耸立在正中央。天黑下来，火塔子点燃，熊熊燃烧的火焰，昭示着新的一年红红火火，运势旺旺；每年夏天，窟野河里发洪水，人们纷纷跑到洪水里打捞上游冲下来的物资，谓之捞河财，捞到最多的河财其实就是大大小小裹了淤泥的煤炭疙瘩；即使是小女孩拿凤仙花染指甲这种小花样，也少不了煤炭的身影，世世代代的神木女人都晓得，在捣碎凤仙花的同时加点又黑又明的煤炭渣渣，染出来的指甲颜色深沉艳丽，不会成为屁熏过一样的黄不拉几的尴尬颜色。

是的，在神木，煤炭这种物资，融入我们生活中的方方面面，煤炭的身影在家家户户的院子里落地生根，人们会在院子里专门开辟出一块很大的地方，用来堆放煤炭。神木人早已习惯了在我们出入必经的地方看到炭堆如山，以致人们对煤炭已经做到熟视无睹，目之所及到处都是煤炭疙瘩的身影。没有人意识到，这随处可见的黑不溜秋的煤炭疙瘩，是震惊世界的巨大财富的发端。

我在网上搜索了一下神府煤田，这是跳出来的答案："神府煤田是位于中国陕西省榆林市的煤田，是中国最大煤田，于 1984 年发现。面积约 2.6 万平方千米，其煤炭储量估计达 1349.4 亿吨，占中国已发现煤田的约 15%。神府煤田是中国和世界的特大煤田之一，是我国已探明的最大煤田，相当于 50 个大同矿区、100 个抚顺矿区，与俄罗斯的顿巴斯煤田和库兹巴斯煤田、德国的鲁尔煤田、美国的波德河煤田和阿巴拉契亚煤田、波兰的西里西亚煤田并称世界七大煤田。神府煤田的探明是我国 20 世纪 80 年代的重大发现。煤种牌号均为长焰煤和不粘煤，基本上均属特低灰、特低硫的煤，发热量为 28MJ/KG 左右。"

凭借煤炭，实力雄厚的神木人开创了全民免费医疗、12 年义务教育，这是神木人在国内首开先河交出的民生答卷。

煤炭带来的大量人民币，让神木这个小城涌现出了很多资产过亿甚至百亿的富人。财富增长速度过快带来了借贷危机，扫大街的环卫工都把辛苦积攒的钱放到了典当行里期盼母鸡生蛋，不承想一夜之间，老板跑路，鸡飞蛋打，捉的雀儿连毛都不剩一根。有那么两年，满城随处可见被跑路客和老赖害得生活成问题的人，脸上露出一种无法言说的苍凉无奈，神木气氛低迷、人人自危。

“千淘万漉虽辛苦，吹尽狂沙始到金。”这场金融危机给神木人上了最为惨痛却也最为有效的一课，人们在洞悉人性的黑暗贪婪之时，也深切地明白了，财富的获得必须通过自己一步一个脚印脚踏实地去奋斗。天上掉馅饼，地下必有坑。有多大的肚子，就吃多大碗的饭。自己的钱，自己做不了主，有再多也是瞎的。管他呢，钱没了，人好着，就对了。只要有人，不怕没钱。这是神木人陷入借贷危机之时，老百姓们痛定思痛之后自发总结出来的警世良言。

忠勇自信，直爽豪迈，大气朴实，敢为天下先，总是愿意挖心挖肺相信别人的神木人并没有一蹶不振，黄河流域生态保护，高质量发展，经济转型，乡村振兴，大力推进可再生能源项目，引进制造业，探索更多创新可能，发展文化旅游事业，短短几年过去，如今大多数神木人一边津津乐道着富人神奇的创业史，一边脚踏实地在这块土地上用双手和大脑创造着属于自己的神话。

2021年，神木GDP（国内生产总值）实现1848.18亿元。凭借这张成绩单，神木进入全国县域经济前十强。

神木不仅地下有超大储量的煤炭资源，地上更有世界十大田野考古发现的石峁遗址，还有二郎山、天台山、窟野河、红碱淖、杨家城、高家堡、小保当草原、丹霞峡谷、治沙示范基地等自然风光和人文历史旅游资源。神木更有很多被藏于博物馆的国宝级珍贵出土文物：鹿形金怪兽；汉画像石；4000年前的大型陶鹰；口弦乐器的老祖宗石峁口簧；大量十分精细的原材料为墨玉和玉髓的磨制玉器，如玉刀、玉镰、玉斧、玉钺、玉铲、玉璇玑、玉璜、玉牙璋、玉石人面形雕像等。

很多年前我听过这样一句话：美丽富饶这个词语其实是一种理想，美丽的地方往往不富饶，富饶的地方往往不美丽。神木今天的成就，恰好推翻了这句话，面对着神木境内有故事、有文化、有颜值的大漠湖海、历史遗迹，我们可以自信地向世界宣告：美丽和富饶，我们已做到。

2022年7月14日，陕西省第十七届运动会圣火传递仪式在神木隆重举行。我不能亲身前往观看，捧着手机看视频里呈现出的现代味儿十足的高楼大厦，绿荫满地花团锦簇的广场，冠盖如云的绿树掩映下的宽阔马路，蓝天白云下大气鲜亮的神木中学校园，多才多艺、脸上洋溢着自信笑容的神木人民……欢声笑语中扑面而来的一幕幕画面，无不彰显着忠勇、创新、包容、共享的神木精神。

神奇神木，神秘神往。这是我祖祖辈辈的亲人们生长和长眠的地方，也是我的出生地、成长地，我的精神发源地，我的写作素材地。我在这里写诗，我在这里找到爱人，我在这里繁衍后代，我在这里走向一个个远方，我在这里洒下欢笑和泪水，我在这里种下希望和梦想。

我是神木人，岁月的变迁之中，依靠神木这一方水土提供的养料，我相信，我的人生之路一定会不断向前，越来越好。

过了腊八就是年

耳熟能详的一句童谣说："小孩小孩你别馋，过了腊八就是年。"可见从腊八开始就进入了过年倒计时，可以开始各种年茶饭的制作和准备。

小时候，从腊八节开始，家家户户的主妇，就为了年茶饭的制作忙碌到飞起。

我仔细想了一下，单是我们家，我妈要在腊月为过年准备的食物包括：蒸年糕；蒸馒头，同时还要蒸大仙馒头，这是一种超级大的花馍，出锅时点上红色和绿色两种染料，花花绿绿，煞是壮观；还要生曲芽芽；制作浑酒；生豆芽；压粉条；炸豆腐；炸土豆；炸丸子；剁羊肉饺子馅和配套的黄萝卜馅，两种材料的馅剁好，用手捏成圆球，放到玉米棒做的锅盖上，在院子里放一晚冻住，再收拾起来，放到院子里的大瓮上。所有年食做好后都会储藏在这个大瓮里，为了避免老鼠祸害，家家户户的这个瓮上都有一个沉甸甸的石头盖子。

最复杂的是下锅，动静很大。鸡肉、羊肉、猪肉提前一天泡在凉水中解冻，第二天用一个大锅，满满煮一大锅出来，煮熟捞到盆子里，晾过大气之后，用手把肉从骨头上撕下来，切碎，放到煮肉的汤锅里，加入海带、黄花菜、炸豆腐，以各种调料熬煮入味。根据原料切的大小，分成吃菜用的配菜和吃汤用的配菜，吃菜的时候加入炸好的肉丸子，一点绿色蔬菜和炸土豆，放入粉条，就是一锅三鲜烩菜。做汤的话，主要是配上黄色的绿豆细粉，做成粉汤喝。绿豆粉汤的伴侣是炸油糕蘸白糖，这两样搭配起来，敞开肚皮吃，简直绝妙极了。

下锅做母子、炸丸子、蒸糕、蒸馒头、压粉条，都是年食子的重头戏。单是围着锅台炒瓜子、花生，也得大半天，那时候的人们互相串门儿就是春节期间最大娱乐，所以瓜子、花生要备得足足的。瓜子还分葵花籽和南瓜子，花生和瓜子常常用装面粉的袋子装满一袋子，一个正月，不知不觉吧啦吧啦被人们的嘴巴消耗光。嗑下来的瓜子皮、花生壳都没有白白扔掉的，扫起来，倒在洋炉子里，烧得呼呼作响，窑洞里顿时暖腾腾的。

还要出去采购一些零嘴儿，通常买的就是红枣，特别是拿酒醉过的大红枣、核桃、柿饼、水果糖、葡萄干，买几个水果罐头，买点果丹皮，再称点苹果和橘子，就完美了。

吃的东西准备停当了，就要开始打扫卫生了，神木人谓之扫房。是真的拿扫帚和笤帚，把屋子里从天花板到墙壁，再到炕上，再到地面上的犄角旮旯，挨个扫一遍。还要扯掉旧的窗户纸，贴上新的窗户纸和花花绿绿的剪纸。

扫房是一件大事儿，还要手工拆洗全部被褥，清洗所有人的衣服、鞋子，做完这个，大劲儿就过了，主妇们基本就能消停会儿。我妈就可以坐到缝纫机上，整夜整夜地为我们赶制过年衣服了。三个孩子，一人缝一身，那也是要缝很久的，还要做鞋子，纳鞋垫儿。

这些都干完，眼瞅着年三十就到了，妈妈又开始折腾糊灯笼的事儿了。每年，我家的灯笼，总是在左邻右舍屋檐下的一长排灯笼中，以一种绰约的风姿脱颖而出，拔得头筹。

灯笼通电、灯泡点亮的那一刻，新年的钟声就敲响了。年三十的晚上，再用我们神木的精煤垒一个挺拔精致的火塔子，天彻底黑了，就把火塔子点着，家家户户的小院子，一个熊熊燃烧的火塔子，点燃了我们对新年的所有渴望。

单车情缘

学车记

朋友说，为了避免堵车，果断刷了一辆街边的自行车去上班。我回复她，不能骑着自行车随意兜风的春天，简直不是春天。

和朋友说完这句话之后，我的思绪跑了很远，想起了许多与自行车有关的往事。

有一段时间，我觉得全国人民肯定都会骑自行车，毕竟我们国家曾经被称为自行车王国。我第一次知道和我一样年纪的人，居然有不会骑自行车的，是在深圳的街头。那天阳光灿烂，云淡风轻，我听到好朋友说她不会骑自行车，当时直接掐了一下自己的手背，确认这不是听她说梦话。

在北京认识了若楠之后，我常常感慨于世界上居然真的有像若楠这样的好姑娘，从小到大过着一种类似于完美的幸福生活，我很好奇，究竟是咋样一种爱的氛围，才能造就出如今在我眼前的这个美好的女子。我在心里暗暗问自己：你究竟何德何能？才能与这样优雅知性、甜美可爱、体贴有趣的女子相识相知，成为闺密。

直到有一天，我们闲聊时，说到了自行车，若楠说她不会骑自行车。我像听到一个突如其来的大八卦一样，失态地张大嘴巴，发出很大的声音以表示最大的疑问，我的嗓子在一种古怪惊异感的驱使下，拖着长长的声音，响亮地给出了一个带着问号的拼音 a 的音节。

反复确认这是真的之后，在一种特别讶异的情绪之下，我接受了这个事实，接受了像若楠这样完美的姑娘，其实生活也会在某些不经意的小地方，准备了一份不可弥补的缺憾。

是的，在我看来，不会骑自行车，是生活的一种缺憾。

当我一次又一次，在一个又一个新的城市，骑着自行车风驰电掣，吹着响亮的、荒腔走板的口哨，呼啸而过一条条陌生的道路之时，我会特别感谢童年时那个小小的自己，一个人，摔得鼻青脸肿都不肯退缩。终于学会骑自行车的那个下午，距离今天已经过去快四十年的某个午后的时光，我一直清晰地记得。

那时候我大概十岁左右吧，瘦小，纤弱，每逢冬天准时光临的支气管炎，让咳嗽年年伴随着我。打针吃药，多样又复杂的各种生活禁忌让我什么都不能做什么都不能吃。糖果，冰冷的食物，水果，等等等等，太多东西属于冬天的我需要远离的。剧烈运动也不行，跑啊跳啊，都不可以。这一切让我恨死了咳嗽这个病症。

不知是由于体弱多病，还是本身就笨手笨脚，其他女孩子能轻易掌握的游戏方式，于我都难如登天。抓骨头子、踢毽子、跳绳、打沙包、跳皮筋，进而到唱歌、跳舞、扭秧歌，以及美术和手工，我全都不会。现在回想起来，不由得再次为幼年时期的笨拙，深深叹息。

女孩子们做游戏的时候，总是嫌弃我，那些花样百出的轻巧游戏，是上帝对我关起来的窗。后来我就专找男孩子玩儿，男孩子的游戏简单粗暴，不需要技巧，打石头片子、打烟盒纸折成的花花绿绿的三角，冬天就躲在门后面拽着一根绳子套雪地里的麻雀。

有一天，我忽然发现，那些男孩子都在抢着骑一辆自行车。他们矮小的个子还够不着自行车座，就从庞大的28型加重自行车的大梁下面，直接把另一只脚掏过去，双手握住车把，身体歪在自行车的左面，看上去很不平衡，却把车轮蹬得飞快。眼看着一辆自行车飞速前进，转眼就将我抛在车轮带起来的尘土后面。

我灰头土脸、目瞪口呆地站在路边，傻愣愣地看着小伙伴骑着一辆自行车绝尘而去。对于能骑着自行车奔跑的人，一时之间，我的崇拜与羡慕达到了极致！

那天下午不晓得是咋样一种机缘巧合，我和一群男孩，跑到了神木县城关镇北关生产队晾晒粮食的场院玩，其中有一个男孩居然骑着一辆28型加重自行车。看到自行车，我简直觉得自己正在像孙猴子一样眼冒金光。我也不知道自己怎么表达了想骑自行车的愿望，反正人家同意了。起初那几个男孩还轮流在后面抓着车，陪着我练。可我总是爆发出大动静，连人带车摔倒，很快消磨掉几个男孩的短暂耐心，他们把我和自行车扔到场院的空旷之中，一窝蜂跑到远处玩儿去了。

看着他们远去的背影，和摔倒在泥地里依旧兀自忠实地转动着的自行车轮，一种深刻的孤单袭击了我。我默默地将自行车扶起来，拍了拍身上的泥土，整个人被前所未有的倔强情绪裹挟着。我一直是个懦弱的人，惯于退缩。那一天，巨大的挫败感，让幼小的我勃发出一股孤勇之气。

我一个人，一次又一次踩着自行车的脚镫子奋力向前，又不断地被摔出去很远；一次又一次人与车在地面的撞击之下，乍然分离或者脆生生地摔到一块儿。嘴唇碰出血了，我朝地上吐了口血唾沫，抬眼看了一下天色。眼看着黄昏临近，我心里窝着的情绪全是不服气，摔倒之后，不服气地将自己再一次交给一辆沉重庞大的自行车，却又不能做到掌控它任我驱使。我感觉自己的力量在消失，甚至连手掌、手肘和膝盖处的痛感似乎都在减弱。

大概是我的努力终于感动了这辆沉默的自行车，也可能是我的力量减弱之后，和自行车的对抗就不得不变成彼此的依存和顺服，我猫着腰、偏着身子挂在自行车左面，把右脚伸过去，一下又一下，两只脚互相配合着踩踏脚镫子，它上来我就给它踩下去，哪面的脚镫子上来，我就用哪面的脚踩下去，保持胳膊不乱动，就这样连着骑了几圈，我再没有被自行车摔得四仰八叉躺在场院硬邦邦的泥地上。意识到自己算是学会了骑自行车的那一刻，我觉得迎着我的面颊刮过来的风里，一定掺入了白砂糖，不然怎么空气一下子变成甜丝丝的了。

吃晚饭的时候，我回到家里，妈妈发现我的裤子屁股的位置上摔破了好几个洞，裤脚到膝盖处还撕成了几绺布条条；上衣的三道扣子完全不知所终，衣兜也被扯开，耷拉在衣襟上晃悠着；手和膝盖淤青密布，伤口上流出的血已经结成软软的痂。妈妈又心疼我，又心疼衣服，这让她大光其火，面对妈妈的猛烈数落，我只是悄悄站着，乖乖地接受训斥，心里面却乐开了花，想到自己已经学会了骑自行车，我真的想仰天大笑！

学会骑自行车，是我第一次以自己流血流汗都不退缩的坚持，亲手撕开笼罩在我身上的懦弱无能的魔障。学会骑自行车，是小小的我，送给整个人生的第一颗胜利的果实。这颗果实的清甜气息，陪伴着我走过一次又一次的人生迷茫。每当生活以无情风雨以及陷阱和挫折向我走来时，我就会轻轻地对自己说：亲爱的，不要放弃啊，就像小时候一个人学会骑自行车一样。

骑车记

学会骑自行车后，围着神木县北关村周边几条巷子打转儿的童年，简直开挂了一样，时时处处上演着速度与激情的对决。

我和一群男孩子在自行车上玩着层出不穷的新鲜花样。单手放把、双手放把、倒骑自行车、一人握把一人蹬车的双人自行车……有时候是比速度快，有时候又拼谁的速度最慢，最酷炫的时候是一辆自行车上摞着五六个人依旧可以歪歪扭扭骑行。反正我们不怕摔跤，摔下去龇牙咧嘴鬼哭狼嚎般喊几嗓子，就是最好的止痛剂。

长大之后，腿更长了，手上有劲了，迎来很多与车共舞的不羁时刻。

有一年在西湖游玩，逛了好多景点，疲惫不堪之际，发现岸边有租自行车的，办完租用手续，推起一辆车，跨上去就骑，就地转了几圈简直开心得要飞起来。一阵猛蹬，自行车风一样在苏堤掠过。

额边纷乱的头发，在风中应和着堤岸边柳枝飘摇的节奏，飞舞得好惬意。两腋下清风呼呼吹过，游玩带来的疲累一扫而光，一时间全身的毛孔都有清爽之感。想起唐朝卢仝著名的《七碗茶诗》："一碗喉吻润，二碗破孤闷。三碗搜枯肠，唯有文字五千卷。四碗发轻汗，平生不平事，尽向毛孔散。五碗肌骨清，六碗通仙灵。七碗吃不得也，唯觉两腋习习清风生。"

骑着自行车在西湖边飞一般前行，心说古人真可怜，啰哩啰唆喝了七杯龙井茶，才感觉到两腋习习清风生，还把他得意得不行。他们哪里能体会到，骑自行车御风而行，清风来得特别爽利。

我把车子蹬得飞快，一起游玩的男同事说："你这车技也未免有点太不可思议了，起先我还担心这么长的路，怕你支撑不下来呢，看你骑车的架势，我现在倒担心自己一会儿跟不上你这快节奏了。"

这夸奖，来得太合适了，我最得意自己的骑自行车技术了，那可是打小练就的童子功。我笑着对同事说：“我可是不到十岁的时候就学会骑自行车了，那天我们同学偷出来家里的那种特古老的28型加重自行车，车身比我都高，起先推着走，都走不稳，一个人折腾了整整一个下午，终于能歪歪扭扭骑着跑的时候，差点没开心死。不过我为此也付出了凄惨的代价，摔得浑身都是青紫的肿块，裤子被撕扯得破烂不堪，回去被我妈收拾了好几天。”

同事闻言，开心地说：“哈哈，你可真恐怖，怪不得一看见自行车你就着急得跟什么似的，原来有这么悠久的历史啊。”

我笑着说：“那当然，现在上下班都坐通勤车，没机会骑自行车，所以很怀念骑自行车上坡的时候顶风前进，下坡的时候顺风飞驰的那种感觉，不要太带劲。十几岁的时候，我骑自行车都是双手撒把并打着口哨的，那时候让你见着，才叫恐怖呢。”

上海举办世博会的那年，在郊区崇明岛的东滩湿地公园，大风中骑着自行车飞奔，我找到了白日放歌青春做伴的飞扬。

起先压根儿没听说过这个地方，彻底的陌生感，让我在去的路上一直猜度它的模样。下得车来，一行人立即被扑面的呼呼大风席卷了。彩旗在风中呼啦作响，花儿草儿疯狂地随风摆动，人的衣衫被吹得前面紧贴皮肤，后面鼓翼若飞。四处可见高高的风力发电大风车的叶片，在风中哗哗地转着。我就纳闷了，巴巴地大老远赶过来，是要在这个地方吹风吗?

入得大厅，看到有三三两两的人租了自行车，欢快地从玻璃门出去，我才晓得，这是要骑着车，吹着风，赏花观景。

能骑自行车，我一下就兴奋了，都没做一下挑选，迫不及待跨上就近的一辆，一通猛踩脚镫子，“嗖”一声都没来得及发出，直接窜出好远。压根不理会景区的工作人员在后面叫：“哎！座位高低是可以调整的。”呵呵，我的技术，是不需要调整什么劳什子座位的，骑自行车，身体自己会调整到需要的状态。

刚骑着走了一会儿，便遇到一座木质拱形小桥，让我想到了韩国电影《雏菊》里惠英滑下小桥丢了包包的地方。桥下是湍急的流水，桥边是在风中摇曳的浅粉色小花，大片大片的绿色田野望不到边，再加上远处自顾自转动的一台台大风车，确实是很像电影里荷兰阿姆斯特丹的风景。陶醉在美景中，我放下自行车，掏出相机一顿拍照。我拿着相机边拍边看，看水，看桥，看风车，看植物，与那么多的植物深情凝视，尽管叫不出名字，也觉得它们很亲切。风吹拂着植物的枝条抚过脸庞，我不由得蹲下身，出神地看着这些大地捧出的珍贵礼物，鼻尖凑上去轻吸一口气，捕捉到一缕说不清的香气。

与路边的花草树木深情凝视之后，骑车继续走，下桥的时候，我不减速，照样蹬得很快。风好大，戴着一顶浅绿头盔的我和车连为一体，在风的呼啸助威之声中，一人一车如离弦之箭，呼啦啦刺穿大风织就的巨网。人与车在这广阔的园子御风而行，我似乎体会到，人们苦心孤诣追求的自由，大概就是这样的一种感觉吧！放逐自己的身体在风中一往无前，心里满是顺畅欢快。

风越大，越兴奋，尖着嗓子怪声怪气喊出来，古怪的声音，在风中传出去好远。

我忽而左手放把，忽而右手放把，吹着不成调的口哨，胳膊随着口哨声挥动，任自己怪异的样子在风中舞蹈。这一刻，才知道自行车这么多年从来不曾远离，我还是那个在北关村的场院上倔强学车的瘦弱少女，车还是多年前晚归时，双手放把，任由它飞速旋转的那辆颜色犹如爱情的桃红色自行车。

在这陌生的园子里，我看到了臭金铃儿、小菊花，这是妈妈每年都会栽种在院子里的花，于我而言，是太过熟悉的花草，是有各种温暖画面的花草，是伴我长大的花草。许许多多的温暖记忆，随着这花、这呼啸的风、这风驰电掣的单车，一起回来了。

白日放歌须纵酒，青春做伴好还乡。在风中飙车，放歌纵情，很轻易地，我找到了青春的感觉。

丢车记

再也找不到那辆自行车，曾经是一件让我充满绝望的事。丢失了陪伴自己走过特殊孤单岁月的重要物品，时隔三十年，还是让我感到伤心。

那是一辆特别漂亮的自行车，有着碧桃花、夹竹桃花或者杜鹃花一样的颜色。而且车身并不只是一种颜色，是由深到浅渐变的，从极浓丽的桃红，到圣洁的纯白，像是两个人一见钟情，一路牵手，穿着婚纱走入教堂。

动画片《千与千寻》中，小千拼命奔跑着，路两边高大花树上的花朵，涌上来，又退回去，一路跑，一路花，画面美得令人窒息。我觉得宫崎骏电影画面里的花瓣，似乎就是我的自行车的颜色。

一个热爱骑自行车并且骑行技术很棒的人，从学会骑自行车，到拥有一辆自行车，中间至少隔了满满十年的时光。漫长的岁月发酵出来的对一辆自行车的热爱究竟有多深刻，我说不好，总之，那一天，用自己赚回来的工资买回这辆自行车的时候，我恨不得亲吻它，并抱着它睡觉。

终于不用骑一辆黑色的笨重的丑陋的、除了铃子不响哪里都响、脚镫子都不一致的前面有大梁的 28 大杠，而是换成了一辆热烈的鲜艳的轻巧的、大梁是漂亮弧度的女式自行车。我闻了闻空气中飘出的若有若无的新油漆味儿，觉得那味道里有一种让人迷醉的醇香。

按一下铃铛，丁零零的声音清脆悠扬。拍一下白色的座椅，触感小巧而绵软。转一下脚镫子，齿轮和发条旋转的声音里传送着清爽凉风的消息。我的胳膊使劲儿一抬，自行车的前轮跳跃而起，后轮撑到地上，天空像镜面反射一样，一根根发条上闪耀着亮闪闪的光芒，握在我手里的，似乎不再只是一辆自行车的前把，它像被赋予某种神秘图腾的气息，激荡着我澎湃的心。无法拒绝自行车的诱惑，腿从前面一提，屁股端坐在座椅上，我的双脚猛烈地蹬起来，我的耳畔有风呼呼掠过，我的头发被大自然制造的风力梳子，一下一下地向后梳理着。

那时候满大街都不跑几辆汽车，我却早已读到过，学会驾驶汽车可以让人获得更多自由这样的句子。嗯嗯，不用驾驶汽车了，就是这辆轻巧的女式自行车，已经让我获得了比 28 大杠更多的自由。比如，上车或者下车的时候，我再也不用像骑着 28 大杠那样只能从后面上下。骑没有大梁的自行车，我可以根据心情来自由选择上下车的方向。车上还有一个白色的置物筐，我可以自由地把包包、书、雨伞之类的物品放到里面去。

骑着这辆车，我和朋友们在县城的主干线东兴街上从南到北、无问东西，飞驰而过，那是一段洒满青春热情的路程。

有月亮的夏夜，星星们在眨眼，和好朋友们从舞厅出来，音乐的余音还没有在耳朵边散去，我们哼着歌儿，双脚随着车轮旋转，双手撒把，双臂张开，揽风入胸怀，长发和裙裾一起飘飘。欢乐的时候，我不会唱歌，就吹口哨，荒腔走板不成曲调，依旧毫无自知之明地在大路上洒下一串又一串的聒噪。走过干河桥，热闹的声音飘荡在夏夜，早已安睡的青蛙们不干了，它们一股脑儿醒来了，呱呱呱呱，蛙声一片，加入了我们胡闹的乐队。

回到家，五十多平方米的单元房简陋清贫，却也收拾得清爽，舒适，唯一的卧室在背阴的北面。我和母亲住在这样的房子，却不觉得多么辛苦，至少这样的生活没有争吵和打斗，还有我盼望多年的宁静祥和。墙壁上有我从杂志上拆下来的豪华汽车照片，昭示着一个年轻姑娘对远方繁华世界的渴望。

我每天上夜班，人人都说很辛苦的日夜轮转。我那时候却不觉得多苦，一下班就骑上自行车到处找朋友乱逛。当时县城的城南和城北能收到的电视节目居然是不一样的，我家在县城的最北边，我朋友家在最南边，为了看一部叫作《十六岁花季》的电视剧，我每天骑着心爱的桃红色自行车，从城北到城南，看完电视，再骑着车穿过整个县城回家。那时候的自己只比十六岁大一点儿，却已经是工厂里的一名工人。看着电视剧里那些花季少年的爱情故事和学习生活，再瞅瞅自己似乎要生出老茧的手掌，心中一片迷茫。

骑着自行车到处疯跑的日子，和朋友站在斜阳映照的土地上，在黄昏中欣赏苗圃里的桃花，桃花绽放得很热烈，散发着神秘的光辉，花瓣上的光芒似乎也闪烁在我的眼眸里。

朋友住院了，我去医院看望。只是在病房坐了一会儿，出来走到停车的地方，发现我的自行车不见了。我紧张地转遍了医院的角角落落，还是没有。气喘吁吁奔跑着，又找了一遍，仍然没有。确认自行车一定是被小偷偷走的那一刻，我的心里一片荒凉，觉得命运对自己真是太差了，这么喜欢的一辆自行车，新鲜劲儿都没有下去，就被收走了。掩饰得很好的深度自卑不可遏制地在心里涌出，怀疑自己是不是命里就不配拥有美好的东西。

夜幕下的县医院空荡荡的院子里，再也找不到我美丽的自行车，天上连星星都没有一颗，黑沉沉的夜色中，我一个人深深哀伤着，悲痛着。

之后，我再没有买过自行车。丢失了最喜欢的自行车，我内心中渴盼拥有自行车的热情全部消失了。

现在，满大街共享单车，缤纷的颜色，多样化的选择，拿起手机扫扫二维码，就可骑着它奔赴你想要抵达的目的地，更不用买自行车了。

有人说：如果你真的喜欢一件东西，一般是丢不了的，不过有一个地方人们最容易丢失东西，那就是梦里。

我真希望，我只是在梦里弄丢了那辆桃花一样美丽的自行车。

初雪

天气预报说有雪，就真的下起来了，一点都没有扭扭捏捏的意思。纷纷扬扬的雪片，像是被巨型机器在后面鼓动着，动力十足，不管不顾，从灰蒙蒙的天空中飘飘洒洒，直往地上扑。

看窗外柳树梢在风中狂舞的劲头，就知道风一定很猛。看完天气预报后，我向女儿的舞蹈课老师请了假。没有必须外出要办的事，一个白天都没下楼，窝在家里，隔一会儿看看窗外的雪，一直在下；隔一会儿再看看朋友圈的雪，一直在发。

写作群里南方的孩子们，看到我发去的初雪照片，惊喜地欢呼："这才是冬天该有的样子。"我答之："可能是久居兰室，不知其香，我现在对雪无感了。"

自然而然说完这话之后，心里不由得一阵郁闷。想当年，还正年轻的自己，面对泼天泼地的雪，诗意盎然，洋洋洒洒，感慨连篇。年轻的姑娘，每到下雪，舍不得以笨拙的双脚踩踏那一片片晶莹剔透，面对一地雪白，她像佛祖一样，有着践地唯恐地痛的大慈悲。

如今，空对一场好雪，居然麻木到无感。

女儿隔一会儿爬到窗户边喊一声："哇，好漂亮呀。""哇，全都变成了白地毯。”“哇，那辆车被冻到了地上啦！”“哇，我想有一条像雪一样冰凉的裙子，这样的话，最热最热的夏天，我就不怕热了。”

孩子的快乐真实可感，幸好还有孩子，随着她的兴奋和一浪高过一浪的惊呼声，我与孩子的喜悦有了共鸣，感受到一场雪带给心灵的幸福悸动。

女儿说：“妈妈，我想下楼去雪上面踩脚印。”

我拒绝了她，并告诉她：“外面风很大，下去会感冒。学校发通知了，周一开始，凡是咳嗽的人，一律不允许进校门。你还是乖乖家里待着，别被风一吹一咳嗽，就上不了学了。”

女儿眼神里的光芒倏然一闪，暗了下去，闷闷不乐地说：“好吧。”

一个当妈妈的大人，就是这么没意思。权衡利弊，避轻就重，把娃的一切小心翼翼安排成无趣乏味的一天又一天。我权衡出来的利，就真的是利吗？我所谓的重，就真的是重吗？

对孩子漫长的一生来说，不管不顾到雪地里撒野，给童年留下一串串晶亮明净的欢乐，才是最重要的。只是，老母亲实在做不到，孩子可能会生病，这后果实在是太沉重，沉重到我只好狠心放弃玩雪的快乐，而选择无聊地和孩子宅在家里，面对一场近在咫尺的雪，无动于衷隔窗相望。

目之所及，世界莽莽苍苍，莹洁如玉，空气清冷凛冽。夜色朦胧，大地洁净，实在忍不住了，我把自己穿戴好，特意下楼，只为看一眼这清冽干净的琼玉般的初雪。小心翼翼地走在松软的雪里，脚下传来咯吱咯吱的响声，似有精灵欢唱于草木之中。

呼呼作响的风声中，橘色路灯明亮的光芒下，雪花散散漫漫，带着一股飒爽之气，冲到了举着手机尽情为它拍照片的人身上，鼻尖上一抹沁心的冰凉，带着一丝调皮的意趣袭击了我。

仰起头，放空身心，认真感受，这一刻在雪舞天地的美好气息浸润下，裹藏内心的麻木硬壳碎裂了。我的心，又一次充满柔软安详的宁静。感谢这场初冬的大雪，让我阅尽霜花之后，依旧温存如初。

与众不同朱顶红

看了一整天稿子，腰酸背痛脖子僵直，从椅子上起身，径直走到阳台上，看一看盛开的朱顶红。翠绿颀长的叶子上方绽开的红色花朵，斜阳中闪耀着柔和的光，让人轻盈明媚。

我家阳台上这一盆朱顶红，连续十几年了，年年春节期间绽放好几朵美艳绝伦的红花，今年春节却无动于衷。我在心里默默嘀咕了几次，这盆花是怎么了？笃信红花开好运来，每年春节都灿烂灼然盛开的一盆花，今年却没有如期等到花开，我在暗自心焦的同时不敢往深处想。

早春二月，花盆中的朱顶红努力打出了十几个健壮蓬勃的花苞，这样多的数量是前所未有的繁荣，一想到这也许昭示着美好的寓意，不禁无比欣喜。

我天天去阳台上看，终于惊喜地发现，有一朵花，等不及其他慢腾腾的队友，自个儿大张旗鼓率先绽放了。一朵花虔诚地开放，为我的家带来一室春光。看着花梗上顶着的一个个花骨朵，想象含苞欲放的十几朵花，某一天全部绽放的盛景，那份热腾腾的欢欣雀跃，太令人期待。

面对这朵在春光之中不言不语，独自美丽，叶片舒展艳丽，花蕊自信坦荡，一派天真从容绽放的美艳花朵，我想说："你是宇宙里恰好相遇的浪漫。”

“与众不同朱顶红，耀眼颜色天上虹。花开四方寻知己，根出一茎为尽忠。”喜爱这花的诗人们早就为朱顶红写下了美好的诗句，“耀眼颜色天上虹”浅显直白，却也道尽朱顶红的美丽姿态。

朱顶红的花语是芬芳，据说它在开放时会发出浓郁的清香，我家的这盆我仔细闻了，似乎没什么特别的味道。我们也不能要求太多，花开得那么美，即使没有芳香，也会在我们心里洒下无数馨香。

朱顶红叶子翠绿，茎秆直挺，叶子很像君子兰，常常有人将朱顶红误作君子兰。实际上朱顶红一点都没有君子兰的娇气，这花实在是太好侍弄了，置之阳台，隔三岔五浇点水，它就经年累月地抽出碧绿修长的叶片陪伴着你。

我一直粗枝大叶地对待朱顶红，从不曾精心侍奉过这盆花，让我感动的是，无论怎么粗放管理，到了春节，她都会应时应景捧出一朵又一朵吉祥喜庆的大红花朵。那一朵朵完美绽放的花朵，像是朱顶红诚心诚意发给人们心灵的红包。

朱顶红打满花骨朵的时候，我妈妈恰好来到我家。一经她的手打理，这盆花立即旧貌换新颜，变得精神昂扬生机勃勃。我妈妈有一个神奇的本事，任何花被她的手抚弄过，就像被花仙子的魔法棒点化过，马上就充满神奇的活力。一位外国诗人写过这样一句诗：“没有一株植物死在她手上。”看到这句诗，我立即坚信，这诗句里的“她”，就是我妈妈。

传说，朱顶红是来自天上的星宿，它的英文名“amaryllis”源自希腊文的“闪耀”一词。也有人将朱顶红称之为“骑士之星”或“颠茄百合”。台湾人则将朱顶红唤作“孤挺花”，他们坚信，在人生的迷途中，总有一枚星星会指给人们正确的方向。

看着阳台上蓬勃向上的朱顶红，我愿意相信，这花儿拥有让人欢喜自在、笃定不移向前行走的力量。

北关村访旧

回到神木，住的酒店距离小时候的家很近，站在白色窗纱摇曳的窗户边上，触目所及尽是昔日邻居的房子。

当我凝望眼前这些排列紧密的一排排房屋，无数过往的时光，在我的注目之下，列队而来，似乎在欢迎我。

清早起来，女儿还在睡，我一个人洗漱完下楼，怀着一种眷念以及向往之情，步履轻快地去往留下无数童年记忆的北关村走走看看。

行进的路上，感受渐行渐远的旧时光，我不断发出自己才能体悟到的隐秘感慨。不得不承认，记忆里的北关村，早已彻底变了模样。刚刚重建的大仙庙，以前所未有的崭新之姿，成为寺庙与广场一体的休闲之地。

路边闲聊的老妇人，说话的口音都不似从前，靠卖地富裕起来的老北关村的村民，没有几个还住在这里了。他们都搬到了新的居住地，那里马路更宽阔，楼房更高耸，人声更鼎沸。

留下很多记忆的家门口大路，俨然成为寿木一条街，卖糕、卖绿豆粉、卖豆腐的铺子夹杂其间。早晨 7 点多钟，理发铺里已经有老头老太太三三两来理发。

站在大仙庙的楼阁上远观二郎山，还和从前一样，刀劈斧削的挺拔伴着荡气回肠的绵延。

切都变了，只有蓝色和绿色小铁牌上印制的巷子名，还是旧时模样。

被砌进水泥台阶里的两块长着黑色苔藓的石头，露出了从旧时光里溜出来的倔强面庞。黄泥夯筑而成的破旧石头墙的缝隙里，藏着童年时光中太多的顽劣模样。

我家巷子前排的一户人家，养了好多鸽子，它们在天空中优雅的身姿，让北关村拥有展翅翱翔的欢乐。

一个人在狭窄破旧的巷子里缓缓走过，每一步似乎都踩在了童年的回忆上，又似乎有点恍惚：过去的那些时光，那些记忆，是真切存在过的，还是只是一个满脑子幻想的人杜撰出来的虚幻背景？

走着走着，不由得冒起来这样真切的怀疑，我家的那座有着红陶瓦和满院花香四溢的漂亮房子，已经完全在大地上消失，代之而来的是一条宽阔的大马路。我站在大马路上打量着四周陌生的场景，不由得再次怀疑，那些在脑海里存在了很久的小院花影摇曳的画面，或许只是一个人对遥远童年的一种虚幻想象？

有人说，世间有失而复得，但没有和好如初，失去了就再也回不来了。站在北关村旧貌不存的巷子中，我一遍遍告诉自己，一定要好好珍惜现在的一切，所有看似寻常的拥有，在时光的洪流中，我们终将一一失去。

装修工人

我深信，文学就是人学。对生活中或擦肩而过，或短暂凝眸，或简单交谈的各行各业有意思的人，去观察，去记录，是一件特别好玩的事儿。

在工地看师傅安装定制柜子，想到每日写作任务还未完成，而且暂时还不晓得该写点啥，我心念一动，就写写这个工人师傅吧。

他是一个慢腾腾的不温不火的男人。个子偏小，长相还算不错，用我们本地话讲，花眉梢眼。头发黑黝黝的，特别浓密。他抽烟很凶，嘴里吸入一口烟时，会露出一种幸福沉醉的神情。他喜欢喝的饮料是方瓶子的康师傅茉莉花茶，以及圆瓶子的康师傅冰红茶，我得出这个结论，是因为工地里有好几个饮料瓶子。

他干活的时候穿着塑料拖鞋，这并不影响他在高凳子上灵巧地跃上跳下。白色短袖，黑色短裤，看着比较清爽。他干活可真慢，慢到我感觉他似乎像一个摆弄心爱玩具的孩子一样，悠然研究着这些柜子的各个部位。

他很爱聊天，总是停下手中的活，像是压根儿没有工作需要他干一样。他隔一会儿，就会站在我旁边给我讲一阵儿话。刚刚讲的是，他的一个亲戚，有六套房子，他给我分别说了这六套房在这个城市的方位。他说这个人有六套房，自己在开发区为娃娃上学租房子住，还只租了半套单元房。开发区房租好贵呀，半套房子要三万四。他很认真地对我说，其实这个人赚的钱并不多，一年也就二三十万。可是人家平时基本就不花钱，光办正事。说完这些，他很负责地总结说，当然，这两年不行了，这两年买房子没利润了。人家那都是前几年买下来的房子。

他拒绝给我们将网上买的灯安装到柜子上时，也是慢吞吞各种讲理由。他说："专业的事要让专业的人做，我们接的线就根本不行。我要是接的线不行，以后你柜子都安好了，灯不行，不是事儿更大了，你不是还要找我负责了？我就是安柜子的，我不负责安灯，安灯的事情我不能干。你看人家电工接的线，多好。你看他拔线管，一下就拔下来了，你叫我拔，一下就拔断了。我可不能给你安灯。你们当时就应该买柜子上统一配置的灯，那个灯我就会安，你买的这个灯我就不会安。"

吧啦，吧啦，反正他站下就一直说。

看到电工还不来，他说："你叫的人呢？你不叫人我就走呀，我只管安装柜子。"

我赶紧说："好吧好吧，你等一等嘛，我叫电工来安呀。"

他又说："一般电工弄不了，不要叫那些，你要叫专门安灯的人。人家专门安灯的人才会安装。"

我说："来了来了，人家路上走着呢。"

他皱着眉头说："现在的人，尽就都是哄你的人，说好来呀来呀，你可要好好等了。"

我说："好吧好吧，你也可以先干别的活。等电工来了接好了，你再装这几个大柜子。"

他说："不行嘛，不行嘛，干不成嘛，他们不来弄好，我装不成嘛。"

我指着边儿上的一个小柜子说："你看，你可以先把这个给装上吗。"

他说："这个不忙嘛，这个忙什么了，装这个我分分钟嘛。"

跟这个师傅的一番对话，我真的是越说越不会说了。我一贯是个风风火火急性子，遇到这么个慢腾腾碎碎念的师傅，一点脾气都没有。我一个自诩伶牙俐齿的家伙，在一个装修工人不温不火却坚定不移的语言系统里，毫无还手之力。

无话可说，我拿起抹布擦柜子。他看了我一眼，很负责任地慢慢说："你不要擦嘛，你擦那个没意义，你擦了还是脏，干活一会儿就又赔上灰尘了嘛。"

我说："没事，没事，我擦一下吧，不要给你衣服蹭上灰嘛。"

他在边上给柜子拧螺丝，我在手机里写他。写一会儿，我抬头看一眼这个师傅，不由得一乐：他一定想不到，我正在写他吧。

每天一个小礼物

“每天给自己一个小礼物，不要故意计划，也别怀着期待，让它自然地发生。”每一天，总在不经意间，为我送出礼物的人，正是我的女儿。

上个月在神木录制完电视节目，我和朋友闲聊时说：“我觉得，我们俏俏是来报恩的。”朋友说：“嗯嗯，我们毛茸也是。”

两个即将奔五的二胎老母亲，说起家里的小棉袄，脸上瞬间露出柔美甜蜜的微笑。

昨晚临睡前，与女儿一起亲子阅读，任务是每人读一页，用石头剪刀布来决定谁先读。我赢了一次，她马上说：“不算不算，三局两胜。”然后，如她所愿，再比画，她还是输。

赢不过，女儿只好一个字一个字念起来，由她首先开场。只读了一年级上学期的女儿，因我这个放羊式教育的懒妈妈，学前没有过多教孩子识字，读书需要连蒙带猜，再加拼音辅助，读起来略显手忙脚乱，慢腾腾的，读完一页，费时较长。

轮到我，抓过书，稀里哗啦就读完了。两下一比较，女儿不乐意了，很是苦恼地说：“哼，为什么我读那么慢，你就可以读那么快。”

我扬扬得意说：“别说读了，你妈还能写书呢。”

女儿急切地说："我想跟你换，要是我能像你这样就好了。"

我说："我也同意换，正好我不会画画，咱俩换了的话，我就可以画很漂亮的画了。"

女儿嘴一撇说："哼，不换了，换了我就不爱穿裙子了。"

对于穿裙子重于一切的孩子来说，我这个不爱穿裙子的妈妈，简直是一种尴尬的存在。

女儿过生日那天，邻居小姐姐送她一个捕梦网。第一次见到捕梦网的女儿，立即被这圆形空间里的不规则小网格、边缘上垂挂着的柔软轻盈的羽毛和亮晶晶的装饰品组合而成的物件吸引。一晚上拎着跑来跑去，爱不释手，并且反复宣布：这是我最喜欢的礼物。我悄悄提示她："别的小朋友送的礼物也很棒，你只夸一件，她们听见会伤心。"

她很懂事地不再发表魔性赞美，只是拎着那件礼物不放开。很晚了，还在摆弄着心爱的礼物。我只好告诉她："把捕梦网挂到床头，你就可以做一个美梦。"

她惊喜地问："真的吗？"

我笃定地答："真的。"

女儿立即钻进被窝喜滋滋睡觉去了。早晨一睁眼，她水灵灵的眼睛内似有星辰在闪烁，手舞足蹈对我说："妈妈，妈妈，真的，我把捕梦网挂上，我就梦到了幼儿园的双双老师和刘老师，我梦见和她们拥抱。这个捕梦网实在太神奇了。"

看到孩子被惊喜之情点燃的甜美脸庞，我想，天使的日常表情，就是她此刻的模样吧。

每天一个小礼物，就是我的女儿满含笑意地仰着头，充满信任地、热切地、喜悦地呼唤妈妈，那一个又一个动人心魄的瞬间，是上天给予一个母亲的最大恩赐。

茶缸里的冰棍儿

当我和两个朋友在重庆，围着一个冒着冷气的冰激凌火锅吃得忘乎所以时，不由想起儿时夏天吃冰棍儿的往事。

每逢夏天，属于孩子们的乐趣会列队而来，各种不一样的体验，像六一儿童节小姑娘身上的花裙子一样缤纷多彩。下到窟野河里摸鱼，跑去老街捡杏核，蹲守农田偷吃西红柿，去乡村摘桑叶喂蚕，用凤仙花染指甲，偷吃酢浆草的根茎，把牵牛花夹在书里当标本，这些把戏我们玩儿得兴致勃勃，乐而忘返。

然而最让馋嘴孩子期待的，却是老街卖冰棍儿人悠长清亮的吆喝声。冰棍儿、冰棍儿，这拖着长长尾音的叫卖声一响，孩子们立马觉得炙热夏天最奢侈的事情，是吃上一根让人念念不忘的、冻得邦邦硬的甜冰棍儿。

二十世纪八十年代最先在神木县城卖冰棍儿的，是冷库的工作人员。他们从冷库取出来冰棍儿，放到一个特制的木箱子里，箱子外面刷着白油漆，用红色油漆写上“冰棍”两个有点艺术感的大字。冰棍儿箱放到自行车后座上，用一根绳子牢牢绑住。冰棍儿箱子上面有个拉手，拉手一提，箱盖就揭开啦。这时，孩子们会踮起脚尖使劲往箱子里瞅，一股凉气随着冰棍儿箱打开就扑到脸上，被太阳晒得红扑扑的脸蛋，被这一股迅捷飘起的冷气一扫，清风徐来，舒爽自在，心里美滋滋的。

冰棍儿箱子打开，首先看到的是一块白色厚实的棉垫子，掀开棉垫子，就可以看到码得整整齐齐的冰棍儿，每一根冰棍儿都裹着一张包装纸，挨挨挤挤缩在一起，等着小朋友们品尝。冰棍儿箱揭开的瞬间，对每一个头顶大太阳跑得汗津津的孩子，都具有极大的诱惑力。冰棍儿藏在木头箱子里默默散发出的香甜凉爽气息，吸引着孩子们大方地递出被手心握得滚烫的五分硬币，换一根冰棍儿捏在手上。小心翼翼掀开包装纸，并不着急扔掉，包装纸上残留的冰碴，要伸出舌头舔一舔，不然就滴到地上了。

我无数次在经过凯歌楼的楼洞时，看别的孩子拿着钱买冰棍儿，自己却从来不曾买过一根。妈妈对我们管束很严格，不许我们兄妹三人拿着钱自己去买零嘴吃，她坚定地认为小孩子花惯了钱，长大了必然大手大脚。我们看别人在街上吃冰棍儿，自己没钱买，馋得不行，就回家央告妈妈。妈妈被我们烦得不行，就放下手头忙碌的活计，把家里的一只蓝色带盖子的搪瓷茶缸清洗干净。妈妈拿着美丽的茶缸穿过小巷，从大路走到北大街，再从北大街走到凯歌楼，买三根冰棍儿放到茶缸里，小心翼翼把茶缸的盖子盖好，因为怕冰棍儿融化。她端着茶缸步履轻快，急匆匆赶回家里，一人递给我们一根冰棍儿。我们兄妹三人拿起冰棍儿一阵激动，赶紧张开嘴巴舔一下，不然甜水就掉地上了。嘎巴一声，咬一口冰凉甜蜜的冰棍，舌头被突如其来的低温刺激得震颤不已，那是舌尖上的味蕾在欢呼。妈妈总说她不吃，嫌太冰，我一直信以为真。直到渐渐长大，才醒悟到，她其实是舍不得吃。我那会儿总嫌妈妈事多，别的小孩要吃冰棍儿，就带五分钱直接买来，当场几口吃掉好过瘾。只有我们，要眼巴巴地等着妈妈端着蓝色的茶缸买回来，站在自己家吃，总不如站在街上吃得痛快。妈妈坚持要按照自己的意愿来，我们也只能妥协。

长大后才知道，妈妈为了让我们有规矩，一刻都不敢松懈。她常说："从小花惯了钱，心就很难收回来。"

烈日下，妈妈端着蓝色的茶缸，里面装着三根冰棍儿，那匆匆而来的身影，一直温暖着我。茶缸里的冰棍儿，是妈妈留在我生命中满含温暖和柔情、传承良好家风的一个剪影。

喜被

搜索查看结婚用的绸缎被罩，翻完购物网上的商品，又专门翻了一遍茗茗同学去年底发的微信朋友圈：“八十多岁的老母亲，为外孙女缝喜被，这古老的习俗和被面，这永恒的爱，多暖，多美，多好看！”

这则朋友圈里的配图，是一位八十多岁的老太太缝被子的场景，那些缤纷多彩的绸缎被面带来视觉冲击的同时也引发我内心的惊叹。繁复的图案、精美绝伦的颜色、不同绸缎发出的相同温暖光芒，组合起来仔细看，好令人沉醉呀。

茗茗在朋友圈说的话我深以为然，我和她一样，觉得为将要新婚的孩子准备结婚的喜被，是一件隆重、温暖、美好的事情。缝被子是结婚最美好的象征，也是最温暖厚重的期盼，这里面蕴藏着一位长辈对孩子的深切的爱。儿子的婚期定下来之后，我第一时间就想为他好好张罗缝制结婚的喜被。看我那么投入地反复挑选，还没法决定到底做哪种喜被，朋友劝我：“结婚用的绸缎被子，就只是结婚当天摆出来给人看的，之后就没人盖了，估计得扔，所以不要买贵的，大家都是弄那么个样子，结婚那天摆一摆就好了。”她为了说服我，和我语音聊了很久。我还是坚持己见，决定要给儿子缝制质量好的蚕丝被子，配上有古老图案的绸缎被面。我说不能从一开始觉得没用，就弄个不好的凑合，这样到后面肯定会成为没用的东西。缝的时候就按高质量的准备，人盖在身上觉得舒服，自然会一直盖着。朋友说："你和你儿子商量，看年轻人要这些东西不。"我说："不商量，无论他要不要，我都给他准备呀，那是我的心意。他们不用就先放着，也许很多年以后，他会觉得他妈妈弄的结婚被子盖起来很暖很软。很多事物需要经过岁月的积累，才能被人们领略到其间所珍藏的美好厚重。"

执拗地不听从劝告，坚持缝制绸缎被子的我，自己也有点纳闷儿，我现在居然真心觉得绸缎被面是美的，奢华惊艳，值得拥有。

人对事物的态度，随着时间推移，会发生很大变化。五颜六色、纷红骇绿的绸缎被面，我以前觉得土、俗、难看，现在人老了，却感知到那缤纷绚丽的颜色里，藏着太多的吉祥美满的喜庆气息，中国历史中那些古老的美好传说和祝愿，就藏在绸缎被面的颜色和图案里。百子团圆、龙凤呈祥、麒麟送子、鸳鸯戏水、百年好合、富贵牡丹、龙凤双喜，眼睛看着这些美丽的图案，脑海中将美好图案和所寓意的吉祥祝愿一一对应，看着、想着，心里溢满柔情。

儿子儿媳新婚之夜，用手抚摸过那顺滑细腻的绸缎，感知蚕丝的柔软蓬松，一定会觉得很幸福吧。

不管岁月如何变迁，人类的生活方式经过多少改变和提升，久远岁月中流传下来的许多传统事物和讲究都不该被淡忘，淡忘就意味着丢失。古老的东西丢失得越多，我们本可以领略到的丰厚文化遗产就越少，我们的日子就会过得越来越单薄，越来越无趣。

为结婚的孩子缝制喜被这件事儿，不应该被轻视，不应该把喜被只当个摆设，从而潦草凑合，我们应该认认真真地把自己的爱和期盼，用细密的针脚，缝进优良品质的被面、被罩、被芯之中，如此一来，那些喜滋滋甜蜜蜜的浓厚心意，就会一直贴身呵护着喜结连理的两位年轻人。

有妈妈缝制的美好喜被陪伴，新婚的孩子开启人生新征程时，一定会更有底气，也会更加懂得爱和宽容。

俏言俏语

这里记录着我的女儿俏俏成长过程中的零星言语，这些言语像星星一样，细碎而斑斓地簇拥着我的日常生活，让每一个寻常的日子，闪烁着明亮洁净的光芒。

每一个孩子都是上天派来的天使，携带着高天之上的灵性，为我们留下神秘深邃、悠远空灵、意趣盎然、欢快洒脱、自然而然的一串又一串神采飞扬的语言果实。

医院里住了几天，连医生都知道，只要俏俏说："妈妈抱抱。"就是又发烧了。

（2017/02/26）

老大年纪的我拔去两颗智齿，顿觉天下美食皆浮云，还好家里有位叫俏俏的小大夫，准时上岗，端着自己的玩具医疗器械，喊一嗓子："开始打针了。"塑料针管轮流在全家人胳膊上蹭过，有时还需要撩起衣服，露出肚皮，我还要装作疼得直抽气才行。受其影响，在医院看到大夫，会觉得面目温和，态度可亲。

（2017/07/06）

俏说："月亮绵绵的，小狗绵绵的，花朵绵绵的，面包绵绵的，妈妈绵绵的。"

（2017/07/31）

俏说："月亮升起来了，绵绵的。没有太阳了，天黑了，不晒了，凉凉的。"

（2017/07/31）

俏说："放点音乐跳跳舞，这么跳，这么跳，这么跳嘛！爸爸是笨蛋，不会跳舞。"

（2017/07/31）

《不可思议的旅程》，一本无字绘本，只讲到第二页，我说："小猫也睡着了，不理她。"两岁七个月的俏俏，伤心得哇哇大哭。她好像完全融入故事，书里小女孩的遭遇使她感同身受。才这么小，就这样敏感，娃的反应吓了我一跳。

（2017/08/17）

俏从楼下抓回来一条柳树梢，回家后她稳坐沙发，脱掉鞋袜，拽下一片一片柳树叶，夹到脚趾缝里，对我说："妈妈，我在做草鞋。"

（2017/09/09）

俏拿着我的手机，睁着一双清澈明亮的大眼睛，很无辜地看着我说："妈妈，我给你删了。"我并没意识到删了什么，以为是照片之类，随手拿过手机放一边了。直到想看微信时，才发现，她把微信给我直接卸载了。

（2017/09/12）

近期，俏的口头禅是："妈妈不要玩儿手机了，拼积木吧。"而我每次拼，她都会一把推倒，并告诉我："难看死啦！"要不就是好不容易央告得我愿意和她拼积木，她却坚决霸占所有积木块，不让我动。

临睡，又要求拼积木，为了防止她抢我的，我说："所有的绿色是我的，你不能动。”

她立即说：“红的是我的。”

我说：“我要拼个机器人。”

她跟着说：“我也拼个机器人。”

于是我俩一人拼了一个自认为最完美的机器人。她把所有红色的用完之后，不能满足自己的创作欲望，又拿了两块其他颜色的。哇，年轻一辈就是厉害，直接打破禁忌自由取用。不像我一样墨守成规，只知用属于自己的。

早上起来拉开窗帘，阳光洒在一红一绿两个机器人上，心里一阵阵的温暖和得意。

（2017/09/13）

俏在院子的草坪里捡到一片巨大的树叶，她举着树叶跑到我跟前说：“妈妈，我给你送一个礼物，好大一朵花呀。”

（2017/09/23）

领俏到西安，一进门，她兴奋地欢呼：“好漂亮的一个家呀！”

（2017/09/26）

摸了摸爸爸胡子拉碴的下巴，俏说：“猕猴桃。”

走在大唐芙蓉园里，俏对我说“这是大糖芙蓉园，还有小糖芙蓉园呢。”

与在徐州的壮儿视频聊天，壮摇头晃脑逗俏开心，俏一本正经说：“哥哥，你好丑呀。”

（2017/10/05）

俏说：“太阳还没有出来，雨雨把太阳挡住了。”

（2017/10/09）

看见我洗衣服把水洒到地上，俏立刻找来拖把拖干净，把拖把送回去后，一直安静地站在我身边，等我洗完，问：“这个好了吗？”我说好了，她立即喜滋滋拿上衣服，搭在阳台栏杆上，一共四件衣服，来回跑了四趟。别说，搭得没有一丝褶皱，平平整整。

（2017/10/20）

我在吃午饭，俏端着我的手机跑过来，要求我把手指头放到下巴上，号称："我要给你照相。"我很听话地照做了，她拿着手机反复比画，耽搁的时间足以把我的热包子都晾冷，她才说："难看死了。"然后放弃拍照，转身走掉。

（2017/10/24）

草坪逐渐枯黄，俏拔下一株枯草，认真地插到绿化带的水龙头里。早晨，俏说："月亮像一个大香蕉。"晚上，在小区院子里看到月亮，俏说："月亮升起来啦。"几步迈出小区大门，站在马路上的她一抬头，又看见月亮，俏惊呼："又一个月亮，两个月亮，这个月亮是刚才那个月亮的妈妈。"

（2017/10/31）

"妈妈，快来看呀，好美呀。"俏硬拽着我的手，把我拉到厨房，一脸兴奋地指着下水道里自行生长出来的两片嫩芽，得意地问我："好看吧？"

（2017/11/17）

俏最近变身不爱照相宝宝，只能偷拍。两岁十个月，纠结的问题是："妈妈，我的小时候哪去了？我想回到小时候，在妈妈的肚子里吃奶。"

我下班回家，她端着一个小板凳走过来，坐在我跟前说："俏俏和妈妈在一起可舒服了。"

（2017/11/18）

来到徐州，走在壮的大学校园里，很多在寒风中专注于井盖涂鸦的学生，形成一道美丽的风景，吸引了俏的目光。一路上不肯配合拍照的俏，看到井盖上油彩鲜丽的粉红色小猪佩奇，激动地直喊："佩奇，佩奇，妈妈快看佩奇。"马上笑逐颜开摆出剪刀手，要求拍照。

（2017/11/19）

车过云龙湖，俏趴在玻璃窗上说：“水波荡漾。”

（2017/11/20）

诗博园，不停认字的俏，指着介绍苏轼的宣传栏上弯弯的括号说：“月亮！月亮！”

（2019/11/20）

徐州动物园，每见到一种动物，俏都对我说：“妈妈，我想摸一摸它。”鸳鸯、老虎、大棕熊、斑马、小熊猫、鹦鹉，概莫能外。

（2017/11/20）

三亚，清水湾，借住朋友家。从小区外的超市买了一盒鸡蛋，俏自告奋勇说：“妈妈，我来帮你提。”居然真的一路提回家，一颗也没有摔碎。

（2017/11/22）

猴岛入口处，可以和一位装扮的孙悟空免费合影，很多人排队，俏说：“我不想和他拍照，他好丑呀。”

（2017/11/23）

领俏出去打防疫针，俏一路跑得那叫一个欢快洒脱，反正只要让出门，干啥都好开心。打针时只哭了一下，打针的姐姐说，不哭就给吃橘子，于是生生地忍住。

打完针，衣服穿好，很快速抓了一颗橘子，不让我代劳，直接放在自己裤兜里，才抬头问我：“妈妈，你看装进去成了啥样子了？”

我说：“满满当当的。”

俏满意地拍了拍裤兜，直接一撒腿就跑开了。跑得这么快，是因为可以在前面的中信银行拿一颗糖吃。每次路过这个家门口的银行，总要进去白蹭一颗糖。

糖到手，迅速把糖装在兜里，转身无比欢快地往家跑。

进门后自己搬着小板凳踩上去洗手，洗完了跑进厨房说：“妈妈你看，干干净净了，可以吃糖了。”我给剥糖纸的时候，无比紧张地嘱咐我：“不要咬一口，不要咬一口。”

每次吃糖怕她吃太多，我就咬掉一大口再给她。唉，眼巴巴地监督着，确实不好意思咬一口。

（2017/12/05）

我买了一包石碾小米茶，商标上是一个围着红围巾的陕北妹子。俏指着这个头像问我：“妈妈，这是你吗？”

我随口说：“你觉得像妈妈，那就是妈妈吧。”

娃果断说：“妈妈，你长得好丑啊。”

（2017/12/13）

一出单元门，看到一堆堆的白雪，俏俏好奇地问我：“妈妈，这是什么土？”

我回答：“这是雪。”

她走过去摸了摸雪说：“好冰呀！”

这是她第一次触摸到雪，以前下雪只是让她隔着窗户看，她会说雪是白白的，但是见到真实的雪，就蒙圈了，张口就问这是什么土。

（2017/12/14）

昨天将一只流浪狗骗回家，喂了许多饼干后原路送回。今天在大雪覆盖的路上，我问俏：“冷不冷啊你？”俏说：“狗狗没有穿衣服。”

（2017/12/14）

扔一条鱼到养乌龟的缸里，三天后看到，鱼仍旧完整地悬浮在水中，我嘀咕：“乌龟是生病了，还是在冬眠？”俏俏举着一颗橘红色胶囊，急忙跑过来说：“给它吃点药药吧。”

（2017/12/20）

午睡前，俏说：“妈妈，给我讲一下这本书吧，《牙齿大街的西红柿》。”我看了一下，书上写的是《牙齿大街的新鲜事》。

（2018/01/06）

一只粉红色小熊成为俏俏的新宠，走站坐卧，不离怀抱。睡觉先给小熊盖好被子，自己才钻被窝。吃饭先让小熊在餐桌坐好。经常自言自语说很多话给小熊听。刚刚她对我说："妈妈，我和小熊不一样。我已经长大了，她还没长大。我爱她，她就长大了。"哦，对了，俏给这个小熊取的名字叫：bīnbīn。

（2018/01/07）

"妈妈，我和你不一样，你长大了，我还没长大，你爱我，我就长大了。妈妈，你为什么不和我一起过生日？你，和我，和爸爸，咱一起过生日吧，我想买三个蛋糕，巧克力蛋糕，毛猴子蛋糕，白白的蛋糕，全部都吃掉。"这是俏俏的三岁生日愿望。

（2018/01/13）

餐桌边，我跟俏俏有一句、没一句闲聊。

俏："妈妈，你的小时候去哪儿啦？"

我："啊，这个问题可有点复杂。妈妈的小时候已经过去了，妈妈只有现在这样的大时候，没有小时候了。"

俏："妈妈，你小时候在哪里？"

我："在神木。"

俏："妈妈，我小时候在哪里？"

我："你在榆林。"

俏："妈妈，你小时候吃什么？"

我："吃奶，吃妈妈的妈妈，也就是你婆婆的奶。"

俏："妈妈，你小时候吃奶粉吗？"

我："不吃。妈妈的妈妈那会儿没有工作，没钱买奶粉。"

俏："妈妈，那你那会儿有工作吗？"

我："妈妈小时候没有工作，现在有工作。"

俏："妈妈，那你现在喝奶粉吗？"

我："不喝，奶粉很贵，留给宝宝喝。"

俏："妈妈，爸爸咋还不回家，是不是他现在正在忙。"

我："是的。"

这时，防盗门锁转动的声音响起，娃爸回来了。正在喝稀饭的俏，笑眯眯地说："爸爸，我想吃煎饼馃子来一套。"

娃爸直接转身又下楼去买了，不得不感慨一下，零下十八度啊。这要是我想吃，门儿都没有。

（2018/01/24）

过大年，在神木。滑冰，摘草莓，看灯。

俏说："妈妈，我好喜欢滑冰呀，就像佩奇一样，我也学会滑冰啦。"

真是见识到小女孩天生的曲折委婉劲儿了，想让人陪她玩儿，不直接说，蹭到跟前一脸委屈状："妈妈，我今天有点不高兴。"或者干脆告诉你："妈妈，我现在有点孤单。"

摘草莓的路上，看到新建起来的楼房，一栋一栋挨个指着说："这是爸爸和哥哥的，这是我和妈妈的，这是婆婆的。"我们都沉浸在娃顺水人情送出一栋楼房的巨大喜悦中。

（2018/02/18）

俏说："糖是甜的。我每天都想吃糖。我爱棒棒糖。我对棒棒糖的爱有火车那么大。明天我不想吃糖了，我要吃冰激凌。"

（2018/03/26）

"妈妈，你看我漂亮不？"

"你这是干啥了？"

"我化妆啦！"

"化妆？明显是又拧开水龙头把凉水抹了一头一脸啊。"

"我就是化妆了，妈妈，你化妆不？"

"我可不会。"

“妈妈，你还是要化妆。像豆豆嫂嫂一样，化了妆可漂亮了。妈妈，世界上最漂亮的人是我和你，豆豆嫂嫂和小侄女。”

（2018/03/27）

在食堂吃饭，俏溜达到后厨看到包饺子，转身走进餐厅，看到墙壁上的宣传画，画面上是一碗米饭，写着：“每一粒米都是汗水的凝结。”她仔细端详了一会儿宣传画，转身胸有成竹地告诉我：“妈妈，人家这上面写的让咱们吃米饭了。”

（2018/04/02）

俏抱住路边直立的高大路灯杆说：“妈妈，我想爬到这个灯的上面去。”

“爬上去干啥呢？”

“我想看看这个灯。”

（2018/04/04）

“妈妈，你想睡觉不？”

“妈妈太想睡觉了，妈妈早想睡觉了，是你一直折腾不睡觉呀。”

“妈妈，你是不蹭也蹭不定了。”（蹭也蹭不定，榆林方言忍无可忍的意思。）

（2018/04/04）

“妈妈，这是机场吗？”

“不是，这是法院。法院很厉害。”

“法院有糖吗？”

“呃，没有。”

“那还是超市厉害。”

（2018/04/06）

小熊 bīnbīn 又被带出门了，在去北京的飞机上，我问：“彬彬是你的妹妹还是你的朋友？”

“我是 bīnbīn 的妈妈，我叫 bīnbīn 宝宝。我喜欢喝白奶粉，bīnbīn 喜欢喝黑奶粉。我又忘记给 bīnbīn 拿黑奶粉了，我笨蛋。”

（2018/04/06）

在酒店的房间里跑来跑去看了一圈，俏问：“妈妈，厨房在哪里？”

“这是酒店，没有厨房。”

“我就喜欢厨房，这个家太不好了，没有厨房。”

在餐厅吃饭，一直喊：“幼幼。”我说：“肉肉被你吃完了，没有了。”

娃一脸委屈说：“我就喜欢幼幼。”她抱怨完没有肉，看我塞给她一碗米饭，她拿着小勺子，继续严肃地对待吃饭这个事情。

（2018/04/06）

饭后不到十分钟，要吃巧克力。选了一个自己最喜欢的黄色包装的巧克力，甜滋滋吃着。两口吃完说：“妈妈，我还想吃一个巧克力。”

“别都吃完吧，留点拿回榆林给小朋友吃。”

“谁是小朋友？”

“哦，比如你的小侄女。”

“小侄女太小了，她一吃巧克力会咳嗽。”

“那你呢，你不怕咳嗽啊？”

“我不怕，我不咳嗽，因为我是大年纪了。”

（2018/04/06）

朝阳公园，门票五元一张，两个大人支付十元，满园的繁华和春水即可任意欣赏。相比之下，公园里售卖的吹泡泡小鸭子造型的塑料玩具，要十元，真贵。娃不管这些，自顾自玩得很投入，边吹泡泡边说：“好像是泡泡下雪啦！”得此句，值十块。

（2018/04/09）

临睡前，随着一长串叽里咕噜的响声，俏哈哈大笑，我说：“这是脆皮烤鸭蘸白糖吃多了呀！”俏边笑边说：“哈哈哈，这是屁排队呢！”

（2018/04/09）

给俏买回一条新裙子，一进门就迫不及待让我给她穿，还不让套在绒衣上，必须脱掉绒衣和裤子直接光腿穿裙子。我只好耐心地告诉她：“这是夏天的裙子，现在天还冷，不能穿。”说完之后，消停一会儿，没几秒，又来，如是反复三五次，看我不松口，玩去了。玩了一会说：“妈妈，我想睡觉。”好的好的，睡觉，三下五除二把衣服脱了，往上盖被子的瞬间，俏扯住被子说：“这下可以穿新裙子了吧？”哎呀，套路太深，只好认栽，我把新裙子给她套上。娃高兴地满床蹦，喊着：“看，看，看我，像一个公主了吧？”

（2018/04/09）

“宝宝，你长大了，给不给妈妈买好东西，带不带妈妈出去转？”

“带呢。”

“你想带我去哪里？”

“幼儿园、母婴店、蛋糕店。”

“我都带你去北京了，你咋不带我去呢。”

“就在榆林吧，我觉得就榆林好。”

（2018/04/10）

要下楼，俏打开衣柜选了一件防晒衣。

我：“看着有点大，这是夏天来了才可以穿的，换别的吧。”

俏：“豆豆嫂嫂买的是大宝宝衣服，我已经长大了，是大宝宝，可以穿了。”

我：“好吧，那我把吊牌剪掉吧。”

俏：“这上面写的几块钱？”

我：“哦，我看看，嗯，139，可贵了。”

俏：“再不要叫豆豆嫂嫂给我买衣服了，经常给我买，太贵了。”

下楼玩了一会，一进门要棒棒糖吃，我不答应，她就磨。磨不过，我就给了她一颗棒棒糖，激动得等不及打开糖纸；终于打开了，一把放在嘴里，笑眯眯问：“妈妈，你看我幸福不？”

（2018/04/11）

睡前讲绘本《请不要生气》，讲到“老师哭了”这一句，俏小嘴一噘，哇一声大哭起来。这是第二次因为绘本伤心得哭出眼泪。

（2018/04/14）

“妈妈，这样放是拖鞋。这样放就是蝴蝶。”我一看，原来是把两只拖鞋摆齐了，就是拖鞋。右脚的拖鞋放在左面，左脚的紧挨着放右面，就是蝴蝶。听乐了的我，想起十几年前，壮壮站在西安纬一街的马路牙子上边比画胳膊边说：“妈妈，你看，伸出一只胳膊是打车，伸出两只胳膊是僵尸。”

（2018/05/16）

俏把自己的洋娃娃用一块浴巾包住身体，一块枕巾包住头发，只露出一张笑脸，自己拿个小奶瓶给洋娃娃喂奶。我问：“为什么包得这么严实啊？”俏说：“我的宝宝刚洗了头发，她怕冷呢。”现在进入各种即兴编排、张嘴就来的境界，完全不打草稿。近期的每一天，都在给娃娃各种包裹和编排各种情景中度过。

（2018/05/21）

我的生日，俏爸买了一款叫作思念的蛋糕。俏说：“今天是我和妈妈两个小女孩过生日。爸爸先不过生日了。妈妈，这个生日的帽子还是我戴着吧，你戴没意思。妈妈，以后咱们就吃这个蛋糕吧，这个蛋糕是老公送的。”

（2018/05/22）

俏找到一个新小朋友，叫北北，俩人比赛拼火车。拼完，北北说：“火车就是给车头上放上点烟就好了。”果然都是社会人啊。老师让画画，画春天，老师问：“春天来了天上有什么，地上有什么？”然后俏俏就画了一幅用黑色线条和蓝色线团组成的抽象画。老师指着蓝色线团问：“这是什么”？俏说：“天空！”老师指着黑色线条问：“这是什么？”俏说：“天鹅！”我看了一眼旁边的小女孩，人家画的是像模像样的红太阳和绿草。

（2018/05/26）

“妈妈，下雨了，我想出去看一下黄瓜。”于是，爷爷家小院子的黄瓜架跟前，湿漉漉的砖地上，多了一位打着小黄鸭雨伞、穿着粉色雨衣和粉色凉鞋的小女娃。

（2018/06/16）

俏用柏树叶和蜀葵花做了一个造型，摆在小区院子的蓝色座椅上，自称：“鲜花拌饭。”绿色的树枝，她说是：“蜡烛。”她爸昨晚从北京出差归来，对娃说：“爸爸给你买了条裙子。”娃很认真地问：“是小兔子的吗？”

（2018/07/05）

俏俏欢快地在草叶间奔跑跳跃，顺手扯下一些刚劲挺拔的野草。攒了一大把，拿回家，大声高呼：“赶紧找上一个花瓶，把这些花儿都插起来。”

（2018/07/31）

俏俏第一天上幼儿园，欢天喜地，迫不及待。睡前自己在衣柜选好了衣服，声称：“我要穿最漂亮的裙子去幼儿园。”还选了一只红色小羊玩偶装到书包里。

早晨被叫醒，娃说：“妈妈，我眼睛疼。”

我说：“用毛巾擦一下就好。”

娃说：“眼睛疼的意思，就是没睡好觉。”然后，很开心地自己穿衣服，穿鞋子。迅速喝奶吃鸡蛋。很配合地洗脸刷牙。背着书包在电梯里欢呼：“哎哟，我的书包呀。哎哟，我的书包呀。”

去幼儿园的路上我问俏：“你能找到自己放书包的位置吗？就是写着1号的方格子。”

她欢快地说：“找到呢。因为我是第一号，所以我是杨一名。”我脑海里念头闪动，以后万一老想考第一名，那可真麻烦了。

到了幼儿园，在小操场领取了健康检查的小绿卡片，然后她自己捏着，插到班级门口标有编号 1 的袋子里。已经在家吃过早餐，去了幼儿园看见小朋友们吃煎鸡蛋，坚持要吃。在教室门口问我：“妈妈，你是不是两分钟就来接我。”我说不是，要到下午才来。然后看见煎鸡蛋就兴奋不已开心地笑。据说，第一天好送的孩子，以后回过神来会很难缠。社会人的生活可不是这么轻易就适应的。加油吧，一名同学。

中午两点钟，打开手机查看幼儿园教室里的视频，我娃睡得呼呼的。老母亲这下可以放心了。

（2018/08/27）

第一天我去接她的时候，高兴地对我喊：“妈妈，老师说杨一名真能干。”第二天我一出现在教室门口，她就跑出来对我说：“我今天表现好，明天还表现好。”今天是娃上幼儿园第三天，都不用叫起床，自己就醒来了。时间还早，我让她完成老师布置的作业，她说：“你得给我搬个凳子吧。”然后坐下来两下做完作业，顺势往沙发一躺，老气横秋地说：“哎呀，累死我了，写作业太累了。”

一会儿又该接娃了，不知今天她会说啥。到幼儿园门口一看，接娃的人真多啊，但是挡不住我第一个冲到教室门口。娃跑出来伸出手说：“妈妈，看，我表现好，老师给了我一个贴贴。”我说：“那拍个照吧。”她说：“好的，只照手和贴贴，别照我。”

娃在路上摘了一根草，一进门插到杯子里，得意地说：“好漂亮。”

（2018/08/29）

俏说：“云，白得像天鹅一样。”

（2018/10/04）

敲门声响起，我打开门，迅速跑进对门住的姐弟俩。三个娃毫不拖泥带水兴奋地玩开了，不到一分钟，人家俩孩子被他们的妈妈叫走，要出门去。小朋友一走，门一关，俏环顾四周，叹了口气说：“唉，好孤单呀。”晚上临睡前，对我说：“一个宝宝好无聊啊，再生一个宝宝就好了。要不把嫂嫂家的爱豆当成我们的宝宝吧。”我说：“好的，你回头找你嫂嫂问，看她同意不。”然后又告诉她：“我本来就生了两个宝宝，一个哥哥一个你。”俏说：“哥哥实在是太高，太高，太高了。”

（2018/11/02）

上午，我洗了下头发，娃跟在后面说：“妈妈，你好香呀，像一朵花一样。”这句话，感动得我一天心情大好，这世界上，除了她，没有人会这样夸我。

晚上，我拿手机看淘宝，娃凑过来说：“妈妈你干啥呢？”我说：“妈妈看条牛仔裤。”娃瞅了手机一眼，满屏的破洞牛仔裤，一本正经说：“妈妈，你买上一条不烂的牛仔裤吧。”

电视上在演一个人发明了一种捕鼠机器，老鼠钻进去后走来走去没几下就被夹住了，娃看了一下就开始哭，边哭边说：“小老鼠好可怜呀，找不到妈妈。”

看《熊出没》，蝙蝠把萤火虫吃掉了，娃喊了声：“萤火虫。”嘴巴一噘，又哭。

想起好多天前，讲灰姑娘的故事，讲到后妈让灰姑娘睡在壁炉前，衣服和脸蛋熏得黑黑的，娃“哇”一声开始大哭，痛哭流涕停不下来。

春天的时候，站在窗子前，看见一个小孩子自己过马路，忽然就哭起来，边哭边说：“看那个女孩好孤单呀，没人陪。”

我常对她说：“宝宝你什么时候长大就好了，妈妈就放心了。”她笑嘻嘻回复我：“一百年！”

（2018/11/11）

去医院检查，确认了我的膝盖在一个月前摔倒时半月板撕裂了，医生嘱咐近期膝盖需要静养，要借助拐杖走路。

俏俏从幼儿园回来，看到床边的拐杖，好奇地问：“这是什么？”我说："它叫拐杖。"

她又问："这么大的拶杖是干啥用的？"

我只好从床上下来，拄着拐杖从卧室往客厅走，走得太艰难，中间休息了三回，每次我停下，她都着急地大喊："加油加油，妈妈加油！"

（2018/11/13）

女儿在我前面倒退走，举起双手笑眯眯引领，望着我的眼睛欢快地唱："跟着老师走走！跟着老师走走！"

唱了两句后，她认真地看了一眼拄着双拐单脚前行的我，随即修改了歌词："跟着老师跳跳！跟着老师跳跳！"

（2018/11/15）

起床时我放了一个又响亮又持久的屁，正在穿衣服的俏笑得东倒西歪，发表声明说："像装修一样！"

（2018/11/17）

"妈妈，他拿咱被褥面子，谁啊，逗你玩儿！"临睡前我给俏表演了这个相声段子，并作了讲解。她听完讲解后认真地说："所以，睡觉要关窗户。妈妈，窗户关没？"

（2018/11/20）

领娃在万达玩蹦床，蹦跶了三个小时的俏俏脸颊通红，满头大汗，我说："宝贝儿，咱回家吧。"她很认真地看我一眼，回答说："我不要回家，回家太孤单了。"

（2019/01/23）

父女俩坐在卧室窗台，隔着玻璃往外看，娃爸说："看那纸片飞得好高。"

俏俏高呼："蝴蝶，蝴蝶，爸爸快看，超级大的蝴蝶。"

（2019/03/10）

俏抱着我，小脑袋紧紧贴在我长满妊娠纹和赘肉的肚子上，一脸沉醉地说："妈妈，你好香，肚脐眼的味道。"

（2019/03/11）

俏俏郑重其事笑眯眯地凑到我跟前说："妈妈，我想告诉你一个悄悄话，芃芃说他长大后，要当一个海盗船上的人。"娃爸听完说："是海盗船长吧。"俏俏认真地纠正说："不是，就是海盗船上的，一个人。"

（2019/03/18）

俏笑眯眯地说："妈妈，我给你送一个惊喜。"说完，略带羞涩地从背后伸出小手，手上捏着三朵桃花。

（2019/04/16）

今天是含义丰富的一天，母亲节，护士节，汶川地震十一周年纪念日，我的四十五岁生日。十一年前的公历 5 月 12 日与农历四月初八重合，今天这两个日期又遇到一起了。

十一年前，壮儿是陕西师范大学附小五年级的学生。现在的他，再有一个月就要走出中国矿业大学的校门，走上工作岗位。

岁月让我变老的同时，让我的孩子长大。这样看来，流逝的时间充满仁慈。我在迅速变老时，并没有发觉我的母亲在更加迅速地苍老。一直以为她依旧年轻，强势有力。意识到母亲的衰老从一个突如其来的坏消息开始，整个过程残忍而缓慢。无论多难，只有接受，承载。化解这一切对我来说，是一个更加残忍而缓慢的过程。昨天，经过五次化疗的妈妈，用微信给我发来一张自拍照片，披肩发，涂着口红，微信语音里妈妈对我说："今天我开始掉头发了，掉了一大把，这也许是最后一次看见我的头发了。"我只能急促而生气地告诉她："不要胡说，头发掉了还会长。"

母亲的病，让我越来越感受到生活的沉重，女儿的笑语欢颜却也让我每一天都被轻盈的喜悦包围。由此来看，时光并不总是残忍，也不可能总是明媚，时光的流逝是一件悲欣交集的复杂事情。

昨天早晨起床时，俏说："明天就是妈妈的生日。明天我要 3 点就起床，起来洗脸梳头发，还要抹口红，还要吃早餐，可忙了。"

晚上睡觉，俏搂着我说："再有零天，就是你的生日，好幸福呀！"

今早给她穿衣服时，俏问我："妈妈你今天过几岁生日啊？"我回答四十五岁。她告诉我："我觉得你没有四十五岁。我觉得你像是二十五岁了。"我说："妈妈确实四十五岁了。"她说："你小时候是不是过了二十五岁生日，现在你长大了！"我说："我不是长大了，是变老了。"她高声坚持："你就是长大了！"

俏在纸上画下花朵、小怪物、蛇、鱼，她说："妈妈，这些都是送给你的礼物。"好吧，很感动，此刻只想谢谢每一位陪伴我长大的人！俏坚持为我选了一款公主蛋糕，这情形，想不二十五岁都难啊。

（2019/05/12）

前两天领回来园服，俏对我说："妈妈你赶紧给洗一洗，洗完晾干，再熨一下，再晾晾。"我把这些程序走完，给她把校服穿上，她非常高兴地各种配合拍照片。拍完照片，她坐下玩拼图去了，拼着拼着说："妈妈，给我把园服换下吧，不然我星期六做活动的时候就弄脏了。"

今天是六一，是俏第一次穿园服。第一次和幼儿园里所有小朋友一起过六一。也是我第一次被祝福永远年轻过六一。

俏的班级的口号是"欢乐金一班，实力不一般！go go go！"俏这个阶段最好的朋友是黄优优，五一假期想黄优优想到哭。每天去幼儿园，第一件事就是找黄优优玩。今天活动期间，一直牵着黄优优的手，非要和黄优优一起走。

（2019/06/01）

午睡前俏挑了两本书让我讲，一本是《城里老鼠和乡下老鼠》，一本是《卖火柴的小女孩》。

第一本讲完赶紧递给我第二本，没想到书却被她一脚蹬到床下去了，自己跳下去捡回来塞给我，再躺好。睡在小枕头上，听着我读《卖火柴的小女孩》，一直可安静了，读完了还很安静。

我放下书，闻了闻她头发说，游泳馆的洗发水好香啊。话音未落，她把手抬起，按住眼睛说："听得我好想哭。"我说："这本来就是一个悲伤的故事。"没想到娃一下控制不住，号啕大哭起来。哄了好半天，总算停止了哭泣，过了一会儿睡着了，还能听到抽泣声。

人心真的是很奇妙的东西，这个宝宝，热爱欢乐，爱逗人笑，自己也爱笑，喜欢好玩的事情，喜欢好吃的东西，喜欢漂亮的裙子和鞋子，却也总是很容易就被悲伤的情绪笼罩，对故事里的悲伤感同身受。这个能力好珍贵呀！

一切情绪，都可以藏在一个人的心里，感受生活的种种变化，与之相匹配的情绪从心里涌现出来，这似乎是每个人的天性，自然而然，不用学习，不用控制，就可以把得握得很好。我只好再感慨一下，人心真的是很奇妙的东西。

（2019/06/15）

她隔一会儿照一次镜子，然后还要问一句："妈妈，你看我这样漂亮吗？"

我才知道自己几天都不照一次镜子。

俏总是热爱那些手感硬邦邦，估计戴着毫无舒适感可言的、但是有亮闪闪饰品的王冠、项链，这些都是我觉得繁复到不堪忍受的饰物。她非常热爱的还有高跟鞋、口红、裙子。我总是想让她穿短袖短裤，溜滑梯不影响速度，干净卫生、简单利索多好，然而每次都遭到她拒绝。她每天都挑选不同裙子穿去幼儿园，一天换三条裙子。头花、发卡，这些累赘之物，多累事也愿意在头上顶着。每一天从头到脚穿什么，都是自己决定，坚决不会听从我的指手画脚，第二天穿的衣服，头一天晚上挑好了摆在床边，才会安心睡觉。同为女人，我感觉我们完全是两种不同的生物。

（2019/06/29）

一节思维启蒙节课，一节游泳课下来，俏和我在大太阳下步行回家，累得走不动了，娃说："妈妈，我好饿呀，饿得我都想睡觉了。"今天的课程是关于磁铁的，老师问："磁铁可以吸到玻璃弹珠吗？"孩子们一起大声回答："可以！"

（2019/06/30）

关于老头：俏喜欢让别人把她抱着晃荡，像飞起来一样，称之为：飞一下。抱起她连续飞几下之后，累得气喘吁吁的我说："哎哟，我这个老腰啊，哎哟，我这老胳膊老腿儿呀。"娃立即学我，拍拍自己的脑袋说："哎哟，我这个老头啊！"

关于爱：娃爸出差，俏想爸爸想得哇哇大哭，声泪俱下，刚哭完一会儿，笑眯眯满怀期待地告诉我："爸爸回来时，我要跑过去抱住他，就叫爸爸，爸爸，爸爸。"

我问俏："爸爸脾气不好，爱凶人，还总是管你，不让做这，不让做那，你为什么还要爱他呀？"

娃说："让我想一想。"

想了一会儿，说："爸爸给我冲的奶粉凉凉的。"

我问她："还有吗？"

娃说："我再想一想。"

想了一会儿说："爸爸给我剥香蕉皮。"

我继续问："还有吗？"

娃说："那我再想想。"

过了一会儿，娃很认真地说："你上次去锦界上班，爸爸不但会给我梳辫子，还给我别发卡啦。"

（2019/07/02）

看电影《狮子王》，辛巴的爸爸去世的时候，俏在影院放声大哭，哭了好一会儿不能平复，跟她阿姨说："那个电影好难看，看得我都哭了。"

在院子里玩到快 10 点，回到家发现爸爸不在，俏问我："爸爸去哪里了？"我答："你说你想吃香蕉了，爸爸去买香蕉了。"娃立即反问我："你不是说爸爸不好吗，你看爸爸好不？"

壮儿从小喜欢吃鸡冠，当着俏的面，壮壮把一颗鸡头上的鸡冠一口吃掉了。惊讶的俏，忽闪忽闪眨动着大眼睛告诉我："妈妈，哥哥今天吃了一个鸡头发。"

（2019/07/23）

早晨，俏一睁眼，问我："妈妈你干啥去？"我说："妈妈去上班。"娃照例苦哈哈地说："妈妈，你不要去上班。"然后就安静地瞅着我，瞅了一会儿说："妈妈，你好像瘦了一点。"

吃饭的时候，她一眼瞅着我往碗里盛饭，不停问我："你咋还吃啊，不行了啊，不能吃了，就这一口哦。"真是个好监督员。

最近每餐饭，俏都给自己碗底垫块手帕，说是自己的餐巾。我说你长大去外国吧，外国人吃饭盘子底下喜欢垫餐巾。她问："那苗苗呢，苗苗去不去？"苗苗是整个暑假和她玩在一起的小朋友。

（2019/08/09）

俏每天换三条裙子。我一条牛仔裤穿一个夏天，甚至一整年，以及年复一年。俏说："妈妈，你的衣服都像男人的。"壮儿那天说："最不会打扮的女人，就是只会穿牛仔裤配衬衣的女人。"听罢马上对号入座，深度躺枪。

（2019/08/13）

俏不吃南瓜，而老杨认为南瓜简直是全人类的营养物质。为了让娃吃南瓜，他亲自搜索了南瓜饼的制作视频，发给了我和阿姨。中午又去超市买了糯米粉，于是就有了大大小小的南瓜饼。可是俏依旧坚持说："我不吃南瓜饼。"我好歹哄着她吃了一口，她说："好好吃呀。"根据每个人手中南瓜饼被啃食的形状，俏说："爸爸吃出一条鱼，阿姨吃出了半个月亮，妈妈吃出了一个三角形。”

（2019/08/20）

好友小卡从深圳回榆林探亲，送给俏一个小马宝莉的背包。下午散步迫不及待背着出门，各种嘚瑟。俏说：“我好喜欢那个姐姐啊。”姐姐对俏说：“这次就跟着我们回深圳吧，反正还有一周才开学，去了刚好一起玩。”我不晓得我一天在忙什么，竟然把几年不见面、这么远的路回到榆林的朋友完全晾在一边，没有陪她一起吃顿饭聊聊天。朋友还安慰我说：“期待下次，江湖再见。”

（2019/08/20）

领俏去看望帮我带了三年孩子的阿姨，这个阿姨因为胃部做手术不能继续在我家帮忙看孩子。从阿姨家里出来，坐在返回的车上，俏对我说：“妈妈，我想请娅娅吃饭了。”娅娅是俏在刚会说话的时候，自己给带她的阿姨创造的称呼，一直沿用。

生活每天都是新的，新的称呼，新的发现，新的感悟，新的感动。

（2019/08/21）

俏抱着布偶小老鼠跑过来跟我说：“妈妈，看我自己给我宝宝编的麻花辫。”我真的不相信这是她自己干的，她哼了一声一把拆开，当着我的面，又编了一次。

俏的叔叔钓鱼不成反被螃蟹主动上钩，回来之后，送给俏两只小螃蟹，她蹲在地上，对着水盆里的螃蟹兴奋地直喊：“你好呀，你好呀，你好呀！”横行惯了的螃蟹同学并不理会娃的热情，自顾自吐着泡泡，发出嘶嘶嘶的声音。

（2019/08/25）

开学第一天，出了单元门，俏见到每一个人，都笑嘻嘻对别人声明一遍：“我要赶时间！”一进幼儿园，正在播放音乐，满满一院子的人，俏旁若无人自顾自跳起了舞，陶醉到停不下来。

（2019/08/26）

我昨天对俏说："明天是国庆节，咱们要在电视上看阅兵。"她说："那咱们还要吃年夜饭了嘛。"于是，我们今天就一家人整整齐齐吃饺子。昨天她说那我们还要吃年夜饭时，第一遍我没听懂，我问她："爷爷饭？行了，明天让爷爷给咱做饭。"第二遍她说年夜饭，我又问："连夜饭是什么？"把娃急得第三遍说年夜饭，我终于听懂了。我说："你要吃年夜饭呀。"她说："对呀。"我从办公室回来，娃问："妈妈你干啥去了？"我说去上班啊。娃说："你不是说，今天过红旗节，大家都不用上班吗？"

（2019/10/01）

榆林飞往西安的飞机上，我问俏俏："发现没有，榆林的天蓝蓝的，到了西安就没有了。"她说："西安的天，被太阳给晒灭了。"

（2019/12/05）

"妈妈，你从来不戴戒指呀项链这些，我给你做了一个。"

"妈妈，今天好冷呀，我的脸就像铁一样。"

（2019/12/25）

我对俏说："妈妈昨天梦了一个很不好的梦，梦见你蹦蹦跳跳地从二楼蹦下去了。妈妈整整在梦里号哭了一晚上。"俏听完之后笑眯眯地说："要是我有翅膀就好了。"

（2020/02/12）

俏搭好积木让我去看，她这样给我讲解："我给乔治和佩奇起了新名字，他们现在叫美奇和美雪。他们一家人，爸爸在沙发上看电视，妈妈在厨房洗碗，美奇在拉便便，拉完睡觉去了。美雪在跳绳。"娃爸听完说："你的这个作品是现实主义。"

（2019/02/20）

俏举着一块羊肋骨说："这是羊肉味儿的雪糕！"

（2020/02/20）

俏说："看书是手学习，走路是脚学习。"

（2020/02/20）

披着粉色的披风，戴了和披风配套的眼镜，俏张开手臂在屋子里呼啸来去，跑得风快，边跑边喊："我是一架飞行员。"

（2020/02/21）

有天晚上看见电视上的人结婚了，俏问我："妈妈你啥时候结婚呀，就能穿这么漂亮的白纱裙了。"我说："妈妈已经结过婚了。"俏顿时急得大喊："哼，不行，我都不知道，你咋就结婚了，不算！"

（2020/03/05）

俏正月回神木，看见二十四岁的我大侄女毛赛，披肩长发，大波浪造型，指甲上贴着亮晶晶的宝石，画着漂亮精致的妆，简直惊为天人。回到榆林后念念不忘，每天都得说几次关于毛赛姐姐好美的话题。每次梳头都问我："妈妈，我的头发啥时候能长成毛赛姐姐那样呀？"我端着刚出锅的牛奶粥，放到餐桌上，对俏说："哇，简直太美味了。"俏立即问："像毛赛姐姐那么美吗？"

（2020/03/06）

上周，俏看见我们家阳台上的朱顶红开了，把耳朵凑到花瓣上很认真地听着，侧着脑袋说："让我听听有没有音乐。"昨天我站在花盆前说："朱顶红又有一枝快开花啦。"俏过来把我手一拉说："咱们走吧，不要打扰它，让它自己慢慢长大吧。"

（2020/03/08）

俏听说今天是三八，是女人的节日。自己一个人拿着平板电脑搜寻很久，晚上跑过来问我："妈妈，你穿几号的裙子？我给你下单买一个礼物。"我看了下她放到购物车的裙子，是一件粉红碎花 2020 新款收腰桑蚕丝气质连衣裙，确实挺好看的。

（2020/03/08）

我洗完澡换了一件平时不穿的衣服，俏说：“妈妈你怎么穿了这么一件不可思议的衣服。”我问她：“这样很丑吗？”不等她回答，我指了指自己的大肚腩说：“其实主要是这个肚子的问题，别的还都好说。”娃说：“肚子的问题，你就应该多做一些难吃的饭。”

（2020/03/09）

领俏去小区门口取上外卖送来的蔬菜，我俩戴着口罩回家的路上，俏说：“妈妈，等疫情过去了，咱两个好好逛上一回超市。”

（2020/03/10）

网购的一件白卫衣到货了，我穿上试了一下，俏说：“看你胖成甚了，叫你天天走八千步，你还不想走，你应该走完八千步再骑十分钟自行车。”晚餐后，我只好在客厅老老实实走路，俏在看电视，看我一直走，就说：“妈妈我陪你走。”我说：“好。”她拉着我的手，边和我走，边给我说：“你天天就这么走，要是变成毛赛姐姐那么美，就能不走了。”

（2020/03/14）

“妈妈，你爱吃鸡腿不？”

“爱了。妈妈什么也爱吃，就是又想减肥又爱吃，一边喊着减肥一边管不住吃，所以把自己吃得这么难看，连漂亮裙子也穿不成。”

“妈妈，你以后就给我们做好吃的饭，给你做难吃的饭，行不？”

（2020/03/16）

晚上 12 点了，我在上卫生间，俏在床上跳翻天，娃爸猛然大喊一声：“这么晚了还让不让人睡觉。”俏立即安静了，很快跑到卫生间里，抱住我的脸颊亲了一下，然后嘴巴贴着我的耳朵，声音很轻地对我说：“妈妈，你不要害怕。”

（2020/03/18）

俏在纸上画了一个人儿，拿过来给我说：“妈妈，你看，我画的是你。”

我看了一眼说：“怎么是个光头呀，好歹给我弄点头发吧。”

她忽地转身跑了，过了一会儿拿着本子给我看，光头人儿的脑袋两边，各多了两条交叉的黑线，她说："我给你画了个麻花辫，你真人的头发丑的，我给你假人画得漂亮点。"

呼啦一下，她又跑掉去画画了，过了一会儿又展示了作品，这回画了紫色的裙子，红色的长筒靴，还有黄色的高跟，两条腿上膝盖的位置，各画了个大圆圈，她指着圆圈说："妈妈，这是给你保护膝盖的。"

（2020/03/20）

俏又在画画，边画边说："我画的咱们一家人。妈妈，你真的人有点丑，我把你画漂亮了，给你穿的粉色裙子，戴了一个粉色帽子。我是穿的黄色裙子，戴了小白兔发卡。你和爸爸都穿的红袜子。哥哥穿的黑袜子。咱们女人头上有帽子和发卡，他们男人只能当光头强了。底下是给咱们画的草，草里面的圆点点是快长出草莓了。"

我说："那你给你的作品取个名字吧，每幅画都需要有一个名字。"

她说："就叫《休息日大白天》。"

我问："为什么叫这个名字？"

她说："因为有太阳呀。"

我说："要不就叫《全家去野餐》或者《我们一家人》吧。"

俏喊着说:"就叫《休息日大白天》，看你取的这两个名字难听死了。"

（2020/03/22）

盘子大的炸油饼我吃了一个。还想吃一个。思谋了半天，终是忍耐不住，又扯了一疙瘩。俏看了看我身上穿的半袖说："买下这么粉色的衣服，你也要减减肥了吧？"她说完这句话，过了一会儿，看见我还吃油饼，又看了一眼我们家说:"买下这么新鲜的房子，你也要减减肥了吧？"家里这两天摆着四五瓶子鲜花，所以娃说，新鲜的房子。

（2020/03/23）

俏这个时期喜欢听的歌有：《牛奶歌》《雪宝宝》《你笑起来真好

看》《燃烧我的卡路里》《洋娃娃和小熊跳舞》《石头剪刀布》。当音响播放《你笑起来真好看》时，她连走路都变得轻手轻脚，她对我说："妈妈，每次听这首歌，我就温柔了。"

（2020/03/24）

朋友璐璐新近加入微商大军，尝试卖燕窝。一是因她自己的哮喘，食用燕窝后有明显好转；二是今年孩子上大学，她说得为自己找点事做，不然休息日待家里就看两天手机。为了表示友情支持，我向璐璐买了一小盒燕窝。我拿出一盏燕窝泡上，俏表示很稀奇，我给她说："吃了这个，妈妈就能长命百岁，永远不老，天天陪你了。"

俏问："那是不是吃了这个你就要退岁了。你现在 47 岁，是不是就会变成 46，45，44，43，42，是不是这样？"

我说："是的。"

她赶紧说："那你就会变成猪了，变成猪你就永远也减不了肥了。"

我惊讶地问："我好端端干吗变成猪呀？"

俏答："你退岁退的，就从属老虎的变成属猪的了呀。"

（2020/03/25）

俏要下楼，让我查天气预报，知道今天温度高，翻出来两顶防晒帽，蓝色的是我的，粉色的是她的。收拾好临出门又说："赶紧抹点防晒霜吧，不然就像阿姨一样，晒成巧克力。"

说完看我没说话，怕我听不懂，又补了一句："巧克力就是棕色的。"

抹好防晒霜，她说："我现在就不晓得我的口红放哪儿了。"说完之后，又要了一块湿布擦小白鞋，擦了几下，又要求给湿布打上肥皂。终于把鞋头擦得白白的，满意了，又很仔细地将白鞋的鞋带交叉粘贴成她所谓的蝴蝶结形状。给自己戴上景泰蓝手镯、戒指。

进了楼道推上滑板车，又说："手镯戴在手腕上没事，戒指太小了，不安全。"自己摘了放到鞋柜上。进了电梯，很自信地说："我肯定是今天打扮得最漂亮的。”

话音刚落，忽然很紧张地大声说：“糟糕，忘记了最重要的事。照——镜——子——！”最后三个字，确实是拖得长长的，一个一个字往出说的。

俏的阿姨，前段时间疫情管控，就在老家山上种地去了。晒黑很多。阿姨来我家之后，俏总说阿姨被晒成巧克力，把她阿姨笑得不行。

（2020/04/04）

我给俏买了一小包比利时的焦糖饼干，她连续吃了三块之后说：“妈妈，我觉得我刚才吃的饼干是用金子做的，一股金子味儿，太好吃了。”

我说：“你知道金子是什么东西吗？”

她忽地一下转身跑到厨房，拉开抽屉，找出一把金色的小勺子，举起来对我说：“就跟这个一样。”

（2020/04/04）

这两天我妈妈领着我的小侄女成成住在我家，成成比俏大一岁，两人一会儿玩得很热乎，形影不离；一会儿闹分歧，互不理睬。

娃爸下班轮流背着她俩在家转圈儿。把我侄女背着转了一圈之后，问她：“还玩吗？”

成成说：“不玩了，我有点怕高。”

俏俏站一边慢悠悠接话：“看来成成有恐高症。”

我妈听了说：“俏俏可会说这些洋话了。”

（2020/04/08）

中午我们家吃饺子，人很多，我们一家除了壮儿在单位吃以外，还有我妈妈、我弟弟、我弟媳、我侄女成成，以及俏的阿姨。三大盘水饺被端到桌子上后，俏说：“咱们家今天是要开饺子派对吗？那为什么不把家里装饰一下呢？”

我妈听得一愣一愣地问：“你说什么呢，咋都是些新词。”

（2020/04/15）

收到若楠邮寄的她亲手制作的曲奇饼干。我和俏把两种口味的曲奇分别摆到食碟里，放到餐桌上，再加上我自制的花生豆浆和一盘水果西红柿，算是俏的下午茶时光。我刚吃了一块儿曲奇，俏问我："你忘了减肥了？"我说："好的好的，那我不吃了。"她赶紧把装有抹茶味儿曲奇的小碟子拉到自己跟前说："好吧，那这几个都给我啦。"为了点吃的，还这么套路一遍她的妈，我只能表示无可奈何。

俏听我说再有几天就是我生日，自己偷偷跑到书房，关住门，不让我偷看，隔了一会儿跑出来，怀抱里多了一本书，特别兴奋地交给我，我一看是杜拉斯的《情人》。她用自己最喜欢的彩色钻石，把书的封面装饰好，说是送给我的礼物。

我问："你咋知道我最喜欢的是书？"

俏答："因为你以前天天看那本萤火虫书，所以知道呀。"

接着她指着《情人》封面上的英文单词说："你看这本书上面写的就是 happy birthday（生日快乐）！"

我问："你咋知道萤火虫的。"

俏答："在熊大熊二电视上看的，他们俩说的，我可听得清清楚楚。"

俏上面提到的萤火虫书，是我前段时间阅读的美国作家克莉斯汀·汉娜所著长篇小说《萤火虫小巷》，估计是封面上发出暖色亮光的萤火虫给她留下了印象。

（2020/04/18）

晚上 10 点半了，我们都上床要休息了，俏一骨碌从床上坐起说："我要喝热牛奶。"我说："不行了，太晚了，不给喝了，早干吗去了？"俏理直气壮地说："我喝牛奶，是为了睡眠！"好吧，我这个无原则的妈直接被打败了，从卧室出发，套个背心，穿过客厅的凉意，去厨房给娃热牛奶。

（2020/04/25）

俏俏自己挑衣服，我说："我给你挑吧，放心吧，妈妈可会打扮你了。"

俏说："那你咋不把自己打扮一下。"

娃爸说："你看看你，为这么个事儿，被你妈说了几十年，现在开始又要被女子说了。"

（2020/04/26）

晚餐后，照例下楼玩儿，俏说："妈妈我想拍一下蓝天。"

说完，就把我手机拿走了。然后拿着手机，双膝弯曲，胳膊抬高，摆出来很明显的我在拍照的姿势，拿着手机拍天空。

我问："你为啥想拍蓝天？"

她答："因为好看呀！"

看了她拍好的照片，我问："你不是说要拍蓝天吗？怎么拍了两张树林。"

她说："因为阳光像金子一样洒在树林上很好看呀。"

（2020/04/27）

俏俏和我去蛋糕店选生日蛋糕，她自作主张，帮我选了一款有着羽毛、皇冠、各种亮晶晶五颜六色糖豆豆的蛋糕。这些元素，全部是她的心头好。

晚饭后在楼下玩，俏每见到一个小孩子，就立即笑眯眯凑到人家耳朵上，看上去是在说悄悄话，但实际上声音很清脆响亮，乐呵呵对小朋友说："告诉你一个好消息，我妈妈明天过生日了。"

如是反复，把这个好消息告诉给很多小孩儿。

（2020/04/29）

俏早上起床，爬在窗户上往外看了一眼，发现小区换了一排新的乘凉椅，高兴地说："妈妈，咱们小区也给你过生日了。把椅子都换成新的了。"

早餐后，她大声宣布："今天我要穿最漂亮的、哥哥新买的绿色裙子，给妈妈过生日。”

（2020/04/30）

俏临睡前在床上翻了半天跟头，腾挪跳跃各种造型。玩累了，钻到我怀里突然说：“妈妈，我想要像成成那样厉害，我想超过她。”

我说：“她今年六岁，你五岁。等你明年六岁的时候，就会像她现在这样厉害。”

俏紧接着说：“可是她说她现在已经八岁了。”话音一落，嘴巴一张，大声哭起来涕泗横流哄不住。

（2020/05/04）

我去神木领奖，待了一晚上，第二天返回，俏在睡午觉。她醒来的时候看到我，立刻扑到我怀里，把头埋在我的身上，紧紧地搂着我，好久的时间都不放开。阿姨站在窗边说：“赶紧去看看妈妈给你买了什么礼物。”俏把头深深地依偎在我怀里说：“我不要看礼物，我只要看妈妈。”

（2020/05/08）

俏说：“妈妈，外面下雨了，下雨的味道好香呀，下雨是玫瑰花的味道。祝减肥成功。”

（2020/05/30）

俏喊：“快来看，这是小鸟拉的一泡屎，别动。”

四个小朋友默不作声地围观了一会儿，各自散了。

罗兮兮小朋友没走，静静地看了会儿对我说：“这不是小鸟拉的屎，这是不知道谁放下的彩泥。”

把小鸟的屎当作彩泥，这样诗意的语言，就问你们谁能写出来。

（2020/05/31）

她们说，童心未泯，所遇皆甜。俏看到绿化带里一种褐色树叶说：“这种树叶，是用巧克力做的。”

（2020/06/01）

俏在飘窗上坐着，背靠一个软软的靠枕，手里拿着一个小食碟，里面装着冰激凌，边吃边看外面风景，吃了一会儿大声喊我：“妈妈，你看我享受不！”

（2020/06/09）

俏在听故事，故事里的小女孩说，长大了要和爸爸结婚。我问俏：“你长大了要不要和爸爸结婚？”俏很甜蜜地说：“我要和妈妈结婚。”

（2020/06/12）

我给俏说，哥哥小时候写作文，写《我的妈妈》，居然这样写：“我的妈妈个子小小的，眼睛小小的。我的妈妈爱看书，走路看书，上厕所也看书。”俏听完呵呵笑着说：“那你现在是走路看手机，上厕所也看手机。”

（2020/06/14）

傍晚，一家人去沙河口公园遛弯儿。

路上我问俏：“妈妈去上班，你想妈妈了吗？”

她答：“想了呀，想了一天。”

公园里暴走团的人浩浩荡荡走过，娃爸说：“快看人家走得好看不。”

俏说：“哪有妈妈走得好看？”

（2020/06/15）

有一种自恋叫每天画自己。俏最近开启了这个模式。对着自画像，她说：“头上戴的是王冠，五颜六色的线是彩虹。”

（2020/07/19）

楼下小花园的长椅上，我坐着看手机，俏跑过来，捏着一朵黄色的蒲公英，大声说：“妈妈，你看，我发现了，向日葵的小时候。”

（2020/09/17）

农历八月初三，俏骑着平衡车，在小区院子里来去如风，她抬头看到西天悬挂的月亮，大喊一声：“哇，好尖锐的月亮！”

（2020/09/19）

俏早晨起来，打扮得好好的，黑西装，白衬衣，红蓝两色领结，咖色裙子，小白鞋，哪吒头，高高兴兴要去参加演出，临出门发现自己喂养的小鸡宝宝死掉了，伤心地哭了。阿姨在微信里给我说："临上幼儿园走的时候，可不高兴了，可不高兴了，去阳台上看一眼，看一眼，伤心得哭的，就和大人一样，看上一眼就哭起了。"

（2020/09/29）

俏的五叔叔结婚，俏是送戒指的花童，站在台上她声音响亮地说："祝叔叔婶婶新婚快乐，百年好合。"俏今天穿了白色的纱裙，红皮鞋，头上和手腕上有花环，光芒耀眼，夺人眼目。俏得意扬扬对我说："看我穿的婚纱，我已经结婚了。"

（2020/10/01）

俏爸酒后归家，正听睡前故事的俏说："爸爸，你的肚子和爷爷的一样，以前还平平的，现在像一座山。"

（2020/10/10）

学完舞蹈，清冷的大风中，我领俏坐进出租车里，迅速对司机说："师傅，曼哈顿西门。"

俏当即在我耳边悄悄说："这是女的呀。"

我说："女的也可以开出租车呀。"

她着急地说："哎呀，女的不能叫师傅，应该叫女士。"

（2020/10/11）

俏第一次跟着美术班的老师去户外写生，坐在大巴车上，对旁边的小朋友说："我还是第一次离开妈妈。"我给她系好安全带，要下车的时候，俏迅速地紧紧抱着我，在我脸上亲了两次。我说："没事儿，妈妈三小时后就在这里等你回来。"娃嘱咐我："三个小时你能等住吗？等不住你就跑跑步。"

（2020/10/18）

写完作业，洗脸洗脚刷牙之后，我问娃："今天还洗屁屁不。"她说："不洗了吧。"我说："好吧，反正昨天刚洗过。"她说："对呀，就像写拼音，写一格空一格。"

（2020/10/20）

吃完早餐，俏抬头看着餐厅窗户说："云在动！这是我第二次发现云在动，第一次是刚买回来电话手表，晚上和虎妞玩的时候。"

（2020/10/21）

上学路上，遇到一块落到墙边的小石头，俏俏惊喜地说："哇，爱心石头！要是给它涂上粉色就更漂亮了。"刚走两步，看到两片叶子摞在一起，她又惊喜地喊："哇！爱心树叶！"

（2020/10/22）

早上，俏穿了一双小白鞋去幼儿园。下午我去接娃，一出学校门，她兴高采烈伸出小白鞋给我说："看，我一天都没有把鞋子弄脏。我今天一天都在害怕鞋子会弄脏。"

这习性跟我太不一样了。

（2020/10/23）

在电梯里和楼上的漂亮阿姨相遇，出了电梯娃对我说："你看人家妈妈，人家都上二年级了，还这么漂亮。"

我说："人家都上初中了。"

她说："对呀对呀，人家妈妈咋还这么漂亮，我才上大班了，你咋就这么不漂亮。"

晚上睡觉时，娃说的梦话，是轻轻柔柔一句："好漂亮呀。"早晨醒来，我问："你做啥梦了？"

娃说："梦见妈妈穿着和我一样的白纱裙，金色高跟鞋，宝石红的项链。"

今天送娃学舞蹈，我终于没穿惯常的、宽大的黑色运动服运动鞋，抹了口红，换了裙子、靴子、小皮衣，娃一路看着我，眼里绽放出闪闪的小星星，不停地感叹："妈妈好漂亮呀！"

一进舞蹈学校，拉着我的手，跑过去又拉住同学黄优优的手，满脸全部是幸福的光芒，给小朋友说："你看，我妈妈今天好漂亮呀！"

（2020/10/25）

我下班回家，刚打开门就看到俏像风一样跑来说："妈妈，你闭上眼睛。"看我老实地闭上眼睛，她开心地喊："惊喜！"我张开眼睛，看见俏捧着一束花，眼睛像弯月亮，笑着对我说："看，这是玫瑰，你看，这里有刺。"原来是今天在幼儿园做迎宾小标兵了，老师给的礼物。

（2020/10/29）

俏最近迷恋写书，自己发明的写作方法，把餐桌上的抽纸折起来，趴在桌子上写得可认真了。还一脸嫌弃地对我说："哎呀，不要打扰我，我在写书，我已经写了三本书了。"

只写了两本书的我，分分钟被娃秒成渣渣。今早俏给我讲的笑话是："我们班崔芷溪的爸爸，和别人打了一个小时的电话，才发现是和机器人打电话呢。"

（2020/10/30）

俏说："我想发明一种控制天气的机器，想晴天就晴天，想下雪就下雪，想龙卷风就龙卷风，想大雨就大雨，想小雨就小雨，想中雨就中雨。"我问："那你发明这个机器为啥呀？"娃答："我想每天都是晴天，这样就能光腿穿裙子了呀。"

面对和我完全不是一个类别的爱美小女生，我只能默默地想，这么大动静折腾一圈，合着就为穿个裙子呀，真够不嫌麻烦的。

（2020/11/01）

我今天理发了，剪掉了披肩长发，变成了齐耳短发。昏暗的路灯下，娃一见我就说："妈妈，你好漂亮呀。"过了会儿，又瞅着我看，看完说：

"妈妈，你就是有点老，要是再年轻一点儿就更好看了。"又过了会儿，再次看着我说："妈妈，你好漂亮呀，就像回到了我三岁的时候。"小区马路上有一些倾洒在水泥地面上的白色涂料，娃指着地面上星星点点的白色说："妈妈，这里在下雪。"

（2020/11/10）

幼儿园要开跳蚤市场，我的俏宝好像对做生意赚钱这件事无感，挑选要出售的玩具时，满满的只有对自己物品的留恋，没有丝毫卖东西赚钱的兴奋。我给她教如何吆喝招徕生意，她说："我才不喊呢。"早上出门去幼儿园的路上，俏焦虑地问她的阿姨："我不会卖东西咋办呀？"跳蚤市场营业的时候，我偷偷地从幼儿园栅栏外看，发现别的宝宝高兴地嚷嚷着买来卖去，我家的宝宝坐在自己的摊位上傻傻地吃手指。放学接娃的时候，发现她买回来一个小小的玩具，说是只花了一元，但是她带出去的钱少了四元，还少了几个玩具。我问："你卖玩具的钱呢？"娃很豪横地说："我都分给同学了，咋的？"

（2020/11/12）

初雪新至，啄娃额头，被一点凉意袭击的俏宝抬头望着乱纷纷扑面而来的雪花，喜滋滋说："哇，雪就像蚊子一样。"

（2020/11/20）

手残党继续被娃逼到拿起笔画画。俏看我画完的王子和公主说："这张画还需要有城堡。"于是，拿起笔，唰唰几下，有三个尖屋顶的城堡完工。我说："你画得真好。"俏嘚瑟地回我："因为我在上美术班呀。"

（2020/11/20）

银装素裹的大雪天，领回来一本红彤彤的证书，俏的中国舞一级证书发下来了。这是娃人生的第一本证书，拿在手里，只想感谢全家人每个周六日早起上课的辛苦时光。娃爸负责做早餐，娃哥负责当司机接送我们，娃妈负责在教室门口全程陪娃上课。俏捧着红本本给我说："妈妈，看我得奖了。”

（2020/11/21）

小区马路，娃摇头晃脑，大笑前行，边笑边走边说：“世界怎么在摇晃。”

放学路上，娃告诉我：“最喜欢的颜色是粉、绿、紫、蓝、白，最不喜欢的颜色是黑色和灰色。”

学舞蹈的路上，俏看着天空中那枚躲在云朵后面光芒内敛的太阳说：“这是一个像太阳的煎饼。”

娃早上起来对我说：“我想卡卡了。”说完，嘴一噘想哭，赶紧哄住。中午又来一次，再哄。晚上自己拿出一张纸，给我们家邻居小男孩卡卡写了一封信，内容是：“卡卡我非常希望你来我家。”

娃说：“妈妈，我想让你长得和我同学的妈妈一样，她妈妈可漂亮了。”我说：“我的长相已经固定好了，没法变成另外一个人了。”娃说：“那你可以化妆呀，穿高跟鞋，穿纱裙呀。”

（2020/12/12）

收到圣诞礼物，是好友霍聪送我的扇子和李卉送的书。俏拿着我的艺术品扇子扇凉风，我说你可别给我整坏了，这是我朋友的爸爸画的画。俏拿起扇子很认真看了一会儿，然后抬头问我：“那为啥我爸就这么笨呢？”

（2020/12/26）

俏自己摆了一个果盘，摆好对我说：“赶紧拍个照，发过去让婆婆看看。”我想起她曾为了想要吃外婆做的水果盘而大哭。

（2020/12/28）

手残老母亲再次被逼着跟娃一起画画，今日特色要求是：“妈妈，你就画领我逛商场。”

昨天我下班回家看到鞋柜上放着一张大红纸，我说：“这是哪来的？”俏说：“老师让你写对联了，老师说爸爸妈妈都可以写，但是我觉得我爸不认识颜色，白纸上我爸还会写了，红纸上我爸不会写，就得让你写了。”

我说妈妈连毛笔也捉不了呀。就很纳闷老师咋想起让我这样的家伙写对联的。微信问老师，老师说：“课堂上问小朋友们谁的爸爸妈妈会写对联，让写好拿到幼儿园。”然后老师话音一落，我娃迅速举手大声给老师说：“我爸我妈都会写对联呢。”

于是，我娃就毫无悬念很光荣抢回来了这个任务。娃爸一边对着两张红纸问我咋办呀，一边夸奖娃说：“对的，以后你就尽管举手，不论老师叫做什么，你就说你能行了。”

我只好理解成，这是一位老父亲被自己的小棉袄实力坑爹之后的受虐小兴奋真诚流露吧。娃爸怀着被自己亲娃坑了的激动心情，给自己的亲哥打电话求助。于是摄氏零下二十度的天气，娃的大爸爸下班时绕路把写好的对联放到我们小区门房。

元旦俏要表演的节目叫《梦娃》，演出服拿回来的时候，我简直被这衣服红火火绿油油的风格闪亮到无力吐槽，然而我娃穿起来之后，忽然发现人家这衣裳喜气洋洋挺美的嘛。

（2020/12/29）

俏六岁啦！已经开始不愿意长大。昨天说：“妈妈，我想回到两岁，不用去上学，你在物业上班了，能陪我玩儿两小时。”

（2021/01/10）

“妈妈，妈妈，我给你讲一个笑话，这个笑话就像儿歌一样。脑瓜疼，脑瓜疼，一写作业啥都疼，不写作业都不疼。”

（2021/02/02）

娃指着一排布偶对我说：“妈妈，这些都是我宝宝，她们叫我妈妈，叫你奶奶，叫爸爸爷爷。”每天晚上，娃得把这些宝宝都给亲手安置好，确保每个宝宝有铺有盖，才轮到她自己休息。

（2021/02/15）

女儿是笔耕不辍的劳模，坚持画画。永恒的主题是我们一家人。快一年了，几乎天天画，翻来覆去就四个人人。画作已经攒得很厚一沓子了，有时候会想，也许下一回出书不是给我出散文集，是给我娃出一本幼儿园画集。

娃爸问："你咋把爸爸画得像熊猫一样？"

娃说："哪是熊猫，明明就是你嘛。"

天天给我画的穿裙子，今天特意跑来对我说："妈妈，你敢不爱穿裙子嘛，今天我专门给你画成裤子了。"

有一张画，画了三个女的，除了我和她之外，画了她的阿姨。因为春节假期阿姨放假，娃甚是想念，每天一睁眼就对我说："我又梦见阿姨了。"所以那天果断没有画哥哥，画成阿姨了。大概是因为我家阳台上今天开放了一朵漂亮的朱顶红，所以画面上罕见地出现了一朵美丽的红花。

（2021/02/19）

娃放学回来双手背后说："妈妈，你猜我拿的啥。"然后不等我回答，就又羞怯又忍不住笑意地说："看！"

随着她的手举起来，我的眼前出现了娃亲手做的三八节礼物，一个黄色信封上，粘贴着几朵漂亮的花，花是娃自己画的，形态色彩各异。

（2021/03/08）

娃自己坐地板上摆弄着什么，不一会儿就喊："妈妈，妈妈，快来看，我做了一个女孩。"我跑过去一看，居然拿钢镚儿摆出个头发长长的女孩来。

（2021/03/14）

去舞蹈班的路上，娃说："妈妈，我给你讲一个笑话。从前有一根小刺，他走呀走呀，走呀走呀，看到了一只刺猬，他赶紧喊：公交车，等等我。"

（2021/03/20）

“妈妈，我醒来了，我醒来的第一下，就听见小鸟在叫，是她们叫醒我的。”

“那你要谢谢她们呀。”

“可我没有翅膀呀，去不了天上呀，在咱们八楼的墙上，开个窗户吧，然后，让爸爸抱着我上去。”

（2021/03/21）

看到电视上出现年轻漂亮的女人，她将我拉到电视机跟前说：“妈妈，你以后就长成这样。”我只好告诉她：“我以前也没长成这样，以后就更不可能了。”尽管我直白成这样，她还是一如既往，对我寄予厚望。

（2021/04/01）

我正在卫生间，娃在外面大喊：“妈妈，妈妈。”我没有回答。她就喊：“妈宝，妈宝。”概因我常喊她俏宝，俏宝，她就擅自举一反三触类旁通，赋予我妈宝这样一个新称呼。

（2021/04/01）

单位通勤车正常情况6点20到小区，今天堵车，6点50还在路上，接到娃的电话：“妈妈，你啥时候回来呀？柔柔来咱们家了，邀请我去她家玩，可是我想等你回来抱你一会儿再去她家，你啥时候才能回来呀？”我说：“我刚出高速，你可以先去柔柔家，等我回来先去六楼抱抱你，再回家。”娃说：“那你一定记得先来抱抱我呀。”

（2021/04/09）

娃自己画好一幅画，自己找来双面胶，自己爬到电视机柜子上，完美地把自己的画，定位在我家客厅核心区域最高位置。然后跑到厨房找到我说：“妈妈，你快来看我刚才画的画。”

我：“妈妈在忙，你拿进来我看一下。”

娃：“我现在没法给你拿进来了，你还是赶紧出来看一下吧。”

我被拉出来，就看到有一幅画，差点快要贴到屋顶上了。

画面上亮晶晶的部分，全部是用自己化妆盒里的眼影画上去的。还得意地说：“妈妈，我的眼影快要用完了。”

指着画面上男人头上的一片云朵，我问：“爸爸是戴着厨师帽吗？”娃说：“才不是呢，那是爸爸的发型。”

（2021/04/25）

听说可以下楼，我转身穿外衣的工夫，娃火速给自己化妆，做造型。昨天要下楼，她爸不让。娃委屈地对我说：“人家柔柔爸爸就啥都不管，愿意做啥就做啥，啥都可以做，我就啥都不能做。”我说：“是呀，这就是你爸，谁让你就有这个爸爸呢？”娃很认真地给我说：“还不是因为你找男人就没找好。”

（2019/04/25）

火车过隧道，娃高兴地喊：“好漂亮呀。”我：“这有什么好漂亮的？黑乎乎的。”娃边对着火车窗户上的玻璃扭动身子摆姿势，边说：“因为可以照镜子呀。”

（2021/04/28）

我：“你咋把树画成横的了？”

娃：“因为蓝色的是大海，我不可能让树长到海水里，所以只能让树这样长。”

（2021/04/29）

我的小学老师叫我吃饭，我晚饭在外面吃的。我叫阿姨和壮儿领娃下楼玩儿。我回来后，娃给我说：“哥哥一直在跟前等着我玩儿，一句话都没有说。要是爸爸的话早让我上楼回家，不让我在楼下玩儿了。要是爸爸变成和哥哥一样，啥也不说，就好了。”

（2021/04/30）

娃刚才问我：“妈妈，我今天运气为什么这么好？”

我：“咋了，你就运气好？”

娃："第一是成成今天要来，我就快要见到成成了。第二是今天三十二度，我可以光腿穿裙子了。"

（2021/04/30）

领娃去南湖玩，刚进入公园的草坪坡地，就看到拍婚纱照的年轻男女。娃看着穿着白婚纱的女子，满脸羡慕地对我说："要是你变成这么漂亮，我就放心了。"

（2021/04/30）

娃画好一张画，跑来说："妈妈，你看咱们两人手拉手。"让我看完又找她爸说："我不会写薛晓燕，你帮我写一下薛晓燕女士吧。"

母亲节，我做了一次美甲，被娃逼着做的，我不做，她就在美甲小姑娘跟前静坐以示威，地方都不挪。指甲的颜色也是娃兴冲冲挑好的。逛商店的时候，她看了一圈项链耳环戒指说："我看你也不喜欢这些，就给你买上个荧荧闪亮的笔吧。"我赶紧说："不论买啥，我可没钱。"

（2021/05/09）

娃命令我陪她画画，而且是命题作业，画一条小狗，用娃的话说："妈妈，你看我的小狗，萌萌的可爱不？水汪汪的大眼睛。"

她还在午休前为小狗做了一个特制的窝。结果我两把画出了一个能把自己丑哭的四不像家伙。

娃说："妈妈你这是画的什么鬼？哪有我的小萌狗可爱了，妈妈你就照着我的小萌狗画的，但是画得一点都不萌。"

（2021/05/15）

我在厨房忙，娃兴冲冲跑来说："妈妈，看我画的草莓。"

我瞅了一眼，对她说："难道反过来，这不是一块好西瓜吗？"

娃："你看，我在中间画的是妈妈。"

我："那咱俩之间画个小板凳是干啥用的。"

娃："这哪里是小板凳，这是挨在一起的蘑菇。"

（2021/05/15）

下门牙摇晃得厉害，娃害怕得大哭，我试了一下，想给她徒手拔牙，终是下不去手，最后娘俩顶着大太阳，找了一家牙科诊所。医生说："不要哭，一秒。"然后拿钳子一下就把牙齿掰下来了。掰完塞了一块棉花让咬着。娃就乖乖咬着不敢乱动。

六一这天，支付了十元钱，换掉了第一颗乳牙。拔完牙，娃脸上表情僵硬，生怕自己把棉花弄掉。终于丢掉棉花的时候，很不乐意地说："因为掉牙齿，节日没过好。"

（2021/06/01）

"我现在不咋喜欢粉色了。我现在喜欢的是蓝色，就是那种不是特别蓝的那种有点浅的蓝色。就像艾莎公主一样的蓝色。"

（2021/06/03）

"我们人，为什么，就听不懂小鸟说话呢？"

（2021/06/03）

"妈妈，今天我们老师让画粽子。"

"妈妈，我有些粽子没按照老师黑板上面画的画。我就画的我自己的粽子。"

我："那个黄色的粽子为什么要哭呀？"

娃："因为她知道自己快要被人吃掉啦。"

她指着左下角的漂亮粽子说："妈妈，这个粽子是你。"

又指着右下角的毛眼眼粽子说："妈妈，这个是我。"

（2021/06/07）

让写作业，她说："手疼。"我说："手疼就歇一会儿吧。"于是就跪在地上，开始在黑板上画画了。大概画画不在手疼范畴吧。

（2021/06/07）

拖个拖鞋，穿着睡裙，拿自己的早餐慢悠悠喂鱼的小姑娘。我催她赶紧吃早餐，她说："我现在还不想吃，先让它们吃点吧。"

（2021/06/13）

舞蹈教室门口，俏很认真地对同学说："今天是父亲节。"

同学说："不是今天吧，那我就不能给爸爸准备礼物了。"

我说："没事儿，跳完舞还可以准备。"

俏给同学说："幸好上周我就给爸爸做了领带。"

今天醒来第一件事，是向我展示她的水粉画。我可着劲儿夸了一顿娃，心里嘀咕，确实挺好的，一家人丑得整整齐齐。

（2021/06/20）

我在楼下等娃，看到老师在群里发出来孩子们画画的现场照片。不敢相信看上去那样复杂的构图，是我娃自己画的。立即和老师微信求证，经确认后一阵欣喜。下课了去教室接娃，才晓得，今天画的是龙卷风，怪不得两辆车的车轱辘不在同一个方向呢，原来是在风中翻滚的汽车呀。

我一进教室，娃就兴高采烈地说："妈妈，看，我也有奖牌了。我是三等奖。"

我："哇，好棒呀，三等奖呀。"

（2021/07/04）

女儿的毕业典礼今天举行，如今连幼儿园都要隆重庆祝毕业，我念书的时候，好像完全没有毕业典礼这样的形式，似乎大家都不说再见，一哄而散。懂得珍惜每一次相遇和别离，以此来看，社会一直以各种形式在进步。

孩子们穿着专为拍毕业照统一买的衣服。男孩是白短袖深蓝色短裤，女孩是白裙子上有深蓝色的披肩领。女儿早早就起床了，据她自己说，是被一墙之隔的幼儿园的音乐叫醒的。她起来给自己的双手指甲贴上了形态各异的卡通指甲贴，我问要不要化妆，居然说："不用化了。"一定是太急于出门了。

出了小区大门，就看到幼儿园的老师在布置场地，水泥马路地面上，我们小区的铁栅栏上，路边的树上，都挂满了标语横幅和手绘的图片。幼儿园的院子变成了气球的海洋，院子里摆满了小椅子，每把小椅子上都系着一个飘飘扬扬的彩色气球。被绿植围拢的舞台，饰以彩色气球，还有卡通图案的气球点缀。整个幼儿园像是欢乐的海洋，阳光灿烂，气氛热烈而明媚。

晨光中，女儿一路跳跃着去幼儿园，手里拿着她的红色爱心心愿卡，是老师昨天放学时发下来，让家长和宝宝共同完成的。我问娃："那你的心愿是啥？"她连一秒停顿都没有，张口就说："我想到云朵上，跳一跳，睡一觉，然后再撕点棉花吃。"我只字未改，原封不动帮她写在卡片上。

昨天晚上，女儿献宝一样捧着她的毕业证，然后又举着一把小口琴对我说："这是老师送给我们的毕业礼物。每个人都有。女生是红色的。男生是蓝色的。芭比娃娃是美术老师送的，因为我表现好。我今天得了好多好多礼物，还有好吃的，气球和发卡。"

想起上周五接娃，娃一出幼儿园大门，嘴一噘就开始掉眼泪，伤心的呀，我问老师训你了？摇头。同学欺负你了？摇头。一直默默地流眼泪，看我着急得不行了，最后才说："我不想离开幼儿园，我不想毕业。"孩子们的感情，就是这么说风就是雨，说别离就流眼泪。

我拉着女儿的手，穿过气球绑成的毕业门，让孩子们把自己的心愿卡贴到心愿墙上，然后把孩子交给老师，家长们去院子里的小板凳上等待孩子们表演节目。我没想到的是，以孩子们载歌载舞的欢乐开场的毕业典礼，却以孩子们抱着老师哇哇大哭收场。被主持人老师渲染着情绪，一个孩子哭起来，引领着一大群孩子开始哭，一个一个扑到老师怀里，哭得稀里哗啦。哭着脸和老师拍出来的照片好丑呀，娃们已经顾不了这么多了，只是哭着。老师们太不容易了，在大太阳底下，被那么多个孩子抱住不放，一遍一遍地安慰流眼泪的孩子，真是辛苦。

好不容易哭完了，我领着孩子穿过幼儿园长长的走廊，告诉她，好好看看你的幼儿园，今天以后就再不来幼儿园上学了。她一句话也不说，默默跟着我走过。两个月后，就要上小学了，我傻傻的孩子，希望她健康快乐，开心成长。

（2021/07/06）

为这事儿，她兴奋了好久，反复几次告诉我："妈妈，我还是第一次见到一匹马。"临睡前又重复了一遍："妈妈，我今天第一次见到一匹马。"见她如此兴奋，我就不好意思告诉她，你见到的，其实只是一头小毛驴。

（2021/07/11）

"妈妈，这是你出差的时候，我想你了，画的画。"

（2021/07/31）

我："你想去锦界吗？"

娃："想！一千个想！"

娃爸："你去锦界了想爸爸咋办呀？"

娃："去锦界了，没有你管我，实在是太好了！"

我："锦界好不？我们回去吧？"

娃："好！我才不回去呢。我要在锦界待一年。"

从食堂门出来，天空飘着几滴雨，我赶紧把自己的工作服脱下，给她往肩膀上一披。娃把衣服裹在自己身上，转头大笑着对小朋友说："哈哈哈，我是我妈！"

午休，我快睡着了，娃说："妈，你离我远点儿。"

我没动。

娃："妈，你是雕塑吗？为甚一动不动。"

我："啥是雕塑。"

娃："一动不动就是雕塑。"

我："衣柜是雕塑吗？"

娃："只有人，没有睡着，还一动不动，才是雕塑。"

"妈，我给你讲个笑话。有一个人说他长大后要当警察叔叔。等他长大了以后，只实现了一半儿，他变成了一个叔叔。"

小朋友美娃来我宿舍，我给她俩一人热了一袋牛奶，先给美娃打开喝上了。我娃问："妈，你到底是我亲妈，还是美娃亲妈呀？"

我："你就要上一年级了。要开始自己睡了。"

娃："我就不自己睡。你管着我呀？"

看看我，看看她爸。

娃："你俩啥时候结婚呀？"

我："我俩已经结过婚了。"

娃："我没看见，不算，重新结一次。"

娃："为啥这个房子是哥哥的，就不是我的。"

我："因为房子都有房产证，房产证上写的是哥哥的名字。"

娃："拿啥写上去的？拿铅笔写的吗？那赶紧拿橡皮擦掉呀，擦掉写上我的名字，就好了。要是拿钢笔写的，就完了。"

我："拿打印机打出来的。"

娃："唉，那可没法擦了。"

娃："妈，你知道不，你现在越来越像你妈了。"

我：……

娃："我长大了要染头发。"

我：……

娃："等我一下，我要化妆。"

我："你麻不麻烦呀。下个楼化啥妆？"

娃："不麻烦，你觉得麻烦的，我就觉得不麻烦。"

我：……

娃：“妈，美娃才五岁，就有四双高跟鞋。我六岁，不是应该有八双高跟鞋吗？”

我：……

娃：“妈，你知道不，你应该减肥了。”

我：……

娃：“妈，你知道不，你不丑，你就是有点胖和老。”

我：……

睡前听成语故事，听完“恋恋不舍”之后对我说：“我跟黄优优就是恋恋不舍。”然后抱着我的胳膊说：“妈妈，我和你也是恋恋不舍。”

（2021/08/11）

后记

生活不是童话，人类无法生活在童话之中。生命稍纵即逝，生活艰辛凄凉，这世界所有的苦，没有人可以代替另外一个人承受。看清生命短暂而又艰难的本质，并不能阻挡我们心向永恒，追求美好。等待和希望，推动着我们的脚步无惧风雨，不断前行。

我常常凝视女儿平静无忧的稚嫩脸庞，获得一种安宁的力量。当我感知这份力量在心灵深处切实存在时，会真诚祈愿所有人都好好活着，不管多难，不论多累，好好活，永远好好活。

《永以为好》是对这个世界的美好祝愿，书名是疫情防控期间确定的。新冠病毒引发的持久恐慌，三年多经历的长长短短的管控，不能自由出入的愁闷，接踵而至的坏消息，窟室徘徊时心头涌起的茫然无措，每当焦虑袭来的时刻，我就在心里一遍一遍安慰自己，不要着急，充满希望，耐心等待，一切都会好起来的。

果然，阳光普照，万物生长，一切都好起来了。

《永以为好》，是献给众生的祝福。

除去序言和后记，本书收录散文作品五十四篇，刚好是一副扑克牌。扑克牌的点数有大有小，书中散文作品的篇幅亦是长短不一，有的长达两万六七千字，有的只有七八百字。相同的是，这些篇章大多以我的故乡为基本素材，跨越十年时间，一个字一个字老老实实用心夯筑而成。

故乡的山，故乡的水，故乡的城，故乡的人，故乡的一草一木，故乡的千沟万壑，故乡的舌尖美味，故乡的人情世故，故乡的家长里短，故乡的悠远历史，经由我的专心叙述，构成《永以为好》的字字句句。

新疆作家李健邮寄来中篇小说集《脐血之地》，未曾翻阅，直接被书名吸引。捧着师兄新出版的书，我明白了：故乡，是我们每一个人的脐血之地。

故乡神木，是我永远的脐血之地。

我在这里出生，在这里长大，在这里读书，在这里工作，在这里找到好朋友，在这里恋爱，在这里结婚，在这里生儿育女，在这里慢慢变老。

我从故乡出发，跋山涉水，一往无前，欣赏美妙风物，品尝美味食物，结交美好人物。遍看远方，写下无数笨拙诗行，转身回望故乡，愈加热爱这里的山水风貌、人物形态。

风过神木，我在风中。大地的厚重丰富，以千百年来固有的方式代代相传，点点滴滴沉浸在我的血脉中，滋养着我的身体和精神。

谨以此书献给我的故乡，献给我的至爱亲人，献给我的知交好友，献给坚持记录和表达的我自己。

感谢前行的路上所有给过我温暖和爱意的你们！

薛晓燕

癸卯年闰二月廿四